永遠と横道世之介 上

吉田修一

毎日新聞出版

永遠と横道世之介　上　目次

九月　猛暑元年　6
十月　来年四十　58
十一月　地蔵とお嬢さま　126
十二月　サンタとトナカイ　176
一月　謹賀新年　228
二月　輪廻転生　296

永遠と横道世之介 下

目次

三月　世之介桜
四月　ビッグチャンス
五月　恋と鎌倉と少年
六月　夏越しの大祓
七月　新しい命
八月　永遠と横道世之介
十五年後

装幀　岡 孝治
写真　©BLOOM image/amanaimages

永遠と横道世之介　上

九月　猛暑元年

　いかにも修学旅行生の団体が泊まりそうな宿である。畳敷きの大広間には、すでにうッすい布団がずらりと並んでいる。

　一階の大浴場から出てきた修学旅行生たちが、三々五々この大広間に戻ってくる。ついこないだまで半ズボンを穿《は》いていた中学生の男子たちである。お揃いの青いジャージ姿で薄い布団を踏むやいなや、

「俺、ここ！」

「俺、壁際！」

と、まるでラグビーのトライよろしくあちこちの布団に滑り込んでいく。となれば、始まらないと不自然なのが枕投げである。

「おりゃ！」

「よし、こい！」

とばかりに、あっという間に、ソバ殻の固い枕が宙を飛び交い、せっかく宿の人が手分けして

敷いた布団はぐちゃぐちゃ、風呂上がりの生徒たちは汗びっしょりである。

　マサカリ投法で枕を投げる少年を、はたまた集中攻撃から掛け布団をかぶってのディフェンスを試みる少年を、待ってましたとばかりに撮影している男がいる。

　この男、今回の修学旅行専属カメラマンなのだが、入浴後ここで派手な枕投げが始まることなど長年の経験から百も承知で、待機していたと見える。

　派手な動きを見せる子供たちの前にスライディングでシャッターを切ったかと思えば、窓枠に飛び乗って俯瞰《ふかん》のショットも押さえる。ただ、枕投げとはいえ子供たちは真剣なので、あっという間に息も上がってくる。

　逆に元気なのはこの専属カメラマンで、最近の子は持久力ないなぁとばかりに、誰よりも動き回っている。

　そのうち、ガキ大将らしき少年が、どかっと乱れた布団に座り込み、

「カメラのおじさん、しつこいよ。もういいって！　つうか、おじさんが一番息切れしてるじゃん」

　と、大きく肩で息をする。

　思いのほか早く終了しそうな枕投げに見切りをつけ、この男が息を整えていると、こちらも恒例というか、青春というか、小豆色のジャージ姿の女子たちが、

「何やってんの～？　男子たち。枕投げとか、ガキじゃん」

　と、風呂上がりにつけたらしい甘いコロンの匂いを漂わせながら大広間に入ってくる。

突然の女子たちの訪問を喜んでいるのはガキ大将グループだけで、他の男子たちにはそれが訪問ではなく襲来と見えるのか、優等生グループはさっと壁際に避難してゲームを始め、理科系グループは女子なんて眼中にないとばかりに、即興のリングでプロレス大会となる。

カメラマンはそんな子供たちそれぞれの思い出の夜を丁寧に撮影すると、大広間をあとにする。

と、

「おじさん！　カメラのおじさん！」

声をかけてきたのはさっきのガキ大将である。

写真を確認しながら振り返れば、

「おじさんって、夢破れた人なんですかあ」

女子たちを前に大人をからかって、株を上げようとしているらしい。

ただ、カメラマンが何か言い返すわけでもなく、じっと少年を見つめるので、その沈黙に焦ったように、

「……だってさ、普通、カメラマンって、雑誌とかで芸能人撮ったり、戦場とかで命かけて写真撮ったり、あと芸術的な作品撮って美術館に飾られたり、そういうの目指すじゃん。でも、おじさんが撮ってんの、俺らだし。枕投げだし」

と、少年が大げさに笑い出す。

カメラマンはその顔をパシャリと一枚撮ると、

「君、尾崎《おざき》くんっていうの？」と訊《き》く。

ジャージの胸元に黄色い糸でそう刺繍されている。

「はあ、ですけど」

何か？　とばかりに少年が憎たらしげに顎《あご》を突き出す。

「尾崎くんは、口下手なんだねえ」

カメラマンはそう言うと、少年のつるんとしたおでこを指先でツンと突き、何やら嬉しそうに枕投げの写真を確認しながら大広間をあとにする。

残された尾崎くんはきょとんである。仕方がないので突かれたおでこを掻くしかない。

さて、生意気そうなガキ大将に笑顔を向けて、機嫌良さそうに大広間を出ていったこの男、名前を横道世之介《よこみちよのすけ》という。さすがに中学生からはおじさん呼ばわりだが、夜の歌舞伎町でも歩けば、「お兄さん、かわいい娘《こ》いますよ。ちょっとお兄さんって！」としつこく声をかけてもらえる、まだまだ男盛りの三十八歳。


猛暑日に奈良を歩き回った百人以上の中学生男子が入ったあとの大浴場の湯というものがどんなものかを、なるべく考えないようにしながらも、心地よく火照《ほて》った顔に冷えた缶ビールを押し当てつつ、廊下を歩いてくるのはその世之介である。

エレベーターに乗ろうとすると、ここにも自動販売機があり、ふと思い立ってもう一本缶ビールを買う。

割り当てられた部屋に入りながら、「お疲れさまです」と声をかければ、

「横道さん、昨日の続きやろうよ」

と、ムーさんこと二年C組担任の武藤《むとう》先生が待ち切れぬとばかりに声をかけてくる。

本来、専属カメラマンと教諭が同じ部屋になることはないのだが、旅館の手違いがあったらしく、昨夜からこのムーさんと同室で寝起きしている。

「ムーさん、ビールどうぞ」

「あ、俺も買ってきたんだよ」

ムーさんも途中で思い立ったらしく、銘柄の違う缶ビールが二本置いてある。

「さてさて」

ムーさんが磁石式の将棋盤に、対戦途中だった昨夜の棋譜を並べ直していく。

「子供たちの見回りいいんですか？　昨日、一時過ぎまで回ってたじゃないですか」

プシュとプルタブを開けながら世之介が尋ねると、

「二日目の夜なんて、もう、みんな泥みたいに眠っちゃってるよ」

とムーさんもプシュッと缶ビールを開ける。

「じゃ、先生、お疲れさまってことで」

「はい、どうもお疲れさまでした」

缶をぶつけ合い、早速昨夜の対戦の続きに入る。

「でも、確かに修学旅行の記憶って、ありそうでないですもんね。あれって睡眠不足と興奮で記憶飛んじゃってるんでしょうね。あとほら、楽しいと余計に記憶飛んじゃうじゃないですか」

飛車を指しながら世之介が呟《つぶや》けば、

「……私なんて、教師になってもう三十年近くでしょ。毎年毎年、『ほら、早く寝ろよ。そこ、起きてんの分かってるぞ！』なんて子供たちの見回りしてるから、逆にどれがいつだったかまったく覚えてないものね」

と、ムーさんが桂馬を摘《つま》んだかと思うと、

「『ヘボ将棋、王より飛車を可愛がり』ってね」

と王手を指してくる。

「あ、ちょっと待った」

慌てる世之介に、

「いや、待ったなし」

容赦ないムーさんである。

「まあ、でもあれですよねー。ムーさんにしたら毎年同じような修学旅行の見回りでも、子供たちにしたら一生の思い出ですもんねえ」

時間稼ぎに話を続けてみるが、王手から逃れる術《すべ》は浮かばない。

「一生の思い出なんて大げさだよ」

「いやいや、そうですよ。『なあなあ、覚えてる？　二日目の夜さ、ムーさんが抜き打ちで見回りにきて、こっそり酒飲んでたのバレたよなー』って、それこそ三十になっても四十になっても話してますよ」

「そんなもんかなあ。……ほら、それよりどうするの？　降参？」

「ちょっと待って下さいって。……っていうか、思い出なんて、見る立場で、もう、完全に別もんっすね」

「降参？」

「明日、清水寺とか行くじゃないですか。でもきっと俺にとっての思い出は清水寺とか東福寺じゃなくて、こうやってムーさんと将棋指してる、この場面とかになるんだろうなあ」

「降参？」

「ムーさんって国語の先生でしたっけ？」

「降参？」

誰がどう見ても万事休すなのだが、往生際の悪い世之介である。

「横道さんって、こういう修学旅行とかの写真が専門なの？」

待ちくたびれたらしいムーさんが訊く。

「いや、今回はピンチヒッターなんですよ。所属してる事務所があって、そこからたまに紹介されたりして」

「じゃあ、普段は？」

「普段はまあ、いろいろと」

「たとえば？」

「たまに週刊誌の仕事とかもらうこともあるんですけどね、報道系。でも、まあ、いろいろです。どうしてですか？」

「ほら、さっき尾崎が憎たらしいこと言ってたから」

「尾崎？　ああ、あのガキ大将」

「中学生って、ほんと嫌なこと言うんだよねえ」

「まあ、良く言えば嘘《うそ》つけないんでしょうね」

まだ諦めきれず、世之介は手の中の歩を握りしめている。

「私なんか、やっぱり写真家なんて憧れるなあ」と、ムーさん。

「そうですか。ビビるくらい薄給だし、事務所に所属してるんで嫌な上司もいて、フリーのわりには、いわゆるサラリーマンの悲哀の比率の方が高いですけどね」

「でもさ、いいじゃない。自分の感性で生きていけるなんてさ」

「まあ、仕事とは別に、好きで撮ってる写真はそうかもしれないけど、一文にもなりませんから」

「いいじゃない、いい、そういう写真がたまっていくって。それこそ人生のページが増えてく感じで」

「あー、やっぱり降参です」

結局、負けを認めた世之介の前で、ムーさんはすでに勝利の美酒に酔っている。

冷房がガンガンに利いているので、二本目の缶ビールで腹が冷えてしまい、世之介は窓を開けた。分かってはいたが、開けた途端に熱風のような夜気が流れ込んでくる。

「夜でこれですからね。明日が思いやられますね」

さっさと布団に入ったムーさんも、

「でも、こういう古いホテルは助かるよね。冷房が殺人的に強いから」

と、薄い布団を首元まで引き上げる。

「にしても、今年の暑さ、異常ですよね」

「まあ、今年は特別でしょ」

と、のんきに話している二人だが、実際この年（二〇〇七年）の夏は記録的な猛暑として記録に残ることになる。

というのも、八月には埼玉県熊谷市と岐阜県多治見市で四〇・九℃を観測し、それまで日本の観測史上最高気温だった一九三三年の山形市の四〇・八℃を、七十四年ぶりに更新したのである。

ということで、まるで冷蔵庫のように冷房の利いた奈良の団体客専用旅館で、「今年の夏は特別だよ」などと、のんきに就寝準備をしている二人は想像もできないだろうが、この異常で特別に暑い夏の高温記録は、その三年後の二〇一〇年にはあっさりと塗り替えられてしまい、記録も記憶もすぐに風化してしまうのである。そしてさらに、冷房の利いた部屋ですでに寝息を立て始めている二人は知る由もないのだが、この異常で特別に暑い夏というものが、それ以降、珍しくもなんともない平凡な夏の風景となってゆくのである。


「それで、どうして、そのムーさんの息子さんがうちに来ることになるのよ？」

ここは一般家庭にしては広いダイニングルームの朝の風景である。

ただ、テーブルや棚に所せましと置かれた食材のパッケージは、「格安」「増量」「お値打ち品」

等々のシールが目立ち、となると、広いとはいえ、豪邸のそれではない。

　どちらかと言えば、「うちのダイニングなんて手狭だし、散らかってるし、私が包丁握ってる肘が、お茶漬けすすってるお父さんの頭にぶつかっちゃうんですよねえ」的な一般家庭のダイニングを、ぶくぶくと太らせた感じに近い。

「あけみちゃん、蓮根《れんこん》のきんぴら残ってなかった？」

　腰かけたままの椅子を後ろに傾けて、背後の冷蔵庫を開けようとしているのは世之介である。ギリギリで届かないことが多く、揚げ物の日など、椅子の脚が床を滑ってすっ転んだこともあるのだが、根が無精なので妙なチャレンジ精神だけはある。

　四十五度に傾けたあたりで、

「ちょっと、だから、どうしてそのムーさんの息子さんがうちに来ることになるわけよ」

と、包丁を持った女性が厨房《ちゅうぼう》から出てくる。手には桂剝《かつらむ》き途中の大根がある。

「だから、今の俺の話、聞いてた？」

「そのムーさんって国語の先生と同室になって、将棋指して二勝二敗で引き分けてきたんでしょ？」

「なんだ、ちゃんと聞いてるじゃん」

「いやだから、それがどうして、その息子さんがうちで暮らす話に繋がるのかが抜けてるでしょ？」

「まあ、そこはさ、色々と込み入った話があるじゃない」

「いや、だから、そこ大事よ」

「そうだよ。だから、預かるって話でしょ」

「預かるったって、うち、託児所じゃないんだから、その子、もう高校生なんでしょ？」

「学校辞めてるけどね」

「だから、そういう子はさぁ、うちなんかじゃなくて、もっとこう専門的な学校とかに行かせた方がいいんじゃないの？」

　毎朝、思うことだが、あけみちゃんはキッチンがよく似合う。似合うを通り越して、大鍋や炊飯器のような台所用品の一つ、はたまたパン粉やカツオ節といった袋詰めされた食材の一つのようにさえ見えてくる。

「だから、行ったらしいよ。その専門的な施設にも。滋賀の禅寺がやってる学校みたいなところとか。でもすぐに逃げ帰ってきちゃうんだって」

「だったら、そんな子、尚更《なおさら》無理でしょ。プロの教育者が無理なもの、私たちでなんとかなるわけないじゃない」

「いや、俺だって、そう言ったんだけどさ。自宅に置いとくと、このまま甘えるから、とにかく自宅以外のところで生活させたいんだって、ムーさんが」

　世之介が蓮根のきんぴらの入ったタッパーを開けていると、家全体を揺らすような足音が立ち、二階から下宿人たちが揃って下りてくる。

「行ってきます」

そのまま出て行こうとする男の子に、

「朝めしは？」

と、世之介が声をかけると、

「谷尻《たにじり》くん、朝練だから先にもう食べさせた」

と、代わりにあけみちゃんが答える。

「あ、そう。じゃ、行っといで。あ、谷尻くん、この前みたいに熱中症になりそうだったら、先輩にちゃんと言うんだよ。もし言いにくかったら、本当に倒れる前に、バタンって前もって倒れちゃえばいいんだから、分かった？」

世之介のアドバイスを聞いているのかいないのか、玄関からは「行ってきます」と繰り返す谷尻くんの声しかない。

代わりに下りてきた寝起きの悪い大福《だいふく》さんが、早速冷蔵庫を開ける。

別に冷蔵庫なんかどのように開けて見てもいいのだが、この大福さやかさん、名前のわりにいつも仏頂面で、その顔をぬっと冷蔵庫に突っ込む癖がある。

別に今どき男だから女だからもないのだろうが、それでもせっかく女の子なんだから、中身を手に取って賞味期限を見れば可愛げもあるだろうに、なぜか顔の方を賞味期限に近づけて臭いを嗅ぐ。

「大福さん、蓮根のきんぴらなら、ここ」

と世之介が声をかけた。

「じゃなくて、ひじきです。枝豆入りの」

　ほとんど冷蔵庫が喋っているように見える。

「あ、ごめん。あれ、もう昨日完食」

「あんなにあったのに？」

　諦めたらしい大福さんが冷蔵庫のドアを乱暴に閉める。

　もう一度言うが、別に今どき男だから女だからもない。とはいえ、この家でドアの開け閉めがお淑《しと》やかなのは世之介や谷尻くんたち男性陣で、廊下や階段を踵《かかと》で歩くのは、あけみちゃんや大福さんたち女性陣である。

「大福さん、あのひじき、美味《おい》しかった？」

　あけみちゃんに聞かれ、

「はあ」

　と、大福さんはまだ諦め切れぬ顔をしている。

「ひじきに枝豆が入ってると、なんか特別感あるじゃないですか」

「あの枝豆、谷尻くんの実家から送ってもらったのを半分冷凍してたんだけど、すっかり忘れちゃってて」

「ああ、夏に茹《ゆ》でて、公園に持ってってった枝豆？　たしかに、あれ、うまかったね」

　世之介も絶妙な塩加減を思い出して口を挟むが、

「大福さん、もしかして昨日もエアコンつけずに寝たの？」

と、あけみちゃんの話は流れる。

「つけました」

「そうか。さすがに大福さんも昨日はつけたか。いや、だってさ、この時間に冷房つけなきゃいけないってのも異常だよ」とは世之介で、

「だって、ここは火使うもん」とあけみちゃん。

大福さんはすでに二人の会話に参加する気はないらしく、両国の相撲博物館で買ってきたというお気に入りの茶碗にごはんをよそっている。この茶碗には、今夏に新横綱となった白鵬が不知火《しらぬい》型で土俵入りする姿がプリントされている。

ちなみに大福さん曰《いわ》く、不知火型で土俵入りする力士は短命に終わるらしい。

さて、賑やかに始まったいつもの朝の風景であるが、この辺りで少し補足させていただくと、ここは東京・吉祥寺にある、とある下宿の食堂兼居間である。

ちなみに下宿人は、さっき出ていった大学生の谷尻くんと書店員の大福さんの他に、あと一人、会社員がいるのだが、なんでも取引先でトラブルがあり、先週から大阪に出張中である。

ここがどのような経緯で、こんな時代に下宿などを営んでいるのかという話は、また追々させてもらうとして、まずは、たった今さらっと言った「吉祥寺」について、少し詰めてみたいと思う。

吉祥寺といえば、言わずと知れた東京の人気タウンである。

毎年発表される「住みたい街ランキング」では、その首位の座をほとんど明け渡したことがな

い。

東京に暮らす者たちが思い描く、こんな生活できたらいいなあ、が、ここ吉祥寺にはあるのである。

では、その、こんな生活とは何か？

まあ、まずは利便性であろう。吉祥寺駅にはＪＲと京王《けいおう》井《い》の頭《かしら》線が乗り入れており、ＪＲを使えば、都心の新宿駅まで十五分、東京駅にも直通で三十分かからずに着くし、井の頭線に乗れば、二十分後には渋谷のスクランブル交差点に立っていられる。

そして何より吉祥寺という街自体が完成されている。

東急デパートや丸井があり、ヨドバシカメラに、ロフトに、ＰＡＲＣＯ、そして駅ビルの名店街。

駅前には、地方都市のシャッター通りなどどこ吹く風で、賑やかな商店街が縦横無尽に延びており、さとうのメンチカツには連日の長蛇の列、いせやからは午前中から香ばしい焼きとりの煙が漂う。

言ってしまえば、吉祥寺にないものはないのである。

試しに、あいうえお順に言ってみると。

あ。おしゃれ雑貨のアフタヌーンティー。ある。

い。英会話のイーオン。ある。

う。カラオケの歌広場。ある。

え。ABCマート。もちろんある。

お。オリックスレンタカー。やっぱりある。

いや、もちろん吉祥寺にないものだってあるにはある。

ただ、ここまでいろんなものが揃っていると、吉祥寺にないものは、結局のところ、現代人の暮らしに必要がないのではないかと思えてくるのである。

というように、すでにかなり高得点である吉祥寺の背後に控えているのが、あの有名な井の頭公園である。

ここまで都市生活の利便性が高くて、その上、四季の美しさと小鳥たちのさえずりまでついてくるのである。

もう、グウの音も出ねえだろ、の自信である。

とはいえ、この辺りで東京のもっと都心から、いくつか反論の手も挙がる。

まず手を挙げるのは、駒沢公園を有するアッパーミドル階級の世田谷勢か、はたまた諸肌《もろはだ》脱いで目黒川沿いの桜を見せる恵比寿近辺か。

「吉祥寺つったって、所詮は二十三区外でしょ。武蔵野でしょ」

いや、そうなのである。

ここでたじろいだ吉祥寺に、とどめを刺すのは、代々木公園を有する渋谷区の高級住宅街、松濤《しょうとう》、富ケ谷、上原辺りか。はたまた平民たちの争いなどちゃんちゃら可笑《おか》しいとばかりに、有栖川宮《ありすがわのみや》記念公園の近隣に鎮座する麻布勢か。

「吉祥寺？　ああ、昔、うちのご先祖様たちが狩りに行ってらした野山のことかしら」ってなもんである。

ただ、この容赦ない都心勢の攻撃に、もちろん吉祥寺も次の一手を考えている。

コスパ。

そう、都心に比べれば、なんだかんだ言ったって、いろんなものが安いのである。

似たような間取りのマンションを借りようが買おうが、都心で小鳥のさえずりを聞きながら目を覚まそうとすれば、吉祥寺の倍とは言わなくとも、それなりの差がつく。

この差で手に入れられる余裕というものが、たとえば犬の散歩の時間の差になり、たとえば夕焼けや月を眺める時間の差になり、人生の豊かさの差になるのである。

というような吉祥寺の言い分を、負け惜しみと取るか、「ほんとに幸せの形は人それぞれね」と取るか。

きっとこの辺りに人間の性《さが》のようなものが隠れているのかもしれない。

さて、長々と吉祥寺を自慢しているのか、バカにしているのか、よく分からない話を続けているが、要するに、吉祥寺というのは、適度に都会で、適度に田舎。

ギラギラした繁華街でもなく、ギスギスした高級住宅街でもない。ちょうどいい具合の街なのである。

そしてそんな街には、やはりギラギラもギスギスもしていない、ちょうどいい具合の人たちが集まってくるものなのである。

そこで、世之介たちが暮らす下宿に話は戻る。

もちろんイメージの良いブランド名を使わない手はないので、この下宿、その名前を「ドーミー吉祥寺の南」という。

すでにお気づきかもしれないが、「吉祥寺」の次に「南」とある。

吉祥寺南。

であれば、「きっと吉祥寺駅の南側にあるんだろうな」「歩いて十分ぐらいかな」と想像もできる。が、
吉祥寺「の」南、
となると、なんだかその範囲がぐんと広くなる。それこそ広大な武蔵野台地まで浮かんでくる。

そうなのである。

現在、世之介たちが暮らす「ドーミー吉祥寺の南」があるのは、吉祥寺駅からだとバスで十五分ほど（まったく渋滞しておらず、信号にも一度もつかまらなければだが）で、もっと言えば、肝心の住所が吉祥寺を有する武蔵野市ではなく、はっきりと三鷹市であり、

「あの辺りは吉祥寺じゃないわよ。完全に三鷹よ」

というのが、おそらく地元の人たちの総意だろうし、もっと言えば、

「住所は三鷹市でも、あの辺りはもう調布よね」

と、こちらが吉祥寺だと言い張っているのに、さらに余計なことを言う人までいる。

そう、名前には吉祥寺とついているが、厳密には三鷹市であり、それも限りなく調布市に近い

場所に、「ドーミー吉祥寺の南」は建っているのである。

もちろん三鷹や調布が悪いわけではない。吉祥寺ほどの賑わいはないにしろ、それぞれの駅前は開けているし、調布に至ってはPARCOまである。

ただ、ドーミー吉祥寺の南があるのは、それら三駅の中間というか、魔の三角地帯というか、陸の孤島というか、とにかくどの駅へ向かうにもバスが遠いのである。

ちなみに東京の土地にあまり詳しくない方に、この辺りがどのような風景かを簡単に説明させてもらいたい。

もちろん田園地帯ではない。ただ、わりと大規模な農園やビニールハウスもある。

元は畦道《あぜ》だったんだろうなーと思われる道に並んでいるのは戸建が多いが、たまに建てる場所を間違えたような、大理石張りの立派なマンションがあったりもする。

当然、スーパーやコンビニもある。ただバス停の隣には、百円を入れるボックスが置かれた無人の野菜直売所もまた普通にあるのである。


「あら、野村《のむら》のおばあちゃん、またトラクター乗ってるね」

隣地を耕すトラクターの音に、のんびりと耳を澄ませているのはあけみである。

住人たちの朝食の片付けを終えたあと、いつものように、グラム単位で測るようにしてハチミツを載せたヨーグルトを食べている。

「ほんとだね」

やはりのんびりと、食後のお茶を飲んでいた世之介も窓の外のトラクターの音に耳を向ける。

隣地は広い農地である。半分を市民農園として貸しており、週末になると、それこそ吉祥寺の駅近マンションに暮らす人たちがやってきて、それぞれの野菜を収穫していく。

残り半分が野村のおばあちゃんの農地である。三カ月ほど前、町内の婦人会で行った旅行先の小樽《おたる》で転倒し、腰の骨にヒビが入ってしまい、

「もう農作業もやめて、土地も手放そうと思ってんのよ」

と、サツマイモのおすそ分けを持って来てくれたときに言っていたのである。

世之介が窓を開けると、大きな麦わら帽子を被った野村のおばあちゃんがトラクターに乗っている。

すぐに世之介に気づいたらしく、エンジンを止めると、

「暑いねえ」

と声をかけてくる。

「おばあちゃん、腰は？」と、世之介は訊いた。

外は暑く、声を出しただけで汗が出る。

「じっとしてるより動いた方がいいって、お医者さんも言うしね。また、何か植えようと思ってんのよ。そういや、この前、悪かったわね。ここの野菜、全部収穫してもらって」

「いや、全然。おかげで新鮮な野菜、たっぷり食べて便通いいですもん。それよりおばあちゃん、熱中症、気をつけないと」

「ほら、これ着てんのよ」

やけに着膨れしていると思えば、トラクターの上で立ち上がったおばあちゃんは、扇風機付き作業服を着ている。

「あけみちゃんいる？」

「いますよ」

「たくさん素麺《そうめん》もらったのよ。あとで取りに来るように言っといてよ」

世之介が振り返ると、当のあけみがヨーグルトを食べながら窓辺にやってくる。

「おばあちゃん、暑くないの？」

炎天下での作業を心配するあけみに、

「あんた、朝ごはん、またそれだけ？」と野村のおばあちゃん。

「そう。ヨーグルトだけ」

と、あけみが答えれば、

「そんなもんだけにするから、昼や夜にたくさん食べて、また太んのよ」と容赦ない。

「だって、三食食べると、もっと太るんだもん」

「あんなに料理上手《うま》いのにもったいない」

世之介は聞こえないふりで窓辺を離れる。

まあ、お世辞にもあけみちゃんを華奢《きゃしゃ》とは呼べない。ただ、身内贔屓《びいき》を入れなくとも、ぽっちゃりでは収まる。

たとえばアルファベットで、「I」「O」のどちらに近いかと言われれば、そりゃあ「O」の方になるだろうが、「O」と言い切ってしまえるかと言われるとそうでもなく、あけみちゃん本人は、

「それだったら『O』じゃなくて『0《ゼロ》』くらいでしょ」

と言い張っている。

まあ、妥当な線ではあるし世之介を含めドーミーの他の住人たちにも異論はない。

壁時計を見ると、まだ九時前である。今日はスタジオでの撮影の仕事が午後から入っているので、午前中のうちに修学旅行の写真を整理してしまおうと、世之介が自室へ戻ろうとすると、

「あ、そうだ。世之介世之介」

とあけみちゃんが呼び止める。

「……もう仕事行く？」

「いや、今日午後から」

「どこ？」

「芝浦のスタジオ」

「あ、今日、第二火曜日だ」

「そ、南郷《なんごう》さんのアシスタント」

「じゃ、買い物付き合ってよ。和泉屋《いずみや》。特売なんだよね」

「今から？」

特売と聞いたからには、どうせついて行くくせに、とりあえず口は尖らせる世之介であるが、まあとにかく、写真の整理は急ぐわけでもない。

「いいよ、付き合う」

「よかったあ。車出してもらえると、瓶もの買えるから、ほんと助かるわ」

そうと決まれば、早速あけみちゃんに和泉屋のチラシを見せてもらい、お買い得な商品に赤マジックで◯をつけていく世之介である。


「世之介って、ほんと車の運転上手いよね。乗ってて、ストレス感じたこと一度もないもん」

助手席でうちわを扇《あお》いでいるのはあけみである。エアコンはついているが、炎天下に停めてあった車の中はそう簡単に冷えない。

おでんのようなハンドルを握る世之介もまた、その顔を送風口に近づけている。

業務用スーパー和泉屋へ向かう道中である。

「いや、俺もさ、大げさに言うと、これまでの自分の人生で一番進歩したのが車の運転じゃないかと思ってんだよね」

「他の人にも褒められるでしょ？」

「うん、褒められる。褒めない人でも気持ちよさそうにそこで寝てるから、やっぱり乗り心地いいんだと思う」

「安全運転だけど、すっと割り込んだり、横着なこともするじゃない？　あと、駐車なんて、ミリ単位でピタッと停めるしさ。乗ってて惚《ほ》れ惚《ぼ》れするもん」

「でしょ？　俺もそう思う。いやー、これまで自分の意思とは関係なく、ほんといろんな車を運転させられたからなー。たとえば、紫色のマークII、あとフェラーリ」

「確かに世之介の意思は全く入ってない感じする」

「でしょ。免許取った当時はさ、めちゃくちゃ下手だったんよ」

「運転上手い人って、最初から上手いんじゃないの？」

「ぜんぜん。自分の運転に自分で車酔いすることあったもん」

「うわっ、乗りたくない」

「でしょ。だから、さっきのあけみちゃんの台詞《せりふ》。若いころの俺の車に乗ったことある人全員に聞かせてやりたいよ」

　とかなんとか言っているうちに、和泉屋に到着である。ただ、特売日とあって、平日ながら駐車待ちの列が出来ている。

「そう言えば、公園のカイツブリの赤ちゃんたちの話したっけ？」

　車を最後尾につけると、世之介は訊いた。

「カイツブリって黒っぽい鳥だっけ？」

「実際は首んとこ、季節によって赤茶とか黄っぽくなったりするんだけどね。まあ、濡れてると、黒いか」

「カモっぽいやつでしょ」

「そうそう。カモよりかなり小さいけどね」

「ヒナ鳥が生まれたんだっけ？」

「そんなの、もうずいぶん前。そのヒナたちが今ではお母さんのあとをついて回ってんだけど、最近、長く潜れるようになってさ」

二台連続で駐車場から車が出ていく。世之介はジリジリと車を前に出す。

「長くってどれくらい？」

「結構な時間、潜るよ。まだ確実に餌を取ってくるまではいかないけど、それでも一緒に息止めるとさ、こっちの息が続かないくらい長く潜ってるもん」

「へえ」

もし二人が付き合い始めたばかりのカップルや新婚さんならば、この辺りで、

「カイツブリのヒナと素潜り勝負するなんて、ウケる～」

とか、

「それで負けてるなんて、もっとウケる～」

などと会話も弾むのだろうが、さすがに付き合い始めでも新婚でもない二人となれば、いくら彼氏や夫がカイツブリのヒナたちと肺活量を競い合おうと、彼女や妻は、

「へえ」で、終わりである。

と書いてしまうと、きっと世之介とあけみちゃんは長年連れ添った夫婦なのだろうと思われる読者諸氏も多いだろうが、この辺りちょっと複雑なので、誤解を招かないように少し説明を加え

ておきたい。

実際、世之介は「ドーミー吉祥寺の南」に暮らしている。

もしかすると、きっと世之介のことだから、三十八歳にもなって、谷尻くんのような大学生や大福さんのような若い人たちに混じって下宿暮らしをしているのだろうと早合点していた方もいるかもしれない。

だが、事実はさにあらずである。

世之介が寝起きをしているのは、二階にずらりと並んだ下宿人たちの部屋ではない。曲がりなりにも一階にあるオーナーの住居部分に、あけみちゃんと暮らしている。

おそらく今年の春に暮らし始めた谷尻くんは、二人を夫婦だと確信している。

ドーミーに暮らして四年目の大福さんは、世之介よりも古参の住人になるが、そもそも彼女自身が世之介たちの関係に興味がない。

ドーミー歴が二十年ほどのもう一人の住人、礼二《れいじ》さんに至っては、世之介やあけみよりも年長ということもあり、もし結婚となれば、それ相応のお祝いを包まなければならないと心配しているようで、その手の話になると、さっと自室に戻ってしまう。

で、結局、二人はどんな関係か。

早い話が、内縁の関係にある夫婦。もう少し現代風に言えば、事実婚である。

ただ、と言い切ってしまうと、またちょっとニュアンスが違ってくるのである。

下宿人たちと一緒とはいえ、二人で暮らしているのは間違いない。さらに籍は入れていないので、事実婚となる。

ただ、である。

事実婚というのは、お互いに結婚する意思はあるが、結婚制度そのものに対して、ひとくさりの意見がある人たちのイメージである。

しかし、世之介たちにその手の高尚なものはない。

もっとくだけた言い方をすれば、世之介も二人の関係性に一歩距離を置いている。そしてあけみもまた、さらに距離を置いているのである。

ああ、焦《じ》れったい、という読者諸氏の声がはっきりと聞こえてくるが、申しわけないことにこればっかりは、もう少しだけ二人の暮らしぶりを見ていただかないことにはどうしようもないのである。


外は、街路樹も道路標識もなぎ倒しそうな暴風雨である。

野村のおばあちゃんの農地では、おばあちゃん手作りの痩せたカカシが、すでに瀕死《ひんし》の重体である。

九月も半ばを過ぎ、やっと朝晩はひんやりした風を感じるようになり、「いい季節になったねえ」と言っていた矢先、台風がやってくる。

自然というのは、実にままならないものである。

さて、この暴風雨の中、ドーミーの玄関先にずぶ濡れで立っているのは、ムーさんこと武藤先生と、その奥さん、そして一人息子である。

たしかに約束したのは今日なのだが、何もこんな日に無理してこなくても、とは世之介でなくとも思う。

ただ、ムーさん本人にはまったく予定を変更する気はなかったらしく、

「いやー、そこに車停めて、ちょっと走ってきただけで、これだもん」

と、ずぶ濡れの自分を楽しんでいる節もある。横ではムーさんの奥さんが、とても小さなハンカチで顔を拭いているが、濡れ方とその大きさがまったく合っていない。

ムーさん曰く、近くにコインパーキングを探したらしい。

だが、どうしても見つけられず、結局ドーミーから少し離れた場所にある自動販売機の前に停めてきたという。

「そこに大きな道があるでしょ。両側が畑になってる。あそこまで出れば、見つかるかなあと思ったんだけどね」

この辺りは道幅も広く、空き地も多い。ちょっと走れば、コインパーキングの経営が成り立つ場所ではないと気づくはずだが、そこは気にならなかったらしい。

「目の前に停めてよかったのに」と世之介。

「でも、ここバス通りでしょ？」

「いや、バスったって、この時間、三十分に一本も通りませんから。隣のおばあちゃんなんか、そこにトラクター停めますよ」

「へえ、トラクター?」

とかなんとか話しているうちに、奥から出てきたあけみが、

「まあ、とにかく上がって下さいよ」

とずぶ濡れの三人にタオルを渡していく。

ムーさんと奥さんは素直に受け取って、すぐに髪を拭き始めたが、息子だけはツンとすました顔で、

「あ、俺なら大丈夫です」

と受け取らない。

ただ、あけみは息子の意見など聞く気もないらしく、その頭にふわりとタオルをかけると、

「とにかく上がって下さいよ」

とムーさんたちの背中を押した。

食堂に案内して、世之介が熱い茶を出したころには、ムーさんたちの髪や顔も乾き、キョロキョロと室内を見回していた目も落ち着いている。

ムーさんの奥さんというのは、いかにもムーさんの奥さんといった感じの人で、ムーさんが中年の中学の国語教師っぽいとすれば、奥さんは中年の中学の国語の女教師にしか見えない。

一方、息子はといえば、やはり両親が中学の教師の息子としか見えないのだが、まだコインパーキングの話をしている父親たちに、

「いいよ、もうその話！」

と、とつぜん苛立《いらだ》ったりする。

実際、世之介やあけみにしても、「ほんとにもういいよ、その話」なのだが、要は言い方なのであろう。

せっかく淹《い》れたお茶に口もつけず、

「あのー、二階見てきていいっすか？」

と息子が立ち上がる。

「いいけど。名札のついてる部屋は開けちゃダメよ。奥のついてない部屋は自由に入っていいから」

あけみの許しを得て、息子が睥睨《へいげい》するように室内や廊下を見回しながら、二階への階段を上がっていく。

「背ばっかり、ひょろっと大きくて」

とはムーさんの奥さんで、気になるのは態度よりも背の高さらしい。

ただ、息子がいなくなると、即席の児童相談所みたいな様相を呈してくる。

ムーさんと奥さんは、とにかく環境を変えてあげなければ、息子はこのまま引きこもりになってしまうと悲愴《ひそう》な表情で、奥さんに至っては、世之介とあけみを本物の相談員だと思い込んでいる節さえある。

「でも、うちは、ただの下宿ですから」

ここで暮らせば、息子の人生がバラ色にかわるとでも思い込んでいるらしいムーさんたちの話

に、あけみもちょいちょい、

「でも、うちは、ただの下宿……」

「でも、うちは、ただの……」

と、口を挟むのだが、いつの間にか、それさえムーさんたちの熱唱を助ける絶妙な合いの手のようになってしまい、今にも「ｈｅｙ、ｙｏ」と言い出しそうである。

「あの、ムーさん、息子さんと将棋やったりしないんですか？」

世之介は助け舟を出すつもりで尋ねた。

「子供のころはね、休みのたびによくやってたんだけどね。いい対戦相手に成長してさ。こっちも本気でやらないと勝てなかったからね」

「でもねえ、今はもう、一歩《かずほ》ちゃん、やらないもんねえ」

と、会話に加わってきた奥さんの横で、

「一歩《いちふ》って書いて『かずほ』なんだけどね」

と、ムーさんが教えてくる。

よほど将棋が好きらしい。

「……だから最近は、将棋もやらないね。私たちは休みの日はエキストラばっかり」

ふいに聞き慣れぬ言葉が出てきて、「え？」と世之介とあけみは声を揃えた。

「だから、エキストラ。映画やドラマで募集してるでしょ」

「ああ、あのエキストラ」

また世之介とあけみの声が揃う。

「……夫婦でエキストラ事務所に登録もしてるんだけど、最近はネットなんかで募集あるでしょ。だから、行けそうな日程で申し込んで、でも、わりと当選するんだよね」

息子の将来を案じていたときとは違い、ムーさん夫妻の表情から悲愴感が消えていく。

「東京も多いけど、ちょっと離れた茨城とか群馬なんかであると、前乗りして安い温泉に泊まるんですよ。それで次の日が撮影」

と、奥さんもかなりの愛好家らしいが、

「じゃあ、結構映ったんですか？　映画に」

と、なぜかあけみまで興味を持ち始める。

「映ったって言っても、後ろ姿がちょろっととかね、米粒みたいな大きさで顔が映ったりしたことはありますけどね」

「すごいじゃないですか！　たとえば？」

「たとえば……、まあ、最近だと『フラガール』は、ラストシーンの観客役でちょっとだけ顔が映ったわよね。あとはほら、お父さんが鬘《かつら》つけてもらった『たそがれ清兵衛』」

謙遜しているわりには、奥さんの口から次から次に映画のタイトルが出てくる。

そこにミーハーなあけみが合いの手を入れるものだから、夫婦の自慢話は止まらない。

さっきの息子ではないが「もういいって、その話」である。

ということで世之介は席を立った。まあ、彼らの息子を下宿させるかどうか、最終的に決めるのはオーナーのあけみちゃんである。

廊下に出ると、二階の様子を窺《うかが》った。上にいるはずだが、階上に息子の気配がない。

代わりに強い風が吹き降りてくる。世之介は二階へ上がった。

廊下には誰もおらず、物干し台となっているテラスに出るドアが開いており、雨が吹き込んでいる。

廊下を進んで顔を出してみると、一歩がビニール傘を差して、暴風雨に襲われている隣の農地を見つめている。

「ここ、閉めるよ。雨入るから」と世之介は叫んだ。

振り返った息子が、「あ、はぁ」と力の抜けた返事をする。

「空き部屋見た？」と世之介は訊いた。

「まぁ」と一歩。

「住めそう？」

「別に、俺はどこでもいいんで」

ずぶ濡れのシャツが張り付いたムーさんの息子の体は、野村のおばあちゃんお手製の痩せたカカシより細い。

台風一過の真っ青な空である。

東京湾岸地区に建ち並ぶ高層マンションも、久しぶりの晴れ間に背伸びをしているようである。

倉庫街に建つ写真スタジオの非常階段で、高層マンションに負けないような背伸びをしているのは世之介である。

撮影の休憩中に暗いスタジオを抜け出してきて、さて背伸びもしたし、コーヒーでも飲もうかと階段に座り込んだ瞬間、

「おい！　横道！　どこ行ったんだよ、横道！」

と、怒鳴る南郷の声が、分厚いドアの向こうのスタジオから響いてくる。

世之介は熱いコーヒーをまず一口啜《すす》り、

「はーい。ここにいます！　すぐ行きまーす！」と返事した。

「よいしょ」と、重い腰を上げて世之介が立ち上がろうとすると、非常口のドアが開き、

「ああ、やっぱりここにいたんですか」

と後輩の江原《えばら》がそのつるんとした顔を突き出す。

「南郷さん、なんだって？」

世之介が尋ねると、江原がうんざりしたような顔で、

「先月撮影したサンサンフーズの写真カタログって、横道さん持ってませんよね？」

「名古屋のカップ麺？」

「はい」

「持ってないよ。南郷さんのパソコンのファイルに入ってんじゃないの」

「それが入ってないって。だから横道さん呼べって。持ってるはずだからって」

「今、必要なの？」

「かねやさんが、今度カップ麺も発売するらしくって。見せたいって」

世之介は一度下ろした重い腰を再び上げた。

スタジオに戻ると、今日のクライアントである「かねや」の広報担当、小泉《こいずみ》さんが、

「ごめんね、横道さん。別に今日じゃなくてもいいんだけど、先生がどうしても今見せるって言い出しちゃって」

と、気を遣ってくれる。

「南郷先生は？」

世之介が尋ねた途端、

「おい、横道、どこにいたんだよ！」

と、南郷がトイレから戻ってくる。

「サンサンフーズの写真ですよね？」

南郷が怒鳴り出す前に、世之介は訊いた。

「そう、そうだよ。今、『かねや』さんに見せようと思ったら入ってないんだよ。お前が保管してんだろ？」

他の仕事の写真同様、南郷が保管しているのは間違いないのだが、ここで事実を告げたところで、「ああ、そうか。ごめん」と、南郷が非を認めるわけもなく、認めないどころか、「いつも言ってんだろ。俺のアシスタントに入った仕事は、最後の最後まで気を抜くなって」とかなんと

か、さらに怒鳴り出すに決まっている。

「じゃ、このあと先生の事務所に寄らせてもらって、ちょっとファイル探してみますよ。それで、もし見つけられなかったら、サンサンフーズの高倉《たかくら》さんに連絡入れてみて、貸してもらえないかどうか聞いてみます」

南郷をなだめるように世之介が言うと、横から「かねや」の広報、小泉さんも、

「ああ、サンサンフーズの高倉さんですか。この前のフードフェスの時も同じブロックのブースだったんですよ」

と、場の空気を変えようとしてくれる。

「じゃ、先生。僕が『かねや』さんに、必ずお見せしますから、それで大丈夫ですか？」

世之介は南郷に確認したのだが、

「私はそれで大丈夫ですよ」

と小泉さんが先回りして答えてくれる。

おそらく南郷自身も手元にファイルが残っていないのは自分のミスだと分かっている。さらに言えば、南郷だけでなく、ここにいる誰もが、おそらくそうじゃないかと思っており、そして南郷はそのこともまた分かっているのである。

「先生、すいませんでした。今後はこういうことがないように、きちんと整理しておきますので」

世之介は深々と頭を下げた。

「もういいよ」

南郷がその頭を叩いて、

「じゃ、十分後に撮影再開」

とスタジオを出ていく。

「ごめんねー、横道さん」

すぐに小泉さんが両手を合わせ、

「……私が余計なこと頼んじゃったもんだからさ」と、世之介に平謝りする。

「いやいや、全然。小泉さんに見ていただいた方が、そりゃ、もちろんいいんですから」

「いや、でも、私がプロモーション担当できるかどうかも分かってないし」

「いやいや、そこは繋いでくださいよぉ」

とつぜんふざけた口調になった世之介に、やっと小泉の表情も柔らかくなる。

「たぶん事務所のパソコンには残ってるはずなんで、ファイルにして送ります」

「ありがと。じゃ、とにかくプロモーションで写真をお願いすることになりそうだったら南郷先生を必ず勧めるようにするから」

さてこれで、続きの商品撮影も問題なく始められそうだと、世之介が飲みかけのコーヒーを取りに行こうとすると、

「これですよね」

と、横から江原がさっとコーヒーカップを出してくれる。

「おお、さすが。俺もさ、エバくらい気が利けば、南郷さんも機嫌よく仕事できるんだろうけど

ね」

世之介が恭しくコーヒーカップを受け取ろうとすると、

「あの人には何やっても無駄ですよ」

と、江原がボソッと呟く。

「まあ、そう言うなって」

「だってそうじゃないっすか」

「まあ、そうだけどさ」

「なんで、あの人が横道さんにだけ、あんなに偉そうにしてんのか、俺、不思議なんすよね」

「性格じゃない？」

「いや、甘えてんでしょ、横道さんに」

「まぁまぁまぁ、エバも、そう熱くなるなって。お前が熱くなって、コーヒーの方が冷めちゃってるもん」

世之介の軽口に小泉さんはプッと噴き出すが、当の江原は憤然としたまま、次の撮影に必要な照明のセットに戻る。

「なんだか、今どき真っ当な青年ですねえ」

小泉さんがさも感心したように呟くので、

「エバですか？　いやいや、なぜか南郷先生だけ毛嫌いしてるんですけど、根は抜けてますから」と世之介は慌てて訂正した。

「そうですか。抜けてるようには見えませんけどね」

「いやいや、だって、好き好んで僕みたいな奴について回ってんですから、まずカメラマン志望の若者として抜けてますよ」

「いやいや、そんなことないでしょ……。横道さんだって……」

と、小泉さんもそこまでは言うのだが、その先が続かぬようで、「……立派ですよ」という、なんとも曖昧な評価でお茶を濁してしまう。

南郷常夫《つねお》が名の売れたカメラマンとはいえ、四十を前にしてそのアシスタントについている世之介を、「かねや」の広報、小泉さんとしても、どう評価してよいのか分からぬのが正直なところであろう。

一応、世之介の名誉のために、少し情報を補足させてもらえば、現在、世之介は事務所に所属はしているが、基本的にはフリーカメラマンという立場にある。

簡単に言えば、一人親方のようなもので、所属事務所から仕事を紹介してもらうこともあれば、自身の伝手《つて》とコネで、付き合いの続いている仕事もある。

大抵は一人で現場に向かうが、たまに大掛かりな撮影になると、江原のような若いアシスタントを雇うこともあり、一応、独り立ちしたカメラマンなので、今回のように誰かのアシスタントにつくことは基本的にない。

ただ、この南郷だけが例外なのである。

本来なら、アシスタントというのは、写真学校を卒業したばかりの若者たちに与えられるべき仕事である。じゃないと、カメラマンの卵たちが食いっぱぐれる。

独り立ちしたカメラマンたちだって、このアシスタントでもらえる微々たるバイト代でどれほどの空腹を満たしてきたかを知っているので、そこは蛇《じゃ》の道は蛇《へび》の不文律である。

ただ、この南郷がわがままを言う。

「若いのは、ごめんだぞ。横道をつけてくれよ。ずっとあいつにやらせてるから、やりやすいんだよ」

と、事務所でゴネるらしいのである。

事務所としても、いやいや、とはいえ、蛇の道は蛇の〜、と説得はしてくれているようなのだが、「だったら、その仕事、断る。どうせ、俺じゃなくてもいいんだろ？　俺の時代なんかもうとっくに終わってんだろ？」と、本題から斜めに逸《そ》れた、妙なすね方をするらしい。

「ってことでさ、横道くん、今回だけ。……今回だけ頼むよ」

と、事務所の社長直々《じきじき》のお願いとなるのである。

世之介としても、決して愉快な気分でやれる仕事ではないが、なにも南郷が親の仇《かたき》というわけでもない。

「じゃ、今回だけですよ」

結局、社長の泣き落としに乗せられて、すでに十年ほどが経《た》つと言えば、「え？　十年？　どんだけのんびりしてんだよ」と呆れる読者諸氏も多かろう。

「横道さん、このイクラ、食べないんすか？」

言いながら、すでに江原の箸がイクラの軍艦巻きに伸びている。

「魚卵類、控えてんだよ」

江原の箸先からポロっと溢《あふ》れたイクラの粒を、名残惜しそうに見つめているのは世之介である。

そのイクラもまた、江原が容赦なく指で摘んで口に入れる。

「なんで、魚卵類、控えてんですか？」

「この前の健康診断で、尿酸値が高くてさ」

「尿酸って、プリン体でしょ？　だったら、なんでそんなにビール飲んでんですか？」

「なんでって、ハッピーアワー……」

南郷との仕事が終わり、いつものように江原を誘ってやってきたのは、田町駅に近い「芝浦水産」という居酒屋である。

活《い》きのいい海鮮料理がワイルドに出てくる店で、午後六時半までのハッピーアワーだと、ビールが一五〇〇円で飲める。

「だって、横道さん、魚卵類、めちゃめちゃ好きじゃないですか。イクラ、タラコ、たまにカラスミなんか食べると、嚙まないでずっとしゃぶってるじゃないですか」

「そんな下品な食い方しないよ」

「いや、しますよ。横道さん、高いもの食う時、すげえ下品ですもん」

「かっこ悪《わり》ぃな、それ」

とかなんとか笑い合っているうちに、注文した特大縞《しま》ホッケが大皿で運ばれてくる。

「そういえば、うちの親父《おやじ》も痛風で、たまに唸《うな》ってたなあ」

「エバの親父さん、幾つだっけ？」

「えっと……、親父が三十三の時の子だから……、え？　うちの親父、もう五十七だ」

「今も痛がってる？」

「いや、最近はそうでもないっすね。慣れたのかな？」

「慣れる痛みじゃないらしいぞ」

「知ってますよ。うちの親父、泣いてましたから。痛くて」

「マジか……」

その辺りで何かの答えが出たらしい世之介が、縞ホッケの身をほぐす江原をまじまじと見る。

「何すか？」

「いや、ってことは、エバももう二十四かと思って」

親父さんの年齢から三十三を引いた数がやっと出たらしい。

「そうですよ。俺ももう二十五で、横道さんについて、もう六年ですよ」

エバが特大縞ホッケの身を器用にほぐしながらため息をつく。

「俺も年とるはずだよな」

一番大きくほぐれた身を箸でつまみながら感慨深く呟く世之介に、

「呑気なこと言わないで下さいよ。この人の下についてたら、俺も、一、二年で大手の出版社から写真集とか出せるようになるんじゃないかなって思ってたんですから」

と、恨みがましくエバが二番目に大きくほぐれた身を取る。

「お前も見る目がないねぇ」

「人を見る目だけはあると思ってたんだけどなあ」

「じゃ、その唯一の取り柄もなくなって、どうすんだよ」

その辺りで大皿に並んだ生牡蠣《がき》が運ばれてくる。大ぶりな牡蠣はとても美味《うま》そうだが、もちろん注文していない。

二人同時に無言で首を横に振ると、新人らしい店員が伝票を確認して、すぐに別のテーブルに運んでいく。

「横道さんって、二十四、五のころ、何やってたんですか?」

「二十四、五? 何やってたかな?」

「もう大路《おおみち》先生の所で働いてたんですか?」

「いや、まだ……。あ、そうだ。ちょうど大路先生が審査員だった写真コンテストで佳作もらったのがそのころだよ」

「その賞って、M市主催の? 横道さんがバイトしてた整備工場の職人さんたちを撮った写真でしょ? あの写真、いいっすよねえ。俺、好きなんだよなあ」

「当時、俺、池袋に住んでたんだよ。そしたら偶然、大路先生の事務所が池袋で」

「北口のラブホ街でしょ?」

「そうそう。あれ、お前も行ったことあったっけ？」

「大路先生が死ぬちょっと前に一度だけ。横道さんと昔のフィルム探しに行きませんでしたっけ？」

「そうだっけ。……でな、とにかく大路先生の事務所の一階がイートインのあるコンビニで、当時そこに南米系の娼婦がよくたむろしててさ。店に入ると、『お兄さん、遊ぶ？』って声かけてくるんだよ」

この辺りでエバが「ん？」と首を傾《かし》げる。この話、前に聞いたことあったな。の顔である。

ただ、喋り出した世之介の口は、ハッピーアワーの安いビールのお陰でもう止まりそうにない。

半日、スタジオで南郷にいじめ抜かれた末に、やっと解放されて一息ついている先輩である。しばらく気持ち良く喋らせておいてやろうと、心優しき後輩のエバは店員に目配せして、先輩のために追加のビールを注文してやるのである。

さて、ハッピーアワーにはぴったりの笑顔で気持ち良さそうに話している世之介の昔話であるが、もしかすると、ああ、そんなこともあったなあ、と懐かしく思い出しておられる読者諸氏もいらっしゃるのではないだろうか。

というのも、ずいぶんと挨拶が遅くなってしまったが、この『永遠と横道世之介』という物語、実はシリーズ物の三作目となる作品である。

となると、

「え？　騙《だま》された！」

「じゃ、一作目と二作目読んでないと面白くないじゃん！」と、ご立腹される読者諸氏の声が聞こえてきそうだが、そこはどうぞご安心いただきたい。

この物語、筆者自ら言うのもあれだが、シリーズを通して、ほとんどストーリーらしきストーリーがなく、もっと言えば、起承転結はもちろん、伏線があって最後に回収などという手の込んだ仕掛けもないのである。

簡単に言ってしまえば、第一作の『横道世之介』は、この物語の主人公たる世之介が、大学進学のため、故郷長崎から上京してきた一年間を描いた物語であり、二作目の『おかえり横道世之介』では、せっかく大学は卒業したものの、バブル景気の波に乗り遅れ、就職もできずにバイト暮らしを送っている二十四、五の世之介の、なんてことのない一年が綴《つづ》られている。

そして、今作『永遠と横道世之介』だって、おそらく起承転結もなければ、気の利いた伏線も、その回収もなし、なのだから、どうぞ、このまま安心して読み続けていただきたいというのも乱暴な話ではあるが、たとえば写真アルバムにしたって、何も生まれた時から、幼稚園、小学校、中学高校、成人式と、順を追って見ていかなくても、たまたま開いた一年のうちに腹を抱えて笑えるような面白い写真が見つかったりもするものである。

と、なんだか次第に言い訳がましくなってきているが、とにかく、ここで申し上げたいのは、次のようなことである。

もちろん筆者も含めてだが、人の人生になどそうそう派手な物語はないのではないだろうかと思うのである。

もう少し言わせてもらえば、人生というものは、人の一生から、その派手な物語部分を引いたところに残るものではないかと思うのである。

「あー、食った食った」

網焼きの煙の中、満腹の腹をさすりながら「芝浦水産」を出てくるのは世之介である。

後ろから、同じように腹をさすって出てくるのは、その世之介を十五歳分若くしたようなエバである。

「……でもさ、こうやって満腹で帰っても、なんかこう、寝る前に食いたくなるんだよなあ」

駅へと向かう酔客たちに紛れながら機嫌よく話す世之介に、

「俺、食いますよ。菓子パンとか」とエバ。

「いや、そういうんじゃなくてさ、お茶漬けをさらさらっと」

「ああ、いいっすね」

「そしたら、あけみちゃんが自分で漬けた白菜の浅漬けとか、山菜の佃煮とか出してくれるんだよ。佃煮も自家製だからな。山椒がピリッと効いてて美味いんだ、これが」

「そういうのを、完全に胃袋摑《つか》まれたって言うんでしょ」

「意味としてはそうだけど、俺たちの場合はちょっと違うだろ。俺が胃袋差し出してんじゃない？」

「まあ、その辺の大人の関係については、俺はノーコメントで。って言うか、そんだけ食べて、横道さん、よく、太んないですね？」

「毎日、ウォーキングしてるもん」

「まあ、ほんとにあけみさんの手料理美味いっすもんねえ。また、ご馳走になりに行こっと」

田町駅に着くと、何やら大混雑である。どうやら人身事故があったようで、山手線が全線で運転を見合わせているらしい。

「あ、そう言えば、これこれ。見てくれよ」

結局、ホームへ上がる階段の途中で身動き取れなくなった世之介が背中を丸めてカメラを出し、撮影した写真を見せる。

写っているのは、先月行われた陸上のインターハイの写真である。

身動き取れないながらも、エバも体を傾けて写真を見る。

「おっ、これ、亮太《りょうた》くんですか？」

「そう。ほら、これ、表彰式。五千メートルで優勝したんだよ」

世之介が見せたのは、晴れやかな笑顔で胸にメダルをかけた少年の写真である。

ちなみにこの亮太という少年、話せば長くなるのだが、それこそ世之介が今のエバと同じ二十四、五歳のころに付き合っていた女性の一人息子で、当然その女性とはすでに別れてしまっているが、息子の方とはその後も付き合いが続いている。

ただ、この辺りの事情を説明するのが面倒なこともあり、大抵は「親戚の子」として話すことが多い。

「……今年のインターハイ、佐賀だったんだよ。ちょうど長崎に里帰りする予定があって。その帰りに寄れてさ」

「亮太くん、喜んだでしょ？」

「あいつが？　喜ぶもんか。それこそ子供のころはさ、俺の顔見ると走って抱きついてきたくせに、今じゃ、わざわざ佐賀まで応援に行ったって、『別にいいよ。こんなところまで来なくて』だって」

「まあ、それでも内心嬉しいんじゃないですかね？」

「本物の父親だって嫌がる年頃だぞ。それが、離婚した母親がそのあとにちょっとだけ付き合った元彼だぞ。嬉しいか？」

この辺りで横に立っていたかなり恰幅《かっぷく》の良い女性が、二人の話に俄然興味を持ったようで、横目で写真を覗《のぞ》き込んでくる。

視線に気づいた世之介は、それこそ我が子の偉業を自慢するように、少しだけ見やすいように女性の方にカメラを傾けた。

すると、横の女性が小声で教えてくれる。

「うちの子も、この前のインターハイに出たんですよ」

「え？　そうなんですか？」

「うちの子は砲丸投げ。女の子なんだけど」

「あ、撮りましたよ、女子の砲丸投げ」

世之介が急いでその写真を探すが、やり投げ、ハンマー投げまでは出てくるのに、なぜか砲丸が出てこない。

そして、これまでまったく動かなかったくせに、こういう時に限って、乗客たちが動き出し、下から押されるように、あれよ、あれよと、まるで泣き別れの世之介たちである。

「さて、さて、さて、今日も美味しいごはんをいただきましょうか、みなさん」

機嫌よく食堂にやってくるのは、風呂上がりの世之介である。

九月も終わりだというのに、しつこい残暑である。せっかく風呂に入ったのに、世之介の額にはもう汗の玉が浮かんでいる。

「あれ、あけみちゃん、今日の晩メシ、俺だけ？」

冷蔵庫から缶ビールを取り出しながら世之介が尋ねると、

「いえ、僕、います」

と、谷尻くんがのっそりと厨房から大きな皿を抱えて現れる。

「谷尻くん、もっと元気出しなよ。もう予備校生じゃなくて、大学生なんだから」

「はあ。……でも、まだ慣れなくて。気持ちがまだ浪人生なんですよね」

とかなんとか言いながら、谷尻くんが持ってきた大皿を覗き込むと、爽やかなすだちの香りが立つ。

「何、これ？　あけみちゃん」

「焼きサンマのすだち醤油」

と、当のあけみが中鉢を持って現れる。

すぐに世之介がそちらも覗き込めば、

「里芋のごま味噌煮です」とあけみ。

「うまそー。ビールにぴったり」

と喜ぶ世之介の横で、まだ浪人生気分らしい谷尻くんが自分用にてんこ盛りのごはんをよそっている。

「礼二さん、今日も残業？」

席に着きながら世之介が尋ねれば、

「そう。大福さんは遅番だって」とあけみ。

「あれ、じゃ、一人分多くない？」

プシュと缶ビールを開けた世之介の隣にも食器が並んでいる。

「何、言ってんのよ。武藤先生んとこの息子さん」

「ああ、そうだ。ムーさんの息子。どうしてんの？」

世之介が天井を見上げると、

「ぜんぜん出て来ないよ、部屋から」

とあけみが答え、

「……谷尻くん、このあと豚の角煮も出るからね」

と、すでにごはんをがっついている谷尻くんを牽制《けんせい》する。

「出てこないって。メシは？」と世之介。

「昨日は結局出て来なかったから、おにぎりドアの前に置いといたら、それは食べてた」

「なんか野良猫みたいだな。まあ、でも食欲あるんだったら大丈夫か」

同じ屋根の下に引きこもり気味の若者がいるのは大問題なのだが、どちらかといえば問題は後回しにする質《たち》の上、目の前には美味そうな食事である。

キラキラと焼けた熱々のサンマの上には、大根おろし、ミョウガ、青じその千切りが盛られ、そこにすだちを搾ると、秋と夏の美味いものを混ぜあわせたような、なんとも香ばしい匂いが立つ。世之介は一口大のサンマをパクリと口に放り込んだ。あっさりとした味だが、薬味がツンと鼻を抜ける。

「美味いね」

「こっちの里芋は野村のおばあちゃんちの」

「へえ」

と、世之介が箸を隣の鉢に伸ばそうとすると、「あ」と、急に谷尻くんが声を上げる。

「……この前、横道さんが言ってた石のことですけど、あれって叩くと手が痺《しび》れるじゃないですか？　だから重く感じるんじゃないですかね？」

唐突といえば唐突だが、世之介にも話の内容は伝わったようで、「ああ！　そうかも！　そうだよ、きっと」となぜか興奮している。

ちなみにこの話、どうでもいい話の部類なのだが、どうでもいい話を省くと、この食事シーン自体、存続の危機となるので、簡単に説明させて頂きたい。

谷尻くんが言った「叩くと重くなる石」というのは、奈良の洞川《どろがわ》温泉の寺に古くから伝わるものである。

なんの変哲もない丸い石だが、叩いてから持ち上げると重くなり、逆に優しく撫でてから持ち上げると軽く感じられる。

実際、世之介もやってみたのだが、それこそ狐につままれたように、その通りに感じてしまい、まあ、気のせいだろうとは分かっているのだが、以来、不思議でならなかったのである。

「いやー、谷尻くん、本当にそうかも。叩くと手が痺れるもんね。……あ、そうだ。あけみちゃん、漬物石あったよね。ちょっとやってみよっと」と世之介。

「じゃ、私もやってみる」とは、あけみである。

まあ、いつもと変わらぬ夕食である。ここに残業や出張がなければ礼二さんが、書店勤務が早番なら大福さんも加わる。

ただ、もう一度言うが、ここ数日、上には引きこもり気味の若者がいる。問題を後回しにするのは、どうやら世之介だけではないらしい。

十月　来年四《し》十《じゅう》

夜風に漂ってくるのは、野村のおばあちゃんの農園に咲く金木犀《きんもくせい》の香りである。大きな木で、この時期になると、オレンジ色の鮮やかな花が咲き誇り、普段は地味なこの界隈《かいわい》の景色が一気にオシャレに目覚めた女子中学生みたいになる。

車を降りて世之介が背伸びをしていると、のんびりと走ってきたバスから降りてきた乗客の中に、大福さやかさんの姿がある。今日は早番で、夕食には間に合うらしい。

「おかえり」

世之介は家の前から声をかけた。大福さんが歩きながら読んでいた本から顔を上げ、

「あ〜、ただいま」

と、まったく車も通っていない道を、何度も確認しながら渡ってくる。

「こんな暗いところでも読めるの？」

「あ〜」

大福さんが夜空を見上げる。

「それより、この匂い」

世之介は金木犀の匂いを吸い込んだ。

大福さんもまた、その可愛らしい小さな鼻で深呼吸する。

「大福さんもこの匂い嗅ぐとトイレ思い出す？」

「いえ、別に」

「ああ、そうなんだ。やっぱり世代なのかな。俺やあけみちゃんの世代だとさ、トイレの芳香剤といえば、この金木犀だったんだよね。でも、大福さんたちみたいに若いと、もういろんな匂いがあったんだろうね」

一人納得しながら玄関に入った世之介は、自分の分と大福さんの分の名札を赤い〈不在〉から緑色の〈在宅〉にくるりと変える。

「珍しく今日は全員いるね」

世之介の言葉通り、あけみ、世之介、礼二さん、大福さん、谷尻くん、そして新入りのムーさんの息子、一歩の計六人の名札が、綺麗に緑色の〈在宅〉となっている。

「ただいま！」

世之介が食堂に入ると、待ち構えていたように台所からおたまを手にしたあけみが駆け出してくる。

「やっと帰ってきた。世之介、大ニュース、大ニュース！」と。

良いニュースらしく、あけみが手にしているおたままで満面の笑みを浮かべているように見える。

「何何？　良いニュース？」

「当選」

「え！　あの、宝クズ？　……違う。宝クズ？　じゃなくて……」

先日二人で購入した宝くじがあったものだから、てっきりそれが高額当選したと思った世之介はもう口も回らない。

「宝くじじゃなくて、エキストラ」

「え？　エキストラ？」

あけみの喜びようで、もしかして億超え？　とまで期待していた世之介の声がしぼむ。

「ムーさんが私たちの分まで申し込んでくれてたんだけど、申し込んだ日の撮影シーンがわりと大人数の募集だったみたいで、全員分当選したんだって！」

億万長者の世界から、一気に映画のエキストラ出演の世界である。すでに世之介は冷蔵庫を開け、目の前の缶ビールを見つめながら、ひとっ風呂浴びてからにするか、それともこの喉の渇きを先に癒やそうかと悩んでいる。

その背中にあけみがべったりと張りつく。

「まさか、全員分当選するとは思ってなかったからね。もし人数分当選しなかったら、誰に外れてもらおうか悩んでたんだよ、私」

「へえ、よかったじゃん」

すでにこの話に飽きている世之介は、結局ひとっ風呂浴びてからにすることに決め、すでに廊下へ出て行こうとする。

その背中にさらにあけみが追いすがる。

「今から私、興奮しちゃって。とにかく全員当選ってすごくない？」

この辺りでふと気になった世之介が足を止めた。

「そもそも全員全員って、誰のこと言ってんの？」

「全員は全員でしょ。ここのみんな」

あけみの言葉と共に、玄関にずらりと並んだ緑色の〈在宅〉の名札が蘇《よみがえ》る。

「え？　みんな行くの？」

「さっきからそう言ってるでしょ」

そこへ二階から下りてきたのが、先ほど一緒に帰宅した大福さんである。

「大福さん、エキストラ当選したって」

早速、あけみが知らせると、

「聞こえてました」と大福さん。

「え？　大福さんも行くの？」

と、世之介が驚けば、

「ええ、行きますけど。何か？」

と、ちょっと機嫌が悪くなる。

「いやいや、行くのはいいんだけどさ、なんか、大福さんってこういうイベント的なものに興味ないのかと思ってたから」

「どういう意味ですか？」

「いや、別に深い意味はないんだけど」

大福さんというのは、たとえば「今日の服、かわいいね」とか、「あれ？　髪切った？　似合うね」とか、世間的には女子が言われて喜ぶようなことを言うと、なぜか目くじらを立てて怒る。

「相手が世之介じゃなくて、若いイケメンなら喜ぶんじゃない」

と、あけみなどは言うが、佐川急便の若いイケメン配達員に同じことを言われて、

「別に似合ってないと思いますけど」

と、逆ギレする現場を世之介は目撃している。

エキストラ出演する映画がどのような作品なのかを大福さんに説明するあけみを置いて、世之介は風呂に向かった。あいにく入口に〈使用中〉の札が下がっている。

夏場のように、汗だくで帰ってきたわけではないが、缶ビールを我慢しているので、できれば早く入りたい。

あけみと大福さんは外にいるので、入っているのは男性陣の誰かである。

世之介が遠慮なくノックしようとすると、そのドアがすっと開き、茹だったような礼二さんが出てくる。

「ああ、横道くん、おかえり」

濡れていると、礼二さんは薄毛が目立つ。

「もういいんすか？」

「うん、たっぷり浴びた。あ、そうだ。あの横道くんのシャンプー効くの？」

「シャンプー？」

「ほら、洗ってるうちに白髪が染まるっていう」

「ああ、昆布の」

そっちじゃないだろうとは思うのだが、世之介もあえて指摘せずにいると、

「あ、そっか。白髪の前に薄毛を心配しろってか、ハハハ」

と、空気を読んだ礼二さんが、それでも機嫌良さそうに風呂場を出ていく。

実際、礼二さんはさほど自身の髪の毛を気にしていない。

本人としては、すっぱりと坊主にしたいらしいのだが、営業職ということもあって、「とりあえず生やしといてよ」と上司に止められているという。

さて、この松原《まつばら》礼二さん、今回が初登場となる人物だが、「ドーミー吉祥寺の南」の住人である。

年齢は男の厄年もとうに終わった四十五歳で、ドーミー内最年長、さらにドーミー歴も長く、ほぼ二十年という最古参の住人でもある。

二十年前といえば、まだこのドーミーを切り盛りしていたのは、あけみの祖母で、女子大生だったあけみもたまに手伝いに来ていたらしく、

「礼二さんってね、うちで暮らし始めたときは売れない芸人さんだったのよ」

と当時のことにも明るい。

二十年前とはいえ、すでに学生相手の下宿はもちろん、学生相手のアパートでさえ廃れてしまっており、地方から上京してくる学生は、金に余裕があれば都心のワンルームマンション、金に余裕がない者は、都心からぐっと離れた駅の、さらにそこからバスで二十五分の、それでもワンルームマンションと呼ばれるところに暮らしていた。

あけみの話によれば、それでも当時ドーミーに下宿していた学生はいるにはいたらしいのだが、空室も多く、せっかくある部屋を空けておくのももったいないからと、学生以外にも門戸を広げたところ、真っ先に申し込んできたのが、礼二さんだったという。

『『ガーデニング』って、当時、流行語になってたトリオ名でコントやってて、私も何回かチケット買わされて、学校の友達と見に行ったことあるんだよね」

あけみの口調からして、決して楽しい思い出ではないらしい。

「ガーデニング？　なんか売れなさそう」

素直な世之介の意見に、

「でも、当時は最先端っぽいネーミングだったんだよ」

「にしてもさ」

「名前は流行の最先端なのに、やってるコントはベタもベタで、バナナの皮で転ぶみたいな。あ、そうだ、一度、友達の甥《おい》っ子を連れてったことあるんだけど、六歳の男の子がもう呼吸できなくなるんじゃないかってくらい笑ってたからね」

「子供にウケるってすごいんじゃん」

「そこよ。本人たちは真剣に大人向けに作ってるんだもん。致命的でしょ」

「あー、なるほど」

二十代半ばでドーミーの住人となった礼二さんは、その後も数年、「ガーデニング」というトリオでコントを頑張ったらしいのだが、そのうち育てやすいはずの観葉植物がみるみる枯れていくようにメンバーの一人が抜け、さらにもう一人も夢を諦めた。

気がつけば、たった一人「ガーデニングの礼二」という奇妙な芸名で、礼二さんはピン芸人として最後の一踏ん張りをしたらしい。

だが、なかなか芽は出ない。

不遇の三十代を過ごしているうちに、バイト先だった定食屋チェーン店から、その働きを認められ、社員にならないかという誘いを受けた際、

「せっかく『ガーデニング』って名前つけたのに、ぜんぜん日ぃ当たんないんだもん」

という、それまでで一番気の利いたシャレであけみを笑わせたあと、ひっそりと芸人人生に幕を下ろしたという。

以来、ドーミーに暮らしながらチェーン店「定食のすず屋」の企画営業担当として働いている。

ちなみに神様もなにも礼二さんのことを憎んでいたわけではないらしく、就職した途端、この「定食のすず屋」の五穀米定食シリーズが健康志向の波に乗って大人気となり、爆発的に全国展

開していくことになる。

　礼二さん本人ではなく、勤め先が全国区になったため、新規オープンの店がどこかに出店するたびに、礼二さんは全国各地を飛び回り、敏腕営業マンとして産声を上げた新店舗の成長を見届けてくる。

　きっと礼二さんも芸人としてこうなりたかったはずである。

　そんな仕事のせいもあるのだろう。一年のうち、まとまって東京にいることがほとんどない礼二さんにとって、ドーミーのような場所はとても居心地がいいらしい。

「俺みたいなおっさんがいつまでもいちゃ、ますます若い人が入ってこなくなって困るんだろうけどさ。ハハハ」

　と、晩酌のたび、世之介相手に言うには言うが、そのほろ酔いの顔を見れば、そんな謙虚な気持ちが本心ではないことなどすぐ分かる。


　地下トンネル内は、ひどい渋滞である。

　このトンネル、東京湾岸の埋め立て地を繋ぐ海底トンネルで、すでに完成はしているものの、まだ開通はしていない。

　となると、開通していない海底トンネルが渋滞というのは解せない。ちなみにずらりと連なっているのはトラックなどの工事車両ではなく、どちらかといえば観光気分の家族連れを乗せた乗用車である。

この渋滞の中、ワゴン車に乗り込んでいるのが世之介たちなのだが、ハンドルを握る世之介は先ほどから、

「本当にあんなところに停めて、車、レッカーされないかな？」

と、ドーミーから乗ってきた自分の車の心配ばかりしている。

「だから言ったじゃない。駐車場はないから公共交通機関で来てくださいって書いてあるって」

助手席ではあけみが落ち着かぬ様子で窓の外を窺っている。

「だってさ、こんなだだっ広い埋め立て地、車一台くらい余裕で停められるって思うじゃん、普通」

「でもなかったじゃない。どこも金網で仕切られてて」

「いや、だから心配してんの」

自分の車をレッカーされそうなところに停めて、別の車で渋滞にはまっているのもまた解せない。

ちなみに後部座席には、ムーさんこと武藤先生とその奥さん、さらにドーミーの学生下宿人、谷尻くんもいる。

そう、この解せない状況、これから映画のワンシーンの撮影が始まるのである。

今朝早く、世之介たちがここ東京湾岸の埋め立て地に少し遅れてやってくると、すでに集合場所になっている空き地は三百人を超えるエキストラたちでごった返しており、

「みなさーん、それでは助監督からシーンの説明をさせてもらいますので、ご静粛にお願いし

まーす！」

という声が響いていた。

約束通り、集団の一番後ろの右側に立っていたムーさん夫妻と、「おはようございます」と小声で挨拶しながらドーミーからの一行が合流すると、助監督の説明が始まり、

「これから皆さんにはゴジラに踏み潰された海底トンネルで逃げ惑う人々を演《や》っていただきますので、よろしくお願いします」との挨拶があったのである。

「そろそろかな？」

車の心配をしている世之介をよそに、あけみとムーさん夫妻は、車を飛び出して逃げる合図を今か今かと待っている。

「慌てて逃げるわけだから、前の車の上に乗ったりしたら、どうかな？」

聞いてはいたが、ムーさんはよほどエキストラが好きらしく、自分なりの演技構成まで考えて鼻息荒くしている。

そこを抑えるのが妻の役目なのだろうが、ムーさんの奥さんも嫌いではないらしく、

「私、転ぼうと思ってんの。『あなた、先に逃げて！』って叫ぶつもり」

と、まるで主演女優並みの演技プランを披露する。

「そんなアドリブOKなんですか？」とは、興味津々のあけみである。

「だって、みんなが一直線に逃げたって面白くないじゃない。さっき助監督さんも言ってたでしょ。本気で逃げてほしいって」

「でも、あんまり派手にやると、目立ちません？」

「もし悪目立ちしたって、最近はＣＧでさっと消されて終わりよ」

ムーさんの奥さんとあけみの会話はさらに盛り上がっていくが、大音量でスピーカーから流れるはずの「用意、スタート」の声がなかなかかからない。

「たぶん、これ、照明待ちだな。もうしばらくかかるよ」

ムーさんが知ったような口を利く。

「……ほら、横道くんなら分かるでしょ？　トンネルの後ろの方の照明」

言われて世之介も後方を見てみれば、たしかに大きなライトを抱えたスタッフが走っていく。

ちなみに後ろの赤いセダンに振り分けられて乗っているのは、大福さんと礼二さんで、仏頂面の大福さん相手に、礼二さんがいつものように自分の話に自分で笑いながらずっと喋り続けている。

「あ、そういえば、ムーさん。一歩くんなんですけど、ぜんぜん部屋から出てきませんよ」

ふと思い出して世之介は言った。

てっきりムーさん夫妻が世之介たちをエキストラに誘ったのも、息子の様子を聞きたかったからだろうと思っていたのだが、気がつけばムーさん側からその話はない。

「悪いね。ご迷惑かけて」

「いや、出てこないから、迷惑をかけられることもないんですけどね」

遠くから撮影スタートが少し延びると叫びながら走ってくるスタッフの声がした。

スタッフは、「改めてお知らせしますので、もしお手洗いに行きたい方がいらっしゃったら、今のうちにトンネル入口の簡易トイレをお使いください！」と叫びながら、世之介たちの横を走っていく。

「なーんだ、まだ時間かかりそうだね」

世之介は思わず肩の力を抜いた。

興味などないと言いながらも、あけみとムーさんたちの演技プランを聞いているうちに、自分も何か目立ったことをした方がいいんじゃないかと無意識に緊張していたらしい。

「……映画に出るなんて生まれて初めてだから、やっぱりちょっと緊張しますね」

世之介がシートで背伸びをすると、

「プロのカメラマンなんて、芸能界と繫がりありそうなのにね」とムーさん。

「ないですよ」

「でもさ、雑誌とかで芸能人を撮影したりとか？」

「ないっすねえ」

「横道くんって、写真学校出てカメラマンになったの？」

「いや、大路重蔵《しげぞう》っていうカメラマン知ってます？　わりと有名な人だったんですけど」

「ごめん、知らないね」

「まあ、普通知らないですよね、でもこの業界だと、芸能界で言えばタモリとか、野球で言えば長嶋とか、それくらい有名な人だったんですよ。その大路先生のところに弟子入りしたんです」

「へえ、そうなの」

「もともと、その先生が審査員だった写真コンクールで佳作をもらったのが始まりだったんですけどね。たまたま先生の仕事部屋が当時僕が住んでた池袋にあって。ただ、その大路先生の専門が風景画だったもんだから。もし、専門が篠山紀信《しのやまきしん》みたいに雑誌のグラビアとかだったら、それこそ歴代の女性アイドルの撮影現場に同行できたんでしょうけど。これが連れてかれるのはトイレもない山とか谷とかそんなところばっかりで。ねえ、同じ谷間でも……」

ニヤケながらそこまで言いかけて、ムーさんの奥さんもいることに今更気づき、世之介は口を噤《つぐ》み、

「……まあ、とにかく、芸能界みたいな派手な谷間とは一切関われず、ですよ」

と話を締めた。

この辺りで、ずっと悩んでいたらしい谷尻くんが、

「僕、やっぱりトイレ行っとこうかな」

と、後部座席からもぞもぞと出て行こうとする。

尿意というのは伝わりやすいようで、となると、「じゃ、私も」「だったら、私も」と、あけみとムーさんがそれに続く。

「いってらっしゃい」と見送れば、車内には世之介とムーさんの奥さんだけである。

以前にも紹介したが、この奥さん、中年の中学教師であるムーさんを、そのまま女性にしたような人である。というと、まるでムーさんが女装したような人をイメージされるかもしれない

が、……当たらずとも遠からずなのである。

二人きりになると、途端に車内が静かになる。

「あのぉ、一歩くんのことなんですが……」

沈黙を埋めようと世之介が口火を切る。

ムーさんの奥さん相手に会話が深まりそうな話題はこれしかない。

「……いつごろから、このような感じなんでしょうか。ご心配ですよね」

まるでカウンセラーのような口調になってしまい、世之介も我ながら照れ臭い。

当然、相手も偽カウンセラーの質問など、さらりとやり過ごしてくれるだろうと思っていたのだが、

「今、思い起こしてみれば、中学に上がってしばらく経ったころから少し様子がおかしかったのかもしれません」

と、まるで世之介を本物のカウンセラーだと思っているかのように運転席の方へぐっと顔を突き出してくる。

「……うちのお父さんは、最初のころから『大騒ぎするな』って。こういうのは『親が大騒ぎすればするほど、子供は引っ込みつかなくてエスカレートするんだから』って。まあ、私たちもプロの教育者ですから、私もそんなものかしらって思ってしまって、しばらく放っておいたんですけども、今思えば、それがよくなかったんでしょうか？」

でしょうか？　と訊かれても、世之介も困る。

それこそ窓口でもあれば、そっと閉めたいところだが、閉めたところで、すでにスイッチの入ってしまった奥さんは、

「まだ営業時間内ですよね！」と、無理やりでも開けてきそうな勢いである。

その後も奥さんの話は止まらない。さっきまでゴジラから逃げる演技プランを楽しげに話していた人とはまるで別人である。

二人きりなので、すっかり止まらなくなってしまった奥さんの話を世之介は聞くしかない。

奥さんは、一歩くんが反抗的になり始めた中学のころからのエピソードを順を追って話し続ける。

ただ、一つ一つが具体的なものだから、なかなか先に進まない。

もちろん世之介も対抗策として、

「そろそろ撮影始まるかもしれませんね？」

とか、

「一歩くんも今日のエキストラに誘ってみればよかったなあ」

などと話を逸らそうとするのだが、

「スタッフがコーヒー飲んでるから、まだでしょうね」

「誘っても来ませんよ」

と、奥さんは一刀両断で自分の話に戻る。

もちろん世之介もちゃんと聞いてあげなければとは思うのだが、反面、自分が聞いたところで

何の解決法も思いつきそうにないし、もっと言えば、ムーさんだってついこないだ知り合ったばかりで、こんなに重い家族の問題を抱えこまされるような関係性じゃないよなーと思ってしまうのである。

とはいえ、子供みたいに耳を塞《ふさ》ぐわけにもいかないので、曖昧な相槌《あいづち》を打ちながら聞くしかない。

「……それがいつの間にか、あの子は反抗してるんじゃなくて、私たちを憎んでるんじゃないかって。そう思ってしまうと、もうそんな風にしか見えなくなってしまいましてね」

何とも物騒な物言いである。

「いやいや、憎んでるって……」

日常生活にはなかなか出てこないワードなので、思わず世之介も怯《ひる》む。

「いえ、本当にそうなんですよ。私たちのことが嫌いとか、うざったいとか、そんなレベルじゃなくて、もっとこう感情の根本的なところで拒絶されてるのが伝わってきて……」

「憎む」なんて言葉、「よっ、憎いね、この色男」くらいの使い方でしか、世之介は口にしたことがない。

とはいえ、「よっ、憎いね、奥さん」などと冗談を言える雰囲気でもなく、ここは黙って奥さんの話の続きに耳を傾けるしかない。

「ここ最近ではね……、いや、やっぱりいいです」

しかし、奥さんがここにきて、ふいに言葉を濁す。

これまでものすごい勢いで話していた分、急に途切れると、世之介もさすがに気になる。

「最近では何ですか？」

「ええ、最近では、いや、親の私たちがこんなことを言ったらダメなんでしょうけどね。あの子が私たちを憎んでいるだけじゃなくて、ふとね、本当にふと思うだけなんですけどね、私たちもあの子を憎んでるんじゃないかって思うときがあってゾッとするんです。本当に自分で自分にゾッとするんです」

さっきまでどのようにゴジラから逃げようかしらと、楽しげに話していた人である。いつも暗い話ばかりしている人なら、そんなこともあるのかなと、逆に軽く受け取れるのだが、さすがに演技プランからの、我が子を憎んでいるんです発言に、世之介はもう完全にキャパオーバーである。

ちなみに奥さんが懇切丁寧に教えてくれた一歩くんの変遷をざっくりとまとめれば、次のようになる。

中学に上がったあたりから口数が少なくなった。ただ、プロの教育者であるムーさんの話によれば、一歩くんの症状は、「同僚の教師からもよく聞いていた話」であるらしく、要するに、これまで頼りにしてきた父親と、中学校で友人たちがバカにする中学教師とを、なかなか切り離せなくなってしまうのである。

中学生が先生をバカにすることなど、ある意味、普通である。へんなあだ名をつけたり、口が臭いだの、モテそうにないだのと、容赦がない。

幸い一歩くんはムーさんが勤める中学に通っていたわけではないのだが、それでも子供ながら葛藤があったのだろう。

そのうち一歩くんの言動が乱暴になった。ドアの開け閉め、テレビの音量、わざと両親を怒らせようとしているようにしか見えなかったらしく、奥さんが叱ると、さらに暴れて家の中の物を壊す。そこでムーさんが男親として厳しく手を出す。

すると一歩くんはそのまま家出して、三日も四日も帰ってこない。

それでも最初のころは、友達の家に泊めてもらう程度の家出で済んでいた。それが学校を休みがちになったころから、状況が悪化する。

近所の河原で野宿しているところを補導ならまだかわいいもので、ある時など、無賃乗車で四国まで行ったらしく、松山市内のコンビニでカレーパンを万引きしたところを補導されたこともあったという。

「……その都度、大慌てで迎えに行くんですよ。友達の家から連絡があれば、菓子折り持って、向こうのご両親にお詫びして、河原や公園で野宿してるって交番から電話があれば、それが夜中の二時だろうが、朝の四時だろうが、それこそパジャマみたいな格好で家を出て。あの子が家にいてもいなくても、ずっと神経が張り詰めてたんでしょうねえ。ある時なんか、電話が鳴って、お父さんが取ったんですけど、私、あの子が部屋にいるのを知ってたのに、またこれからどこかへ迎えに行かなきゃって無意識に着替えてたんですよ」

そんな中学時代がやっと終わり、どうにか入学できた高校での新生活で、なんとか以前の一歩に戻ってほしいと願ったのも束《つか》の間、数週間は仏頂面ながら学校に通っていた一歩が、急に部屋から出てこなくなった。いわゆる引きこもりである。

大音量で音楽をかけるので、ムーさんが無理やりドアを開けようとする。しかしドアはビクともせず、代わりに音量が高くなる。

これが田舎の一軒家なら迷惑がかかるのが家族だけで済むのだが、ムーさん一家が暮らすのは都内のファミリー向けマンションである。夜中の二時に壁を震わせるような重低音。当然、管理組合で問題になる。

「……もう何度、管理組合の理事長さんのお宅やお隣、上と下の部屋に、頭を下げにいったことか。最初は、『難しい年頃ですからねえ』なんて言ってくれてた人も、最後には玄関も開けてくれなくなって、郵便受けに『出ていけ』とか『生き地獄だ』とか『あなた方が思われている以上に迷惑してます』とか、そんなことが書かれた紙を入れられるようになって」

そこでムーさんたちは何とかこの状況を打破しようと、一歩を専門的な学校に入れたり、禅寺に預けたりしたらしいのだが、当の一歩は二週間と持たずに逃げ帰ってきてしまう。

この辺りまで奥さんの話を聞いて、世之介の耳に響くのは、「あー、もう、聞かなきゃよかった……」という自分の声である。浮かんでくるのは、真夜中に大音量で響く重低音のダンスミュージックに、「じ、地震か？」と飛び起きる自分やあけみたちの姿ばかりなのである。

「そんな息子ですから、横道さんのような見ず知らずの方に預けるの、ご迷惑だからって私は最初反対したんですよ。でも、そんなある日、吉祥寺にあった占いにふらっと入ったんです。『このはな咲や』っていう名前につい惹《ひ》かれて。そこでタロット占いをしてもらったんです。横道さんの生年月日なんかも伝えて。そしたら、うちの息子とは相性いいって」

無責任な占い師である。が、そこでふと思い出した。

「今、『このはな咲や』って言いました？」

「ええ。吉祥寺の駅前にある占い屋さんですけど、何か？」

「いや、そこ、実はあけみちゃんもよく行く店で、よく当たるって言うんですよ。なんでも相談してるみたいで、鍼《はり》に予約入れる日まで決めてもらったりしますからね」

「そんなに当たるんですか」

「でも、一つだけ気に入らないことがあるらしくて。なんでもその占い師が言うんですって、今一緒に暮らしているパートナーさんのこと、まあ、僕のことなんですけど、その人を大切にしてあげてくださいって。理由は言えませんけどって」

「あら、横道さんのことを？」

「ええ。だからまあ、僕としてはありがたい占い師なんだけど、あけみちゃんは僕がこっそり通ってて、その占い師にそう言うように袖の下渡してるんじゃないかって疑ってて」

「渡してるんですか？」

「いやいや、渡してませんよ」

「でも、当たるんでしょ、あそこ」

「ええ、あけみちゃんはそう言ってます」

「じゃあ、横道さんに何かあるのかもしれませんね。だから今のうちに大切にしとけって」

「や、やめてくださいよ。縁起でもない」

とかなんとかすっかり話が逸れてしまったころ、トイレチームがすっきりした顔で帰ってくる。

●

いかにも修学旅行生の団体が泊まりそうな宿である。畳敷きの大広間には、うッすい布団がずらりと並んでいる。

一階の大浴場から出てきた修学旅行生たちが、三々五々この大広間に戻ってくる。ついこないだまで半ズボンを穿いていた中学生の男子たちである。お揃いの青いジャージ姿で薄い布団を踏むやいなや、

「俺、ここ！」

「俺、壁際！」

と、まるでラグビーのトライよろしくあちこちの布団に滑り込んでいく。となれば、始まらないと不自然なのが枕投げである。

と、ここまで読んで、「ん？　こんな場面、前にもあったぞ」と気づかれた読者の方には心からお礼を申し上げたい。この物語を熱心に読んでくださっている証拠である。

そう、この場面、本作の冒頭で出てきたシーンである。

このあと子供たちが乱暴な枕投げを始め、その様子を臨場感たっぷりに撮影する世之介が登場する。

のだが、あいにくこれから描かれるのは、場所は同じ奈良市内の団体客専門ホテルなのだが、世之介とムーさんが出会った修学旅行からは、時間だけが十七年ほど遡る。

「おりゃ!」

「よし、こい!」

とはいえ、枕投げに時代も流行もなく、十七年前も大広間にはソバ殻の枕が飛び交っている。

そこへ、「おい! 静かにしろ!」と怒鳴り込んできた精悍《せいかん》な担任教師、そう、今より十七歳若いムーさんである。

「おい、お前ら、いつまでも騒いでんじゃないぞ」

近くにいた子供の首根っこを摑んだムーさんの頭に、誰かが投げた枕が当たる。

「イテッ」

思わず声を上げるムーさんだが、「先生に集中攻撃!」と、あちこちから枕が飛んできて、大広間はさらに大騒ぎで、ムーさんもまた、「やめろやめろ」と言いながら、枕を拾って投げ返す。

そんな中、やはりやってくるのが小豆色のジャージ姿の女子たちで、

「何やってんの~? 枕投げとか、ガキじゃん」

「あ、先生までやってる~」

と、風呂上がりにつけたらしい甘いコロンの匂いを漂わせながら、ムーさんを取り囲む。

「先生、なんで男子の部屋ばっかり見回りして、私たちのところはこないんですかぁ？」

「お前たち、ふらふら歩き回って部屋にいないだろ？」

「いますよー。あ、先生、一緒に写真撮ろうよ！」

ムーさんを取り囲んだ女子たちに「写ルンです」を渡された男子生徒が、

「撮りますよ！　ハイ、チーズ」と合図した途端、あちこちからソバ殻の枕が飛んできて、女子たちの賑やかな悲鳴が上がり、結局また男子も女子も入り乱れた枕投げが始まる。

なんとか修学旅行の夜の子供たちの興奮を収めたムーさんが自室に戻ったのは、夜十一時過ぎである。同僚の教師はすでに缶ビールを開けている。

「お疲れ様です」

「お疲れさん、武藤先生、汗だくじゃない」

「ちょっと遊びすぎちゃって。でもまあ、あれだけ遊ばせれば、ぐっすり寝るでしょ」

冷蔵庫から缶ビールを取り出そうとしたムーさんが、そこでふと手を止める。

「ちょっと、家に電話してきます」

「あ、そうだ。武藤先生の奥さん、そろそろ予定日だっけ？」

「いや、予定日は来週なんですけど、とりあえず毎晩電話するって約束してて」

「奥さん、家に一人？　実家帰ってないの？」

「両親とも亡くなってるから。うちの実家だと、逆に気遣うだろうし」

「じゃ、心配だね」

「アパートの大家さんが、昔、産婆さんやってた人で、何かと世話になってて」

部屋を出たムーさんは階段でロビーへ下りると、窓辺に置かれた公衆電話に向かう。

フロントには誰もおらず、ロビーの電気も薄暗い。

自宅へ電話をすると、横で待機していたのか呼び出し音も鳴らずに妻の聡子《さとこ》が出た。

「もしもし。どう?」

「お疲れさま。変化なし」

「そっか。じゃ、俺が戻るまで大丈夫そうだな」

「多分ね。大家さんもまだだろうって」

「まだ、大家のおばさんのお土産買ってないや」

「忘れないでよ」

「うん、忘れないけど、何買ってけばいいんだろうな」

「このあと京都でしょ。じゃあ、お漬物とか喜ぶんじゃないかな。千枚漬とか、日持ちしないから、こっちでなかなか手に入らないし」

聡子の話に、「なるほどな」と相槌を打ちながら、ムーさんが見ているのは壁に貼られた観光ポスターである。

かなり色の褪《あ》せたポスターで、もしかすると十年くらい貼りっぱなしなのかもしれないが、美しい落ち葉の中に立つ奈良公園の鹿の親子が写っている。

両親の間に立つ子鹿はまだ生まれたばかりのようで、そのつぶらな瞳でじっと母鹿か父鹿を見つめている。

「なんか不思議だよなぁ」

　ポスターの子鹿に指先で触れながら、ムーさんはふと呟く。

「……ずっと子供が欲しくてさ、お前と、子宝の神様がいる神社いっぱい回ってさ。男の子だったらこうやって遊んでやろう、女の子だったらこうやって可愛がってやろうって、気持ちばっかり先走ってて。で、いざ、本当にもうすぐ自分の子供が生まれるんだって思ったら、なんか急に心配になって」

「心配って、何に？」

「いや、だからさ、なんていうか、学校の生徒たちに厳しくしてる手前、自分の子だけ甘やかすわけにもいかないだろ。だから必要以上に厳しくなったりしないかなって」

「何よ、それ。あなたがそんなヘンな心配してると、この子もなかなか出てきてくれないんじゃないの？」

　呆れたような聡子の笑い声に、ムーさんはポスターの子鹿をまた指で撫でる。

　聡子との電話を済ませたムーさんが部屋へ戻ろうとすると、薄暗いロビーの階段を担任クラスの女子生徒が下りてくる。

「おい、安達《あだち》。どこ行くんだ？」

　ロビーには誰もいないように見えたのか、ムーさんの声に安達という生徒が、本当に跳び上がって驚く。

「ごめん、ごめん。大丈夫か、おい」

「もう、先生かぁ。びっくりさせないでよ！」

ほっとしたように安達が階段を一段飛ばしで下りてくる。

「どうした？」

「うちに電話しようと思って」

見れば、手にはテレフォンカードがある。

「家に電話する時間にかけなかったのか？」

そう尋ねながら、すぐにムーさんも安達の母親が水商売だったことを思い出し、

「……あ、そうか。安達のお母さん、夜は忙しいもんな」と声をかけた。

「お店が始まる前だったら、かけられるんだけど、それだとこっちがご飯とかお風呂で忙しいでしょ」

「でも、まだお店やってんじゃないの？」

ムーさんは腕時計を確認する。

「うん、一時過ぎまでやってる。でも、私が起きてらんないもん。でも、電話かけないと、心配だって言うし」

「安達のお母さん、お前のこと、本当に好きだもんなぁ」

「どこの親だって一緒でしょ。自分の子供好きなのは」

「そうか？　でも安達のお母さんは特別だよ。本当にお前のことが好きで好きでたまらないんだ

ろうなって分かるもん」

「父親いないから、頑張ってんじゃない」

「また、そういうこと言う」

「でも、嬉しい。先生、ありがと」

受話器を上げた安達を置いて、ムーさんが部屋へ戻ろうとすると、

「……あ、そうだ。先生んとこももうすぐ生まれるんでしょ？」と安達が呼び止める。

「うん、来週が予定日」

「男の子？　女の子？　もう分かってる？」

「いや、教えてもらってないんだ」

「いいなあ。先生んとこに生まれる子。絶対幸せだよ」

「そうか？」

「うん、私が保証する」

きっとこの子はこんな笑顔で生まれてきたんだろうなとムーさんは思う。

無事に修学旅行から戻り、通常の授業が始まっても、聡子に変化はない。

ムーさんが受け持つクラスでは、生徒たちがこっそりと賭けをしており、男の子誕生予想の方が多いらしい。

「今日、病院、何時からだっけ？」

洗面所で歯を磨きながら尋ねるのはムーさんである。

大きなお腹《なか》にカゴを載せるようにして、聡子は洗濯物をベランダに運んでいる。

「昼からだけど、いいよ、バスで行くから。ヨイショッと」

見上げた空は秋晴れの洗濯日和である。

「部活、午前中で終わるから、昼に戻って車で連れてくよ」

歯ブラシをくわえたままベランダにやってきたムーさんが、

「君はいつ出てくるんでちゅか？」

と聡子のお腹に耳を当てる。

「ねえ、いつ出てくるんでちゅかねえ。みんな待ってるんでちゅよ」

聡子に真似《まね》をされ、すぐに体を起こしたムーさんだが、

「ほら、足で押してる」

という聡子の言葉に、慌てて両方の手のひらでお腹を包む。

「ほんとだ。蹴ってるな」

さて、仲睦《むつ》まじきこの二人、元は同じ中学の教壇に立つ同僚同士である。

当時、二人が立っていたのは大宅島《おおや》の中学校で、お互いにまだ教師になりたてだった二人は志願して島嶼《とうしょ》地区に赴任していた。

美しい自然に囲まれた島での子供たちとの生活は予想以上に充実していたのだが、そんな美しい島を地震と雄山《おやま》の大噴火が襲う。

火口から百メートル以上も噴き上がった溶岩は火山弾となって全島を襲い、流れ出した溶岩流は島民が暮らす家々を焼きながら海岸にまで達したのだ。

全島避難の勧告が出され、ムーさんたちも子供たちと共に避難を余儀なくされる。

ムーさんたちや地区の住人たちが身を寄せたのは、東京は江戸川区の公営住宅団地だったが、全校生徒がまとめて受け入れられたわけではなく、埼玉や千葉にも振り分けられて散り散りになってしまった。

それでも受け入れ先の学校関係者の協力もあり、転入した島の子供たちもゆっくりとではあったが新しい環境に慣れていく。

ただ、この避難生活がいつまで続くのか分からないという親たちの不安感は、確実に新生活を楽しみ始めた子供たちにも伝わっていた。

そんな中、ムーさんの教え子である村井《むらい》という女生徒の父親が自殺を図った。

風呂場に倒れている父親を最初に発見したのが村井本人で、住み慣れぬ団地で気が動転した村井は、その足で近くに暮らすムーさんの棟へ助けを求めにきた。

「先生！　助けて！　お父さんが動かないの！　ぜんぜん動かないの！」

幼い子供のように泣き叫ぶ村井を落ち着かせ、ムーさんはまず１１９番に連絡を入れると、腰を抜かした村井を背負って彼女の棟へ向かった。

部屋へ駆け上がると、ムーさんは村井を玄関におろして風呂場に向かった。

脱衣所の床に何冊もの写真アルバムが開かれたまま置かれていた。

宮参りやクリスマスの写真が散らばっており、そのどれにも楽しげな声が聞こえてきそうな村井の笑顔があった。

ムーさんが駆け込んだ風呂場には、村井の父親の背中があった。工務店を営んでいた彼は体格が良く、進んで参加してくれる学校行事でも、生徒たちの要望に応えて、大掛かりな舞台装置などを作ってくれた。

その大きな背中が小さく見えた。すっかりしぼんでしまったようだった。

「村井さん！　村井さん！　しっかり！　しっかりして！」

ムーさんはその体を起こし、必死に声をかけた。意識はなかったが、顔にはまだ血の気があった。

騒ぎを聞きつけた近所の人たちが玄関先に集まったのと、救急車のサイレンが聞こえたのが同時だった。

幸い、病院に運ばれた村井の父親は一命を取り留めた。

看護婦からその知らせを受けたとき、病院に駆けつけてきた島の住人たちとともに、ムーさんは涙を流した。村井の父親が助かったことへの安堵《あんど》からなのか、それとも島の生活を奪われた悔しさからなのか自分でも分からなかった。

村井の父親は一命を取り留めたが、このニュースは避難を続ける島民たちの元へすぐに広まり、必死に抑え込んでいた将来への不安が、このニュースで露《あら》わになった。

ムーさんら島の教師たちは、散り散りになった子供たち一人一人の様子を確かめるために奔走するようになる。

ほんの些細《ささい》なこと、たとえば帰宅時間が遅くなる日が続いているという生徒がいれば、すぐに会いに行った。

幸いにもそのほとんどの心配は取り越し苦労に終わったのだが、それでもムーさんたちは、生徒たちのためにまだ他にやれることがないかと知恵を絞った。

そんな中、避難は長引き、すぐに帰島できる可能性も低くなっていき、ムーさんたち教師も別の都内の中学への異動が決まる。

ムーさんが赴任したのは豊島区の中学だったが、もちろんそこの生徒たちとも全力で向き合おうとしながらも、やはり慣れぬ環境での暮らしを続けている島の子供たちのことが頭から離れなかった。気がつけば、放課後や週末などを使って、各地に散った子供たちに会いに行く。

さらに聡子に至っては、一人親だったり、経済的に困窮した島の子供たちの面倒をしばらく見ようと、別の中学への異動は断り、休職していた。

そんな先の見えない避難生活の中でも、月日は流れ、三年生だった生徒たちも卒業し、高校や就職とそれぞれの道へ進んでいく。

本来ならそこで生徒たちとの縁は切れるのだろうが、自分の手元から巣立たせてやれなかった後悔や情けなさがあったのか、ムーさんや聡子は、その後も卒業生たちを訪ね歩き、生徒たちもまた、そんなムーさんたちを心の拠《よ》り所として頼った。

ムーさんと聡子が結婚したのは、そんな避難生活がすでに三年目を迎えようとしていたころである。

近くの結婚式場で親族だけの簡素な式を挙げたのだが、式が終わってみると、式場の前に島の元生徒たちが大勢集まってくれていた。

中にはわざわざ仕事を休んでまで来てくれた元生徒もおり、式では一切涙を流さなかった二人も、さすがに溢れる涙を止めることはできなかった。

「先生、いつまで泣いてんのよ。これからいろんなセレモニーがあるんだから、早く涙拭いて」

そう言ってその場を仕切ってくれたのが、スーパーで働きながら定時制の高校に通うようになっていた村井だった。

「それでは、まず初めに、私たちからのご結婚のお祝いを受け取ってください」

村井の音頭で手渡されたのは、重量感のある箱で、

「なんだよ、石でも入ってんのか?」

ととぼけるムーさんが開けてみると、中身はなんとロイヤルコペンハーゲンの食器セットだった。

「おい、お前ら、こんな高いもの……」

ためらうムーさんと聡子に、

「この日のために、みんなで小遣い貯めて買ったんだから、大切に使ってよ」

と、村井が箱を押しつける。

それまでブランド品などまったく興味もないムーさんだったが、なんだか島の子供たちがここ

東京で立派に成長していることが伝わってきて、一生大切に使うよ、と素直に受け取った。

聡子が一歩を身ごもったのは、それから二年後のことである。

幸い、すでに全島避難は解除され、島民たちの中には住み慣れた島へ戻った者も多かったが、こちらで新しい仕事や新しい生活を見つけていた者はもちろん、こちらの学校を卒業した若者たちのほとんどが再び島へ戻ることはなかった。

避難当時、ムーさんが受け持っていた生徒たちも成人を迎える年となってはいたが、心細い時期を支え合って生きてきた思いが薄れることはなかった。


「大丈夫？　自分で降りられる？」

病院の駐車場に停めた車の助手席で、降りようとしているのか乗ろうとしているのかよく分からない動きをする聡子を笑いながら眺めているのは運転席のムーさんである。

「楽だからってシート倒すと、今度は起き上がれないっていうね……」

ため息をつく聡子を待たせ、車を降りたムーさんは助手席に回って、その腕を引っ張ってやる。

「あれ、なんだろう？」

やっと車から出て、大げさに息をついていた聡子が病院の入口の方へ目を向けて首を傾げる。

ムーさんも振り返ってみれば、確かに入口に人だかりがある。

東京郊外に建つ大きな総合病院なので、いつも人の出入りは多いのだが、今日ばかりはどこか様子が違う。

「なんかの撮影かな？」

よくよく見れば、大きなカメラや録音機器を担いだ男たちが歩き回っている。

「……やっぱり、なんかの撮影だな」

ムーさんが繰り返すと、

「ああ、もしかしたらドラマとかの撮影かも」と聡子。

「……ここの病院って、よくドラマとか映画の撮影で使われるって、前に看護婦さんが言ってた」

「へえ、そうなんだ。たとえば？」

聡子の背中を押すようにして、ムーさんたちは駐車場から入口へ向かう。

「なんか、タイトルも教えてもらったんだけど、覚えてないなあ。映画はコケて、テレビドラマの方はあんまり視聴率よくなかったって」

「なんか験の悪い場所だなぁ」

事実、聡子の言う通りドラマか映画の撮影をしているようだった。入口でたむろする撮影スタッフを病室から出てきた入院患者や、騒ぎを聞きつけた近所の人たちが遠巻きに見学している。

「誰か、有名な人が来てるのかな？」

立ち止まった聡子が背伸びする。

聡子自身はあまりドラマや映画は見ないのだが、アイドルや歌番組は大好きで、今月終わった「夜のヒットスタジオ」などは中学時代から一回も欠かさずに見たと自慢している。

背伸びする聡子の横でムーさんも辺りを窺ってみるが、これといった有名人がいるわけでもない。

「これから誰か来るのかな」と聡子。

「ちょっと待ってみる？」

「診察の予約までまだ時間あるもんね」

「なあ、芸能人、見たことある？」

「山本リンダ」

「うそ？　すごいな」

「でしょ。一緒に写真撮ってもらって、未だに実家にあるよ。あなたは？」

「俺？　ないなー、芸能人。……あ、いや、前川清《まえかわきよし》」

「クール・ファイブの？」

「そう。公園で遊んでたら、なんかの撮影してた」

とかなんとか話しているうちに、休憩にでも入ったのか、集まっていた撮影スタッフたちがバラけていく。

「始まらないみたいね。行こうか」

聡子の言葉を合図にムーさんも歩き出す。

院内に入ると、総合窓口で診察の受付を済ませ、産婦人科に向かった。

廊下を歩いていると、向こうから若い男が走ってくる。よほど慌てているようで、曲がり角で抱えていた書類を落とし、散らばったページを、「あーもうッ。あー」と苛々した声を上げながら搔き集める。

ムーさんも手伝ってやろうとすぐに駆け寄ったのだが、一瞬早く搔き集めた彼が立ち上がり、

「あーもうッ」と、また声を上げて走っていく。ムーさんも聡子もその勢いに思わず体を壁側に寄せた。ちょっとした風が立つほどの勢いである。

ムーさんと聡子が呆気《あっけ》にとられていると、走り去ったと思われた彼が、まるで漫画のようにタッタッタッタッとつま先でブレーキをかけ、くるりと振り返り、行ったのと同じスピードで二人の元へ駆け戻ってくる。

「すいません！　突然すいません！　こちらの病院の患者さんですか？」

滑り込むように二人の前に立った彼が、聡子の膨らんだ腹をじっと見つめる。

「え、ええ。はい。そうですけど」

危険を感じさせる顔つきではないが、まだ油断もできない。

「妊婦さんの旦那さんですか？」

ムーさんの警戒心が伝わったのか、すぐに彼が向き直る。

「え、ええ」

「あの、突然ですいませんが、もし、もしお時間あったらでいいんですが、ちょっと撮影に協力してもらえませんでしょうか！　決まっていたエキストラさんが間に合わなくなってしまって、本当にちょっとしたシーンなんですけど……、今、産婦人科に行って、診察に来られてる妊婦さんに当たったんですけど、協力してくれる方がいなくて、いても、ちょっと年齢が合わなくて

……」

唾を飛ばして説明する彼が、悪い人間ではないことだけは伝わってくる。

「あの、ちょ、ちょっと落ち着きません？」

とムーさんは声をかけた。

よほど断られ続けてきたのか、

「そうですか。すいませんでした」

と、彼がもう引き下がろうとする。

「いやいや、そうじゃなくて……」

「え？　いいんですか？」

「いや、そうでもなくて……」

ムーさんは聡子を見やった。なぜかその目が輝いている。すでにやる気満々である。

「え？　やるの？」

思わず尋ねたムーさんに、

「だって、困ってらっしゃるみたいだし」と聡子。

「ほんとっすか？　ほんとっすか！」

彼がさらに唾を飛ばし、「私、助監督やってます佐竹《さたけ》と言います。助かります。ほんとに助かります！」と深々と頭を下げる。

「いやいや、だって診察は？」

慌てたムーさんの問いに答えたのは聡子ではなく、彼の方で、

「もちろん診察が終わってからで大丈夫です。待ちますので」

と夫婦の会話に割って入る。

「いや、だって……、こんなお腹だし……、慣れないことして、急に産気づいたりしたら……」

ムーさんの心配をよそに、聡子の表情にはさらに気合が入っており、

「大丈夫よ。産気づいたって、ここ病院なんだから」

「そうですよ。何かあったときには必ず責任持ちますので！」

なんの責任か分からないが、助監督の彼が胸を張る。

その後、彼が手短に説明してくれたところによると、とにかく本物志向の監督らしく、妊婦役に本物の妊婦さんを用意していたのだが、今日になって体調が悪くなったとかで急遽《きゅうきょ》来られなくなり、代役を探して病院中を走り回ってみたが適任の妊婦がおらず、女性スタッフの腹にタオルを詰めたりしてみたのだが、どうしても監督が首を縦に振ってくれなかったらしい。

「あの！　あの！」

説明を終えると、善は急げで監督の元へ報告に向かおうとする助監督を聡子が呼び止める。

「……あの、どういう映画なんですか？」

「ああ、すいません。『笑う門には福きたる』っていうタイトルのコメディ映画です。ポルノとかじゃありませんから！」

助監督がそう言いながら走っていく。

ムーさんと聡子は顔を見合わせた。

『笑う門には福きたる』だって」

「なんか、縁起良さそうな映画だな」

ムーさんはなんとなく聡子の腹に目を向けた。そのとき、順番が来たらしく、廊下の向こうから聡子の名前を呼ぶ産婦人科の看護婦の声がした。

未《ま》だ産まれる気配なし、という報告と、母子ともに誠に健康という結果を受けての診察が終わり、待合室で先ほどの助監督が迎えに来るのを待っていると、目に見えて聡子が緊張してきた。

「大丈夫？」

ムーさんの問いかけにも上の空で、

「フーッ、フーッ」

と、ここでラマーズ法の呼吸を始める。

「すいません、お待たせしました。こちらへお願いします」

現れた助監督が早速、聡子たちを撮影現場へ案内する。場所は別棟の待合室で、こちらは撮影のために外来患者の姿はなく、ガランとしたベンチを撮影スタッフが取り囲んでいる。

「それではエキストラの皆さん、位置についてください！」

そう叫んだ助監督が、「こちらへお願いします」と聡子だけ特別に案内する。

「あの、すいません。僕は？」

思わずムーさんが尋ねると、

「えっと、旦那さんですか？」と背後から声がする。

振り返れば、映画監督というものを絵に描いたような男性が近寄ってきて、

「……奥さんと一緒に立っててもらっていいですか。お二人、バランスいいんで」

とムーさんの背中を押していく。

え？　え？　ええ？　と言っている間に、聡子の後ろに立たされたムーさんだが、監督はエキストラの動揺になどまったく無頓着で、

「初めてのお子さんです。男の子です。定期健診に来たところで、車の中からずっと、どんな名前をつけようかと相談しています。小声でなら話して構いませんので、よーい、スタートの合図があったら、そんな話をしててください」

と、呆然としている二人を前に、しっかりとした演技指導である。

監督が去ると、ムーさんと聡子はまた顔を見合わせた。

「びっくりしたぁ。エキストラでもこんなにちゃんと説明あるんだね」

「だな。子供の名前だって」

言っている間に撮影の準備が整ったらしく、

「じゃ、リハーサルいきます。みなさん、お静かに！」と、助監督の声が響く。

驚いている二人をよそに、定位置についたスタッフたちの緊張感が増していく。

「とりあえず、言われた通りにしようか」

現場の空気に呑《の》まれたようにムーさんが呟けば、「そうね」と聡子も頷《うなず》く。

「じゃ、リハーサル。よーい、スタート！」

甲高い監督の声が響いたのはそのときである。

カメラは受付の方を向いており、受付で何か質問した若い男性が、

「ありがとうございます！」

と礼を言って、ムーさんと聡子が立っている方に走ってきて、そのまま前を駆け抜けていく。

その姿をカメラが追う。

「カット！」

監督の声に、一瞬現場の空気が緩む。

「ふー」

思わず息をつくムーさんである。

そこへ監督が駆け寄ってくる。てっきり走っていった若い俳優と話すのだろうと見ていると、
ムーさんたちの前で立ち止まり、

「あの、走ってく人を見てないで、お二人で話してください。スタートがかかったら、子供の名前の話。お願いします」

とちょっと怒り気味である。

「あ、すいません」

そこへ走っていった若い役者が戻ってくる。よく見れば、テレビで見たことがある。

「あの、監督。ここ通るとき、ちょっと彼女のお腹見て、さらにスピード上げる感じでどうです

か？」

「ああ、いいね。やってみて」

監督と役者がまた定位置につく。

状況はよく分からないが、ムーさんも聡子もさらに緊張してきて何度も生唾を飲んでいる。

「言われた通りやんなきゃ。なんか大役みたい」

「だな。子供の名前……男の子の名前……」

また現場に緊張感が走り、監督の「じゃ、本番。よーい、スタート！」の声が響く。

「俺さ、実は、男の子だったら、名前決めてるんだ。もし聡子がよければだけど」

「実はね、私もずっと男の子のような気がしてるの」

「あのさ……」

受付で、「ありがとうございます！」と礼を言った役者が、二人の方へ走ってくる。

ムーさんはじっと聡子の目を見つめた。

受付から走ってくる役者の足音が近くなる。

「……あのさ、一歩って書いて『かずほ』ってどうだろう？」

「かずほ……。武藤一歩」

繰り返す聡子の顔にゆっくりと笑みが広がる。その瞬間、横を役者が走り去っていった。

「カット！」

拍手が湧き起こったわけでもないのに、なぜか現場の空気がふわっとした。

そんな空気が伝わったのか、ムーさんまで鳥肌が立つ。

「……はい、一発オッケー！」

監督の嬉しそうな声が響く。

なぜかよく分からないがムーさんもホッとする。

監督が駆けてきたのはそのときである。

「お二人ともすごく良かったです。奥さん、にっこりと微笑まれてて。ありがとうございました」

監督が短く礼を述べ、走っていった役者の方へ向かい、その肩をねぎらうように叩く。

ムーさんと聡子は顔を見合わせた。

「なんか、鳥肌立った」

ムーさんが袖を捲《まく》ると、

「私も、ほら」

と、聡子も腕をさする。

「お疲れさまでした。今日は本当に助かりました」

そこへさっきの助監督が駆け寄ってきて、

「……これ、つまらないもんなんですけど。もし良かったら記念に」

と申しわけなさそうに映画のタイトルが書かれたボールペンを渡す。

「ありがとうございます。いい記念になりました」

受け取った聡子に一礼した助監督は、ほかのエキストラたちにも挨拶に回って、そのままスタッフたちの元へ戻っていく。

「ねえ、いつから決めてたの？」

そんな助監督を眺めながら聡子が口を開く。

「何を？」

「かずほ。私たちの子の名前」

「ああ。実はさ、聡子から子供ができたって教えてもらった日に、なんとなく浮かんでたんだ」

すでにカメラや録音チームは次の撮影場所へと移動を始めている。

特にまとまっての解散の合図もないらしく、エキストラたちもまた三々五々現場を離れていく。

俺らも行こうか、と、ムーさんが声をかけようとしたときである。

「あ。ああ……」

とつぜん聡子が聞いたことのない気の抜けた声を出す。

「ど、どうした？」

「破水した……」

「え？」

「だから破水した」

「ええ！」

ムーさんは辺りを見渡した。幸い、あっちにもこっちにも医者や看護婦さんがいる。

「いやー、それにしても今日は楽しかったぁー。まだ興奮してますもん」

「ドーミー吉祥寺の南」の食堂で、素直に喜びを爆発させているのは世之介である。

「……ムーさんも、焼酎まだ飲むでしょ？」

すっかり出来上がっている世之介の足取りは覚束《おぼつか》なく、テーブルを囲むあけみやムーさんの奥さんや他ドーミーの住人たちの肩を摑みながら、台所へ氷を取りにいく。

「それにしても、今日の最優秀女優賞は、大福さんだよね」

とは、こちらもいい具合に酔っているあけみで、

「いや、本当にあれは見事。映ってたら目立つよ」

と、こちらもいい具合の礼二さんが合いの手を入れる。

普段、この手の宴会には参加しない大福さんと谷尻くんも、今日ばかりは名残惜しいのか、ゲストのムーさん夫妻の隣で黙々と箸を動かしている。

「大福さん、あの演技、考えてたの？」

台所から氷を持って戻った世之介が尋ねれば、

「ええ一応。右側に梯子《はしご》が見えてたんで、あそこを昇って、でもすぐに怖くなって下りるってイメージで」

と大福さんも満更《まんざら》でもない。

「大福さんが妙な動きするから、そのあとの人たちが詰まっちゃって、私も前の車に乗りやすくなったのよ」

とはムーさんの妻、聡子さんで、こちらは焼酎ではなくマイペースにピーチフィズを飲んでいる。

「私たちの頭の上をロープに吊られたカメラがスーッと動いたでしょ。絶対、映ってると思うのよ、私たち」

ラザニアを谷尻くんの皿に分けてあげながら、あけみが力説する。

「それにしても笑ったのは、ムーさんと横道くんだよ。出遅れてさ、車から出てこられないんだもん」

礼二さんが、箸で茶碗を叩いて笑う。

「マジで焦りましたよ。ドア開けようとしても、後ろから走ってくる人たちで開けらんないし」と世之介。

「仕方ないから、とりあえず窓だけ開けて、そこから顔突き出して、『助けて、助けて』って二人で叫んだんだよね」とムーさん。

「俺、もう叫んでるうちに、本当にゴジラに襲われているような気になっちゃって。体震えてくるし、声上ずるし」

「いや、もう、横道くん、迫真の演技なんだもん」

肝心の本番で車から出られなかった二人がケタケタ、そんな二人を見て、他のみんながゲラゲラ、まさに絵に描いたような賑やかな宴会である。
ここが都心のマンションであれば、今ごろ上下左右の部屋から苦情が来ていること間違いない。

さて、そんな機嫌の良い笑い声が響き渡っていたその時、とつぜんドン、ドン、ドンと建物を揺らすような振動である。

「じ、地震?」

思わず鍋のふたを手にした世之介が首を縮めれば、さらにドン、チャカ、ドン、チャカと音が続き、どうやら二階から落ちてくる音楽らしいと分かる。

あまりにも楽しい宴会だったため、誰もがすっかり忘れていたが、二階にはムーさんたちの息子、一歩がいる。

一応、あけみが一緒に食べないかと声をかけたらしいのだが、ドアの向こうから、「いいです」と声が返ってきただけだったらしい。

と言っているうちに、なんだか暴力的な音楽の音量がさらに上がってくる。

「ちょっとうるさいね!」

「世之介、ちょっと行って、下げるように言ってよ!」と交わす言葉も大声になる。

そんな中、誰よりも暗い顔をしているのは世之介である。思い出されるのは、撮影の休憩中にムーさんの奥さんから聞かされた話である。

「すいません。本当にご迷惑かけて申し訳ありません」

次の瞬間、とつぜん立ち上がったムーさんが深々と頭を下げる。すぐに横で奥さんも立ち上がって同じように頭を下げるのだが、二人が二階へ行く素ぶりはない。

てっきり親である二人が叱りにいくとばかり思っていた世之介たちも、深々と頭を下げたままのムーさんたちを、耳を塞いだまま見つめているしかない。

「ほら、ちょっと世之介、行ってきてよ」

沈黙に耐えられず、あけみが口を開く。正確にはまったく沈黙ではないのだが、一斉にドーミーの住人たちの目が世之介に集まる。

「ええ？　なんで俺？」

思わず恨めしげにムーさん夫妻を見る世之介だが、二人に動く素ぶりはやはりない。もっといえば、「すいませんね」と、その目が完全に丸投げである。

とりあえず世之介は席を立ち、「もう」と口を尖らせながらも二階へ上がった。

一歩の部屋のドアを叩き、

「一歩くん！　ちょっとうるさいよ！　音楽！」と声をかける。

ただ、音量に変化はない。

「一歩くん！　一歩くん！」

世之介はドアノブを摑んで、ガタガタと押し引きした。てっきり鍵がかかっているとばかり思っていたのだが、なんの抵抗もなくドアが開き、その勢いで室内に転がり込んでしまう。

「一歩くん、ちょっとうるさいって」

よたよたと立ち上がりながら世之介が叱れば、ベッドに寝転んだままの一歩が、

「うるさいの、そっちだろ！」と憎たらしげな口を利く。

「とにかく、うるさい」

世之介はテーブルの上にあるスピーカーの電源を切った。

切った途端、鈴虫が鳴く武蔵野の静寂が耳に戻る。

一歩が寝返りを打って壁を向くので、世之介もそのまま部屋を出た。一階へ戻ると、まるで凱《がい》旋《せん》でもしたようにあけみたちがスタンディングオベーションで迎えてくれる。

世之介自身もなんだか誇らしく、「まあ、まあ、まあ。お座りください」である。

ただ、その直後、また音楽が鳴り出した。今度はさらに音量が上がっている。

「申し訳ありません……」

ムーさんの奥さんが再び立とうとした時である。

それまで黙っていた大福さんがすっと立ち上がる。二階へ向かうのかと、その背中をみんなで見守っていると、玄関の方へ向かった大福さんが背伸びして壁の配電盤を開け、そのうち一つのブレーカーをバチンと切った。

切った途端、また鈴虫の鳴く武蔵野の静寂がドーミーを包み込む。

「それで、その息子さん、静かになったんですか？」

助手席に座る助手、エバこと江原光輝《こうき》からの質問に、世之介は深夜の東京外環道の草加出口にハンドルを切りながら、

「なったんだよ。下りてきてブレーカー上げるかと思ってたんだけど。ちゃんと言って聞かせれば、ああいう子っていうのは、ちゃんと心が通じ合うんだよ」

などと、まるで熱血教師気取りである。

「ちゃんと言って聞かせればって、ブレーカー落としたんでしょ？　通じ合うっていうより断絶だと思いますけど」

言われてみればその通りで、世之介には返す言葉もない。

二人が向かっているのは、埼玉県内に数店舗展開しているファミリーレストランで、冬の新メニューのための撮影の仕事である。

この「ログハウス」というレストラン、元はハンバーグがメインの、わりとどこにもあるファミレスだったのだが、サイドメニューの一つであったクリームシチューの美味しさが口コミで広がり、今ではシチューだけではなく、季節に合わせた世界中のスープを提供して好評を得ている。

この火付け役となったサイドメニューのクリームシチューのメニュー写真を撮ったのが世之介であった。

以来、験を担いで新メニューの撮影には必ず世之介が呼んでもらえる。

当時、クリームシチューを撮影した際、特に他と違ったライティングをした覚えはないのだが、改めて見てみると、たしかに他のメニュー商品と比べても、特段に美味しそうに写っている。

唯一、思い当たる節があるとすれば、撮影時、世之介自身がなぜかクリームシチューが食べたくて仕方なかったことくらいである。

東京外環道の出口を降りた車は、四号線を北上する。

この時間、街道沿いのレストランはすでに閉店しており、ライトの消された大きな看板だけが広い空を支えるように立っている。

「あ、そういえば、結局、引っ越し先、三鷹になりました」

携帯を弄《いじ》っていたエバが、ふと思い出したように言う。

「もっと都心に行きたいって、練馬のアパート解約したんじゃないの？」

「そうなんですけど、結局、咲子《さきこ》と一緒に住むことになって」

「ああ、そうなの。良かったな。……あ、そうか。咲子ちゃんの実家、三鷹だったもんな」

「そうなんですよ。引っ越すにしても住み慣れたところがいいらしくて」

「最近会ってないけど、咲子ちゃん、元気なの？」

「元気ですよ。口を開けば、横道さんに会いたいって言ってます」

「へえ。かわいいなあ」

「スーパー銭湯とかに不感の湯ってあるじゃないですか。体温と同じくらいの温度で、浸《つ》かってんのか浸かってないのか、よく分かんないぬるいお湯」

「あるねえ」

「あのお湯に浸かってるみたいで気持ちいいんですって。横道さんと一緒にいると」

会いたいと言われて、「かわいいなあ」と目尻を下げた手前、さすがに世之介もここで目くじらを立てるわけにもいかないが、このエバの恋人である咲子ちゃん、独特なテンポの持ち主で、

「たとえばデートしてるじゃないですか。普通、仲良く並んで歩くじゃないですか。でもなんか咲子の場合、違うんですよね。気がつくと、いつも十メートルくらい先を一人で歩いてるんですよ。話に夢中になっちゃって」

というようなエピソードを、世之介はいくつもエバから聞いている。

とはいえ、話に夢中でエバを置いていく咲子も咲子なら、十メートルも離されるまで気がつかないエバもエバで、結局世之介にしてみれば、お似合いのカップルでしかない。

「そういえば、そろそろ二千花《にちか》さんの命日ですよね？」

撮影現場である「ログハウス」の看板が見えた辺りで、ふとエバが口を開く。

「うん、今年、七回忌」

「そっか。俺が横道さんについて七年目だから、そっか。七回忌だ。六年で七回忌ですもんね」

「あれって、不思議な数え方だよな。お前、知ってる？　七回忌の意味」

「意味っすか。さあ……」

「四十九日で魂があの世に行くんだってさ。そんで仏の弟子としての修行が一段落着くのが七回忌ごろなんだって。なんか、そんなこと聞くと、二千花のやつ、大丈夫かなって思っちゃうよ。ちゃんと修行ができてるイメージないんだよなあ。坐禅《ざぜん》中に他の人のこと茶化してそうだし」

どこまで精神世界のことを信じているのか分からないが、世之介の顔は真剣である。なのでここは茶化しちゃいけないところなのだろうと、エバも何か気の利いたことを言おうとするが何も浮かばない。

「……二千花さんの命日、咲子の誕生日に近いんで、なんとなく覚えてるんですよね」

会話も途切れ、世之介は「ログハウス」の駐車場に車を停めた。

外の照明は消されているが、店内は明るく、撮影用の料理を作ってくれるスタッフたちが談笑している姿が見える。

本来、この手の撮影はキッチンスタジオを使うことが多いのだが、普段の厨房で作った料理を撮ってもらいたいという社長の要望で、閉店後の第一号店が使われている。

「七回忌、なんかやるんですか？」

車を降りたエバがトランクから機材を出しながら尋ねてくる。

同じく運転席を出て、夜空に向かって背伸びしていた世之介も、

「この前、電話したら、二千花のお父さんとお母さんも、『親戚にも声かけないで、三人でなにか美味しいものでも食べよう』って」

「法事は鎌倉の寺でしょ？　俺、車で送り迎えしますよ。向こうで酒飲むんでしょ？」

「いいよいいよ、そんなわざわざ。俺、電車で行くから。それにまた二千花の実家に泊めてもらうかもしれないし」

「そういえば、横道さんって、二千花さんの実家でどういう扱いなんですか？」

「どういうって？」

「だから……、まぁ、ご両親的には亡くなった一人娘の婚約者だった人で、正式には義理の息子になりかけてた人？」

「あ、そこ正確には、プロポーズはしたけど断られてるから、婚約者ではないな」

世之介は背伸びから、さらに腰を伸ばすように大きく後ろへ体を反らす。

最近、ちょっと長めのドライブをすると、腰や肩が凝って仕方がない。ついこないだまでは、マッサージなどこそばゆいだけだったのだが、最近では割安の回数券まで買っている。普段は年のことなどまったく気にしていないのに、ふとこんなとき、そろそろ三十代も終わりかぁ、などと思う。

「プロポーズ断られたのは知ってますけど、でも、あれはまあ、二千花さんの思いやりっていうか……」

「それより、今、エバに言われて気づいたけど、ほんとだな、二千花のお父さんたち、俺のことどう思ってんだろうな。さすがにちょっと迷惑してんのかもな」

「いや、迷惑はしてないと思いますけどね……。逆にいつまでも娘のことを忘れないでいてくれて、嬉しい半面、先に進んでほしいとも思ってんじゃないですか」

重い撮影機材を両肩に提げたエバを、世之介はまじまじと見つめる。

初めてアシスタントについた時は、口元に朝ごはんの米粒を、それも一粒ではなく、気にならないのが不思議な量をつけて来るようなやつだったが、いつの間にかすっかり成長したものだと驚いているのである。

「まあ、そう言うなって。俺なりに、先に進んでるつもりだから」

後輩に言い含められる照れもあり、世之介はそう笑って答える。

「牛歩過ぎますって」

「進んでるように見えない？」

「ええ、まったく」

世之介はまた腰を大きく反らした。まるで落ちてきそうな大きな月である。

「横道さん！　お疲れ様です」

その辺りで駐車場の二人に気づいた「ログハウス」のスタッフさんたちが出迎えに来てくれた。店長の大町《おおまち》をはじめ、広報の担当者とも長い付き合いである。

「……今日、撮影点数多いですよ」

早速、エバの肩から荷物を一つ引き取ってくれたのは大町店長で、

「覚悟して来ましたよ」と笑う世之介を、「そういえば、来週、また一人でキャンプ行こうと思ってて。横道さん、どうっすか？　また一緒に焚《た》き火見ながら、酒飲みましょうよ」と誘う。


ドーミーの前を満員のバスが吉祥寺駅へと走っていく。朝の通勤ラッシュとはいえ、こののどかな風景のどこに、これほど多くの人たちが住んでいるのかと思うほど、バスは混み合っている。

そんなバスを見送りながら、ドーミー前に停めた車の横で大あくびをしているのは世之介である。

たった今、埼玉県の秩父《ちちぶ》にあるオートキャンプ場から帰ってきたばかりで、あくびをしてもしても、し足りない。

昨夜、「ログハウス」の大町店長に誘われていたオートキャンプ場に着いたのは、夜の九時過ぎだった。都内から片道一時間半とはいえ、昨日も仕事、今日もこれから仕事というスケジュールで、本来ならキャンプに行ける余裕などなかったのだが、焚き火を眺めながらホットウィスキーを飲み、日の出を眺めながら美味いコーヒーを沸かしているところを想像すると、居ても立ってもいられなくなってしまったのである。

大町店長とは妙に気が合う。キャンプ好きという以外で共通しそうな趣味や話はないのだが、お互いに一緒にいて何も話さないでも居心地がいいのだから、これほど気が合う人もいないのかもしれない。

もう何度も一緒にキャンプをしているが、昨日初めて大町店長の年齢を知った。世之介の二つ上らしく、さらに離婚歴があるらしい。

とはいえ、身の上話はそれだけで、あとは簡単なつまみを作りながら酒を飲み、お互いの車で仮眠を取って、日の出とともに起き出すと、奮発して買った高い豆で淹れたコーヒーを、「美味いですねえ」「やっぱりコーヒーは手間暇かけないとねえ」などと言いながら飲むのである。

ドーミーの玄関に入ると、住人たちはあらかた出かけたあとで、赤い〈不在〉の札が並んでいる。

食堂を覗くと、あけみが一人で朝食を食べている。

「おはよ」

世之介が声をかければ、「あら、おはよ。ごはんは?」と、あけみが尋ねてくる。

「向こうでフレンチトースト食べてきたからいいや」

「ああ、美味しそう」

「うん、うまかった。蜂蜜かけて」

思い出すと、まだ唾が出る。

「今日もこれから仕事なんでしょ?」

自分の食事に戻ったあけみが、ボリボリと沢庵を嚙む。

「うん、もうすぐ出かけなきゃ」

世之介が部屋へ向かおうとすると、

「あ、そうだ。そうだ」

と、あけみが追いかけてくる。

「今日、なんの日か、世之介、忘れてるでしょ?」

「今日?」

「ほら、忘れてる。自分の誕生日でしょ」

「ああ、そうだ。誕生日だ。……三十九歳だ」

「そ。来年は四十よ」

「あちゃー」

「あちゃーって。四歳児じゃないんだから」

「さすがに四十ってなると、ちょっとあれだね」

「あれって?」

「いや、だから……、よく分かんないけど、俺、大丈夫か？　とか思っちゃうね」

「大丈夫って？」

「いや、だから……、それもよく分かんないけどさ」

なんとも中身のなさすぎる会話に、気がつけば二人とも苦笑いである。

「でもさ、自分の誕生日も忘れてるって幸せなんだよ」

「そうかあ？」

「だってさ、自分の誕生日を忘れちゃうくらい、毎日いろんなイベントがあるってことじゃない」

「イベントっていうか仕事だけどね。あ、キャンプもあるか」

「ほら」

あけみというのは、こういう時でも、目ざとく壁のコンセントの汚れを見つけ、近くにあったウェットティッシュで拭きとり、それだけで捨てるのがもったいないと思うのか、そのままコンセントに繋がっている何かのコードまで拭きだす。

「俺さ、考えてみたら、自分の誕生日をちゃんと覚えてたことないような気がするんだよな」

「だったら、なおさら幸せな人生じゃない」

そう言って、結局あけみは長いコードを拭きながら食堂へ戻っていく。

自室へ戻ろうとした世之介は、ふと足を止めた。

親父が三十九歳のときって、俺、いくつだったんだろ？

なんでこんな疑問が浮かんだのかよく分からないのだが、ちなみに世之介は父三十三歳のときの子である。

ということは、小学校に上がったころの父が、今の世之介と同じくらいとなる。

正直なところ、あまり記憶はないのだが、インキンになって、毎晩寝る前に「ヒー、ヒー」言いながら、キンカンを塗っていたのがそのころだろうか。

風呂上がりにガニ股になり、股間にキンカンを塗る父を、世之介はゲラゲラと笑ってみていた。

あれが四十前なら、まあ、今の俺が四十前でもそこそこか？

自分勝手に納得し、ちょっとだけ足取りの軽くなる世之介である。

その後、シャワーを浴びて、部屋で着替えをしていると、食事の片付けを済ませたあけみがやってきて、

「そうそう。さっき言うの忘れてたんだけどさ」と、何やら嬉しそうな顔をする。

「何、何？　いい話？」

「昨日の夕方、世之介がいない時にね、ちょっとした事件あったのよ」

「事件？　近所で？」

「いや、ここで」

事件と言うわりには、嬉しそうなあけみの話によれば、昨日、いつものように隣の野村のおばあちゃんが、農園で作業をしていたらしい。

小型トラクターに乗っていたのだが、急に体調が悪くなり、トラクターを止めたまではよかったが、いざ降りようとすると、めまいがして、そのまま運転席から畑に落ちてしまったという。

幸い、地面が柔らかい土で、頭こそ打たなかったのだが、足首を捻挫してしまったようで立ち上がれず、助けを呼ぼうにも、声を出そうとするとさらにめまいがひどくなる。

あいにく他の作物と柵のせいで、通りからは倒れているおばあちゃんが見えない。

そんな日に限って、貸し出している隣の市民農園で作業している人もいない。

おばあちゃんが動くに動けず、じっとしているうちに次第に土で体が冷えてくる。

そのときである。ドーミーの一階の窓が開き、そこを誰かが乗り越えてくる。

そして「助けて」と声を振り絞ったおばあちゃんをすっと抱え上げたのが、二階の窓から一部始終を見ていた一歩だったらしい。

一歩は泥だらけのおばあちゃんの顔を、自分のシャツで拭いてやると、

「痛いですか？」と聞いたという。

「捻挫したみたいなんだけど、それより寒いのよ」

とおばあちゃんが答える。

一歩は自分が着ていたダンガリーシャツを脱いで、お姫様抱っこしたおばあちゃんにかけると、「救急車呼びますか？　家に行きますか？」とぶっきらぼうに尋ね、「とりあえず、家に連れてって」と、頼むおばあちゃんを自宅の居間まで運んであげたらしいのだ。

「へえ、一歩、大活躍じゃん」

あらかたの顚末《てんまつ》を聞き終えた世之介は、思わず声を上げた。

「でしょ。私も、昨日の夜、おばあちゃんから聞いて、なんだか嬉しくって」

あけみもよほど嬉しかったらしく、たまに爪先立ちになりながら話を続ける。

「……それだけじゃないのよ。一歩くん、おばあちゃんを家に連れてったあと、一旦、こっちに戻ったらしいんだけど、やっぱり心配になったらしくて、湿布持って、またおばあちゃん家《ち》に行ったんだって」

「へえ。優しいな」

「でしょ？　で、おばあちゃんも痛みは治まってきてたんだけど、年も年だし、やっぱり病院に行くってことになって」

「一歩が付き添ったの？」

「そうなんだって。おばあちゃんが呼んだタクシーに乗って、三鷹の病院まで連れてってあげたんだって」

一歩の活躍譚《たん》を聞きながら、世之介は一歩の部屋がある天井の方を見上げた。

「で、いるの？」

世之介が天井を指差すと、

「そこは相変わらず、引きこもり中」とあけみが声を落とす。

「でもさ、なんかドラマとかだったら、ここから更生への道まっしぐらってとこじゃない？」

「まあ、ドラマならね」

「なんか俺、もう大丈夫なような気がしてきたな。あ、キャンプでも誘ってみようかな」

「ああ、いいんじゃない」

ドラマなら非行に走っていた生徒が熱血教師の胸で泣く場面を想像している気の早い二人である。

　となれば、善は急げということで、

「俺、ちょっと声かけてこようかな」

と立ち上がった世之介を、

「ムーさんたちにも、昨日の話してあげたら？　安心するんじゃない？」

と、あけみもその背中を押す。

「そうだな」

ムーさん夫妻の喜ぶ顔が見え、もっと言えば、世之介はすでにムーさん夫妻に感謝されている自分たちの姿まで想像してにんまりしている。

ドーミーの階段をトントントンと軽快に駆け上がり、一番奥のドアを世之介はノックした。

「一歩くん、一歩。いるの？」

すでにハッピーエンドへ向かっている世之介の声は明るいが、中からの反応はない。

「一歩、開けるぞ」

鍵はかかっていないようなので、世之介は無遠慮にドアを開けた。

カーテンの締め切られた室内は、どんよりとした暖房の熱がこもっており、一歩本人はベッドで毛布にくるまっている。

「退屈だろ、毎日毎日こんな狭い部屋に閉じこもってたら」

世之介はベッドに腰掛けると、毛布を剝いだ。

「ったく、なんすか」

寝返りを打ちながら向けられた一歩の視線は相変わらず冷たいが、人間というのは不思議なもので、嚙まないと分かった犬には大胆に近づけるものである。

「なあ、今度さ、一緒にキャンプ行こうよ、キャンプ」

世之介は一歩の肩を揺すった。

「ああ、もう！　やめろよ！」

「……俺さ、実は今朝もキャンプ帰りなんだけど、気持ちいいぞお。なんていうか、自分が木とか川になったような気分になるんだよ。自然と一体化するって、こういう感覚なんだろうなって思うよ。やっぱ、人間ってさ、自然の一部なんだよな」

キャンプ場の河原を吹き抜けた風を思い出しながら力説した世之介は、結局、一歩の返事も聞かず、自分だけで満足して部屋を出た。

ドアを閉めながら、

「あ、そうそう。野村のおばあちゃん、感謝してたってよ」

と付け加えるが、一歩はまた毛布を頭にかぶっただけだった。

「さてさてさて、お月見でも始めましょうか」

機嫌よくドーミーの庭に出てきたのは風呂上がりの世之介で、半纏《はんてん》は着ているものの首筋を撫でた夜風に身を震わせる。

庭ではすでに大福さんと礼二さんが月見を始めており、あけみお手製の栗饅頭《まんじゅう》をつまみながら、大福さんはルイボスティーを、礼二さんは焼酎を飲んでいる。

「俺は……」

二人の飲み物を見比べて、焼酎のボトルを手にした世之介も、すぐにグラスでお湯割りを作る。

「横道くんも、なんでもいいもんね。饅頭に焼酎でも、アタリメにワインでも」

すでにほろ酔いの礼二さんと乾杯し、あ、そうだそうだと見上げれば、武蔵野の夜空に見事な十三夜である。

「今年は十五夜も十三夜も見たから、いいことあるかな？」

同じように月を見上げていた礼二さんが呟くので、

「両方見たら、いいことあるんですか？」

と世之介が尋ねれば、

「片方だけ見るのは、片見月って言って縁起が悪いんだって。今、大福さんから教えてもらった」と礼二さん。

その大福さんの方を見れば、まるでリスが胡桃《くるみ》でも齧《かじ》るように小さな栗饅頭を大事そうに食べている。

「大福さん、その椅子座り心地いいでしょ？」

世之介が尋ねると、布張りのキャンプ用チェアに埋もれるように座っている大福さんが何度か勢いをつけて体を起こす。

「……それ、あけみちゃんからの誕生日プレゼントなんだよ」

「ああ、すいません」

大福さんが立ち上がろうとする。

「いいよいいよ、座ってて。それさ、一回座ると、なかなか立ち上がれないからね」

「はい、なんかお姫様抱っこされてるみたいで。されたことないですけど」

「前からずっと欲しかったんだけどさ。なんかキャンプ用品って、一つ買っちゃうと歯止めが効かなくなりそうで、なかなか買えなかったんだよね」

「それをあけみさんがプレゼントしてくれたんですか」

「そう、だからもうたぶん歯止め効かない。なんなら昨日もう一万円もするチタン製のコーヒーセット買ってるし」

世之介が早速そのコーヒーセットを見せようと立ち上がると、

「じゃ、横道くんてこれまでどうしてたの？　よくキャンプ行ってるから、てっきり色々持ってるんだと思ってたよ」

と礼二さんが首を傾げる。

「すべて大町店長のキャンプ用品でまかなっておりました」

「ひどいね。その人、『買えよ』って言わないの？」

「言わないんですよ」

「結構、行ってたよね？」

「……ええ」

とかなんとか笑い合っていると、あけみも庭へ下りてくる。

「谷尻くんたちにお饅頭持ってってあげたのよ」

「谷尻くんも下りてくりゃいいのに」

「十九歳の男の子に月見は退屈でしょ」

「でもさ、平安時代とか、他に娯楽ないからやってたんじゃないの。光源氏とか」

「光源氏は月見るでしょうけど、谷尻くんと光源氏比べたって」

その辺りで礼二さんが焼酎のお湯割りを噴き出す。

「あ、そうそう。一歩くんもお饅頭食べたよ」

あけみが嬉しそうに言うので、

「だから、その言い方。犬や猫じゃないんだから」と世之介が注意する。

月の光というのはありがたいもので、こんななんの身にもならない会話を続ける世之介たちにもちゃんと降り注いでくれる。

「そういえば、これ、美味いね」

思い出したように世之介が栗饅頭を褒めると、

「ほんとに美味い。ほら、大福さんなんて、もう四つも食ってるもん」

と礼二さんも賛同する。

「ほんと？　よかったぁ。時間かけた甲斐《かい》があるわ。虎屋のを真似たのよ。虎屋で買ったら一個五百円するからね」

「それを？　うちでは？」

「栗は野村のおばあちゃんからの頂き物。粉物はうちのあまりもの。そこに特売の小豆入れても原価一個三十円」

「それでこのクオリティーはさすがだね」

この辺りで世之介とあけみの無駄話を黙って聞いてた大福さんが、

「平安時代の人って、お月見の時、どんな話してたんでしょうね？」とぽつりと呟く。

「ほんとだね。何話してたんだろうね？」

思わず月を見上げる世之介たちである。

十一月　地蔵とお嬢さま

喪服のネクタイを緩めながら薄暗い本堂を出て、よたよたと革靴を履いているのは足を痺らせた世之介である。

あけみが磨いてくれたらしく、履き潰した革靴のつま先がピカピカと黒光りしている。

まだ和尚と話している二千花の両親を置いて、世之介はすり足で本堂を離れていく。見晴らし台までやってくると、鎌倉の海が一望できる。幸い天気もよく、真っ青な海の向こうに逗子《ずし》のマリーナまでくっきりである。

世之介は大きく背伸びした。ワイシャツから出た白い腹が秋の風で冷える。

早速くしゃみが出そうで慌てて膝に両手をつく。ギックリ腰対策である。ただ、準備万端で待っているときに限って鼻がムズムズするだけの空砲に終わる。

二千花の七回忌法要を無事に終えたばかりである。梅月寺《ばいげつじ》で行われた今日の法要に参加したのは、二千花の両親と世之介だけである。

三回忌までは二十人ほどの親戚が集まっていたのだが、「おばあちゃんがちょっと脚悪くしてね。このお寺の急な階段を上らせるわけにもいかないし。となると、おばあちゃんを呼ばずに他の親戚だけ呼ぶのもあれだから、今回はもうお父さんと私だけでやりますって、みんなに伝えたのよ」とは二千花の母で、近所の親戚たちは各々《おのおの》が墓参りに行くことで話がついたらしかった。

世之介はもう一度大きく背伸びをすると、完全にズボンから出てしまったワイシャツを元に戻した。その体勢のまま振り返れば、和尚に見送られながら二千花の両親が本堂の下で靴を履いている。

世之介は玉砂利を踏んで駆け戻り、「お世話になりました」と和尚に挨拶した。

すると今年八十八になるという和尚が、

「今回はあなた、泣かなかったねえ」

と深いシワで笑顔を作る。

「……ほら、三回忌の時はしゃくりあげて泣いてたでしょ」と。

「やだなー、和尚さん。よく覚えてますね。法事なんて毎日みたいにやってんでしょ？」

和尚の肩でも叩きそうな世之介である。

「法要は毎日みたいにやってますけど、あんなに泣く人はそうそういないもの」

「なんか、恥ずかしいなー。もう四年も前ですよ」

「あなた、四年なんて私の年になったら三日前くらいだもの」

「やっぱり和尚さんもそんなもんですか。いや、実は僕もまだついこないだみたいな感じがしてて」

「あなたがしゃくりあげるもんだから、私はもう気になって気になって、お経どころじゃなかったですもの」

「へえ、そんなもんですかねえ。やっぱり和尚さんくらいのベテランになっても気が散るもんなんですねえ」

開創千年を超える名刹《めいさつ》のベテラン和尚に対して相当失礼な物言いだが、和尚もさほど気にならぬようで、

「まあ、すすり泣きくらいなら私も平気でお経読んでますけどね。あなたのは、ほら、しゃくりあげるから」

この辺りで二千花の父、正太郎《しょうたろう》が、

「じゃ、そろそろお暇《いとま》しようか」

と、弾んでいるわりに実のない二人の会話に見切りをつけてくれる。

「……このあと、そこの『うな匠』で、娘に献杯ですよ」と正太郎。

そろそろ昼時である。

まさか「うな匠」から鰻《うなぎ》を焼く煙が漂ってきたわけでもないのだろうが、正太郎と世之介の腹がそこで同時に鳴ってしまう。

「あらあら、今年は、お腹の方が鳴きましたな」

とは和尚で、世之介の腹をポンと叩く。

高台にある寺から細い石段をおりていく。毎朝、由比ケ浜をウォーキングしているという二千

花の両親は健脚で、世之介の方が急な階段に膝を震わせている。

「世之介くん、今日はのんびりしてくんだろ」

階段の下で振り返った正太郎に、

「はい、そのつもりで来ました」

と世之介が即答すれば、

「泊まってってよ。晩ごはんももう用意してんのよ。初めてなんだけどトマトとチーズの洋風鍋にチャレンジしてみようと思って。ほら、もし失敗してもお父さんと二人の時だと二人でムスッとするだけだけど、世之介くんがいれば笑い話になるじゃない」

と、二千花の母、路子《みちこ》が昼食に向かいながらもう晩ごはんの話を始める。

とかなんとか話しているうちに到着した「うな匠」では、見晴らしのいい二階の個室に案内された。

二千花の母親と「うな匠」の女将《おかみ》は幼なじみらしく、女将の計らいで座敷の一角には二千花のために供花が飾られている。

女将の酌で酒が行き渡ると、まずは静かに献杯した。

ただ、目の前にはさっき三崎港から届いたばかりだというマグロの刺身である。

「おおー、美味そうだな。うなぎが天に昇ったら龍になるらしいよ」

早速、箸を伸ばす正太郎に世之介たちも続く。

「世之介くん、ごはん食べたら、また写真撮りに行くの?」

路子が世之介の小皿にすりたてのわさびを入れてくれる。

「どれくらい飲むかによりますかね。けっこう飲んじゃったら、三回忌の時みたいに、一旦、家で昼寝させてもらっていいっすか」

「そうだそうだ、三回忌ん時はお父さんと二人で昼寝してたね。二人とも大鼾《いびき》かいて」

路子が笑い出すと、

「そうか、ありゃ、三回忌か。てっきり去年だと思ってたよ」

ととぼけたことを言う正太郎のお猪口《ちょこ》に、世之介が酌をする。

「命日の時は、世之介くん、いつも夕方から来て、晩ごはんだもんね。そういえば、去年、世之介くんが持ってきてくれた鯵《あじ》の南蛮漬け。あれ、美味しかったわねえ」と路子。

「ああ、ありゃ、美味かったな。さっぱりしてて。鯵って、天に昇ると何になるんだろうな?」

「鯵は鯵でしょ。美味しい鯵になるのよ。でも、ほんとにあけみさんは料理が上手よ」

あけみの名前が出たところで、ちょっと沈黙が流れたが、タイミングよく仲居さんが白焼きを運んできて、その香ばしい匂いに思わず三人から声が漏れる。

「……にしても二千花が亡くなった直後は、どうなることかと。自分たちのことより、世之介くんの方が心配だったもんな、お母さん」

「ほんとにねえ。世之介くんを慰めるのに一生懸命で、娘のことを嘆く暇もなかったもんねえ」

ふいに始まった昔話に笑う二人を前に、顔を赤らめるしかない世之介である。

「まあ、それにしても、世之介くんが妙に一途《いちず》な男じゃなくてよかったよ」

美味そうな白焼きに箸を伸ばした正太郎が、「アハハ」と笑いだす。

「……毎日みたいに二千花の墓参りに来るもんだから、梅月寺の和尚さんと心配してたんだよ。『今に、墓の横にテントでも張って暮らし始めるんじゃないか』って」

「こうやって、お父さんは冗談みたいに言うけど。でも、ほんとなのよ、世之介くん。あけみさんのお陰。あけみさんみたいな人とちゃんと出会えた世之介くんは幸せ者。これ、ほんとよ。私たち、本気でそう思ってるんだからね、世之介くん」

路子にまっすぐに見つめられた世之介は、

「分かってますって。……でも、ほんとに助かったでしょ？　僕がわりと切り替えの早い男で」

と、いつものように、「アハハ」と笑い飛ばす。

実際、二千花が亡くなったばかりの頃の世之介は、いっときも二千花の墓から離れるのが嫌で、仕事以外の時にはほとんどの時間を墓のそばで過ごしていた。

ただ、さすがにじっとしているのも退屈なので、寺で借りた箒《ほうき》で墓地内の落ち葉を掃いて回ったり、しまいには集めた落ち葉で芋まで焼き始めたりしていた。

当初は、若いのに信心深い檀家さんとして黙認していた梅月寺の和尚だったが、いよいよ芋まで焼き始めた世之介に近所からの苦情も出始め、

「墓など月命日にお参りに来るくらいがちょうどいいのだ」と諭した。

ただ、和尚に諭された程度で気持ちが収まるならば、何も墓場の落ち葉で芋など焼くわけもなく、

「もう芋は焼きません。墓の前にじっといるだけならいいでしょうか」と世之介も譲らない。

まあ、ならば地蔵が一つ増えたと思って放っておくかと、和尚もその時は諦めたのだが、仕事がない日は、雨が降ろうが雪が降ろうがやってきて、日がな一日、ぼんやりしている世之介の姿を見るに見かね、

「世之介くんとやら、あのね、坊主の私が言うのもあれだけど、仏様なんて、こんな薄暗くて湿った所にはいませんよ。それこそ風みたいになって、もっと楽しいところに行ってますって」

と墓地管理者としてはあるまじき諭し方をしたのである。

単純といえば単純なのだが、曲がりなりにも開創千年超えの名刹である梅月寺の和尚にそう言われれば、元々流されやすい世之介など、そうか、そういうものなのか、と他愛もないものである。

「そうですよ。二千花さんもね、きっと今ごろ、忙しくあっち行ったりこっち行ったりしてますよ。それをあなたがここにじとっといたんじゃ、彼女だって気兼ねしていろんなところに行けないじゃないですか」

なんだか幼稚園児を騙してピーマンを食べさせているような話だが、人間、悲しい時というのは、こういうベタな話が一番心に響いたりもする。世之介は空を見上げた。青い冬空でトンビが旋回している。

「あのトンビが二千花かもしれませんねえ」

そう呟いた世之介に、「いや、あれはトンビでしょうね」と和尚。

ここで、「ええ、あれが彼女ですよ」と言われれば、さすがの世之介も不審に思い、その前の死んだら凪になる説までが眉唾になったのだろうが、このあたりはやはり和尚の勘所は鋭い。

「そうですよね。あれはトンビですよね」

「ええ、あれはトンビです」

「和尚さん、こういうのって、みんなが言うように、時間が経てば忘れられるものなんですかね？」

「こういうのと言いますと？」

「だから、二千花ともう会えないという気がしないんです。韓流ドラマみたいに、今はすれ違ってるだけで、『どうせ絶対また会うよ』って思ってる視聴者みたいな確信があるんです。……こういう気持ちって、時間が経てばなくなるんですかねえ」

本人は的確に自分の気持ちを伝えたと思っているのだが、まず当の和尚は韓流ドラマを見たことがない。

「さあ、どうでしょうねえ。私にも分かりませんねえ」

「和尚さんに分からないんだったら、僕になんか分かるわけないですよね。和尚さん、これからは月命日だけ来ることにします。仕事が入ってたら、その前か翌日か」

「まあ、月命日なんて、二、三日遅れたって仏様は怒りませんよ」

禅問答のような、単に中身がないだけのような話を続ける二人の頭上を、二千花ではないトンビがいつまでもぐるぐると旋回していた。

「おい！　横道！　どこだ、横道！」

スタジオに響く南郷の怒号に、

「はーい。ここです、ここです！」

と、脚立を抱えて戻ってくるのは世之介である。

「準備できたら始めるぞ」

苛立った様子でカメラを構える南郷に、

「はいはいはい」

と気安く応えながら世之介が照明の位置を直せば、別の脚立の上に立っているエバが、ひらひらと桜の花びらを舞い散らせる。

本日の被写体は、とあるハイブランドの春物のバッグである。

南郷の性格上、撮影スタジオはいつも嫌な緊張感が張り詰める。これが嫌で、南郷に仕事を頼まなくなるクライアントも多いのだが、そんな南郷に、「はいはいはい。はーい」と応えてスタジオを飛び回る世之介がいると、やはり場も和むらしく、世之介がアシスタントについた仕事では、クライアントからの南郷に対する苦情は少ない。

さて、以前にも登場したこの南郷常夫、世之介の兄弟子に当たる。いわゆる若いころから同じ釜のメシを食ってきた仲である。

出会った当初はお互いにまだ二十代で、金がなくなれば南郷のアパートに行き、やはり金のな

い南郷が作ってくれる具なしラーメンや塩ごはんを、

「いやー、貧しいですねー」

などと、嘆きながらも美味しく頂いていた。

当時から南郷は勝気でプライドが高く、あまり友達の多いタイプではなかったのだが、世之介とだけは妙に気が合い、休みが取れると、群馬にある実家に世之介を連れていき、南郷の母親が作ってくれる具入りのラーメンや松茸入りの炊き込みごはんなどをたらふく食わせてくれたものである。

二人が弟子入りしていたのは、大路重蔵という有名写真家だったのだが、「俺の背中を見てお け」というタイプの師匠で、技術を教えてくれるわけでも、かといって仕事を斡旋《あっせん》してくれるわけでもない。

それでも師匠が「有名」であるというのはそれだけで武器であり、あの大路先生のお弟子さんならと、徐々に小さな仕事ももらえるようになってくる。

兄弟子の南郷に大きな転機が訪れたのは、まだ二人で塩ごはんを食べているころである。南郷が自費出版した写真集が大きな賞を取ったのだ。

当時から南郷が取り組んでいたのは、静物写真だった。

たとえば、卵や野球のボール、石などの白い物体を真っ白な背景で撮影する。

白の中に白いものを置くと埋没してしまいそうなものだが、不思議なもので、白に白を合わせると、白という色の無限の種類が現れてくるのである。

というような高尚なテーマを、当時の南郷が考えていたとは、とても世之介には思えないのだが、南郷が憑《つ》かれたように白いものばかりを撮影していたのは事実で、気がつけば世之介自身も、たとえば自宅の延長コードが白かったり、白い洗濯バサミなどを見つけると、いつか南郷に撮らせてあげようと無印良品の紙袋に入れておくのが癖になっていた。

そうやって世之介が溜めた白いものを南郷の家に持っていくと、早速、狭い部屋を即席のスタジオに変えて撮影が始まる。

「最近さ、自分でもなんでこんなことを憑かれたようにやってんだろうって。ちょっとおかしいんじゃないかって思うよ」

そう言いながらも嬉々として撮影を続ける南郷の手伝いをしながら、
えっ、最近までそう思ってなかったんだ……。

と、逆に驚かされる世之介である。

「俺さ、なんでこんなに白いものに執着するのか、ちょっと自分でも考えたことあるんだよな」

南郷がそんな話を始めたのは、たしか大路先生の事務所からの帰りで、当時二人の行きつけになっていた「大漁《たいりょう》」という居酒屋だったはずだ。

「……俺さ、掃除とか片付けものとかがとにかく苦手だろ?」

「ですね。部屋、いつも臭いですもんね」

「だろ?　そういうところで生活してるとさ、なんていうか、白いものに憧れるんじゃないかと思うんだよ。それがテーマになったんだろうな」

兄弟子である。引くところは引かないといけないのは世之介にも分かっている。ただ、ここで引けば、兄弟子が将来世間からバカにされるのは間違いない。

「南郷さん、そのテーマ説明はないですわ。聞いてて恥ずかしいどころか、情けなくなりますって」

珍しく毅然《きぜん》とした態度の世之介である。

「……南郷さん、この作品集を自費出版することに決めたんですよね？」

と、世之介は詰める。

「ああ。決めた。借金の目処《めど》もついたし」

「でしょ？　借金までして出すんでしょ」

「ああ、そうだよ」

「だったら、金輪際二度と自分がこのシリーズを撮ろうと思った動機を人に言っちゃダメです」

「なんで？」

「だって、うっすいですもん。自分で気づきません？」

「何が？」

「いや、だから、作品のテーマですよ」

一応これから芸術家として羽ばたこうとしている兄弟子に対して、「テーマがうっすい」というのも、ある意味、死刑宣告のようなものだが、当時の南郷というのは勝気でプライドが高いわりに、聞き分けのいいところもあって、

「まあ、横道がそういうならそうするけど」

と、このときも素直だったのである。

さて、この時の素直さが功を奏したのかどうか、消費者金融で借金までして自費出版した南郷の写真集「白」が、なんとその年、大きな賞を取る。

新聞社主催の有名な賞で、歴代の受賞者はキラ星のごとく、日本写真界はもとより世界的に活躍している者も多い。

その大賞を南郷が受賞したのである。

受賞の報《しら》せを受けたとき、たまたま世之介も一緒だった。

いつものように大路先生のスタジオでアシスタントとして働いたあと、

「金もないし、今日は俺んちで飲もうか」

「そうですね。コンビニで大五郎買って」

と、南郷のアパートへ向かったのだが、玄関を開けると、脱ぎ散らかされたサンダルやスニーカーの上に郵便物が散らばっており、それらを南郷が拾い上げる。尿意が迫っていた世之介はそんな南郷の体を跨《また》ぐようにしてトイレに入る。

「はぁ……。え！　嘘！」

という両極端なため息と歓声が順番に聞こえたのは世之介がすっきりした直後である。

トイレを出て、「なんすか？」と世之介は尋ねた。

「横道、あのさ、いい知らせと悪い知らせあるんだけど、どっちから聞きたい？」

南郷の手には二枚のハガキがある。

「じゃ、いい知らせからで」と世之介は即答した。

「いいのか？　後に取っておかなくて」

「いいですいいです。天井も必ず海老から食べるんで」

手も洗わずに、奥の部屋へ向かおうとする世之介の肩を南郷が摑む。

「驚くなよ」

「はい」

「本当に驚くなよ」

海老から食べる派の世之介に対して、南郷はシシトウ、ピーマンから派である。

「だから驚かないから早く言って下さいよ」

「受賞した」

「え？」

「だから、ほら、俺、大賞受賞した」

南郷がハガキを突き出してくる。見れば、もちろん世之介も知っている写真コンテストの名前である。

「え？　受賞？　え？　まさか、あの白で？」

「そう、それも大賞！　まさか、あの白で！」

俄《にわ》かには信じられないのだが、目の前には間違いなく受賞を知らせるハガキがあるし、手の込んだ誰かのイタズラとも思えない。そもそもそういったイタズラをしてくれる友達が南郷にはいない。

「マジで?」

世之介もいよいよ信じた。信じた瞬間、体がカッと熱くなる。

「ああ、マジで! マジだよ!」

「あーー、マジかぁーーーーー!」

世之介の叫び声に合わせて、南郷が高々と両手でガッツポーズを取る。

思わず世之介も我慢できず、南郷の薄い胸を抱く。男二人が抱き合い、「やった! やった!」と互いの体を揺らし合う足元で、汚れたスニーカーやサンダルまで踊っている。

散々喜び合ったあと、世之介はふとあることを思い出した。

「そうだ。悪い知らせって? いい知らせと悪い知らせがあるって言ってましたよね」

「あ、そうそう。悪い知らせはこっち」

突き出されたもう一枚のハガキに、料金滞納のためガスを止めると書いてある。料金の督促状ではなく、停止処分通知書である。

「シャワー浴びられないじゃないっすか。埃《ほこり》まみれなのに」と世之介。

「銭湯ぐらい、今日は俺が奢《おご》ってやるって。もう、二回入れ。二回!」

南郷、会心の笑みである。

さて、南郷常夫というのは、元々勝気で人一倍プライドの高い男であることはすでに書いた。

そんな男に、いわゆる有名な賞というお墨付きが与えられたのである。とすれば、どのようなモンスターが生まれるかは想像に難くない。

受賞後、南郷の元には早速大きな仕事が舞い込んでくる。当時ハイセンスな若者たちに絶大な人気を誇っていたカルチャー誌「W」日本版のカバー写真である。

この「W」、当時は世界各国で出版されており、タイトルの「W」と共に雑誌のカバー写真がプリントされたTシャツなどが飛ぶように売れていた。

「来たよ、横道。すげえの、来たよ」

仕事の依頼があった日、南郷はあまりの興奮で居ても立っても居られなかったらしく、わざわざ電車で世之介の家までやってきた。

「それも単発じゃないんだぞ。毎月だぞ。毎月、俺があの雑誌の表紙、撮るんだぞ」

人間というのはあまりにも興奮すると、顔から表情が消えるものらしい。

狭い玄関先でそう告げる南郷は、どちらかといえば顔色が悪かった。

とはいえ、とにかくお祝いをしようと、二人で行きつけの居酒屋「大漁」に向かう。

酒が入ると、南郷もやっと人心地がついたようで、あとはもうどんな写真を撮るつもりだとか、この仕事を足がかりにどんな写真家を目指すだとかを喋りに喋り、さらに酒が入ると、自分の才能に今まで気づかなかった世間への悪態へと変わっていく。

おそらくこの日辺りを境に、南郷の体の中でモンスターが孵化《ふか》し始めたのだろうと思われる。

始まった「W」のカバー写真は、見事に時代に嵌《は》まった。南郷が撮る静物たちが、のちに失われた十年と呼ばれる時代の中、物言わぬ者たちの象徴として世相を映していると評されるのである。

南郷はすぐに引っ張りだことなった。

「W」以外の雑誌の表紙はもちろん、小説やエッセイ集のカバーを飾って、ある時期は書店の棚を席巻した。

そして何よりも当時の南郷の名前を世間に知らしめたのが、「ブルータス」という新人ロックバンドのCDジャケットで、風というのは吹くときには、同じ方向に吹くものらしく、なんとその曲がテレビドラマの主題歌となり、売れに売れたのである。

世之介と出会った当時、南郷が暮らしていたのは東武練馬という駅の近くにある築五十年近い木造アパートである。

当時、池袋に暮らしていた世之介に、

「いいよなあ、おまえんち都会で」

と、よく言っていた。

なぜ、こんな話をするかと言えば、時代の風に乗った南郷の変わりようを伝えるのに、その住居の変遷を並べるのが一番分かりやすいように思うからである。

さて、東武練馬で大きな写真賞を受賞した南郷は、とりあえず暑さ寒さをしのげる鉄筋マンションで暮らしたいと、念願の都会・池袋へやってきた。ただ、その直後から急激に仕事が忙しくなり、仕事が忙しくなれば、夜の付き合いも多くなって、せっかく借りたマンションはほとんど寝るだけの場所となる。

何しろ付き合っているのは、あの「W」の界隈にいる編集者やデザイナーやモデルたちである。

おそらく恵比寿や中目黒のバーでは、

「南郷さん、どこに住んでるの?」

「池袋? なんで? 実家?」

「南郷さんには似合わないよー」

などという会話が繰り広げられていたはずである。

様々な仕事で小銭が貯まると、南郷はあっさりと憧れの池袋を捨て、次に向かったのが渋谷区の神山町《かみやまちょう》。隣に松濤という高級住宅街があり、別名「裏渋」と呼ばれる、いわゆる感度抜群な人たちが集まると言われるエリアである。ここに借りたデザイナーズマンションが、まあ、通常の感覚の持ち主なら笑いを堪《こら》えきれないほどオシャレだった。

三階建てのメゾネットというのは、まぁいいとして、だだっ広い浴室に置かれているのが猫足のバスタブ、その浴室がガラス張りなのもまだ許せるとしても、なんとトイレまでガラス張りで丸見えだったのである。

「さすがにこれ、恥ずかしくないっすか?」

世之介は笑いを堪えた。

「どうせ、今んとこ、俺一人だし。誰に見られるってわけでもねえしな」

「でも、群馬のお母さんとか遊びに来たら、どうするんですか?」

「そん時はカーテンかなんかかけてやればいいだろ」

「だったら、最初から見えないトイレのある物件借りればいいのに」

世之介、正論である。

ただ、この神山町のメゾネットで暮らすようになった頃から、さらに南郷に風が吹く。

ブルータスというバンドの曲が大ヒットを飛ばしたのもこの時期で、大手出版社から出した南郷の写真集も、写真集としては異例のベストセラーとなり、ついにはあの超メジャーな清涼飲料水メーカーから、テレビCMの撮影監督を任せたいというオファーまで来たのである。こうなってくると、もうギャラの桁が二桁ぐらい違ってくる。

まず着るものが変わる。買い物先での「一生もんだからさ」が口癖となる。

それでも似合っていればいいのだが、残念ながら南郷には牛革のロングコートを着こなすポテンシャルはない。で、さすがにそれは自分でも分かっていたようで、服が思い通りにならないならと、次に無駄遣いの矛先が向けられたのが美食である。

塩ごはんにメンチカツでもつけば、ご馳走ご馳走と騒いでいたくせに、やれミシュランの一つ星の鮨屋だ、やれ京都の老舗の東京店だと、夜毎に食べ歩く。

そのうち、渋谷の神山町から代官山の高級マンションへと引っ越した。今度はさすがにトイレが丸見えということはなかったが、いよいよ所有する車でも見栄を張り出し、買ったのが中古のフェラーリ。

そりゃ格好いいが、生まれて初めて買う車がフェラーリなんて、さすがにやりすぎですよ、と世之介も心配になる。

ちなみに、南郷が飛ぶ鳥を落とす勢いだったこの頃、世之介は一切アシスタントとして声がかかっていない。

仕事の声だけではなく、モデルだ、CAだ、という派手な飲み会や合コンにも一切誘われず仕舞いだったのである。

ただ、なぜか唯一、南郷から連絡があるのが引っ越しの手伝いで、東武練馬から池袋、池袋から神山町、神山町から代官山へと、その全ての引っ越しを世之介は手伝わされている。

「なんかさ、お前と一緒にいると、昔の自分に戻りそうで嫌なんだよな。魔法が解けるみたいに」

とは当時の南郷だが、実はこれはまだ聞いていられる方の言い分で、

「お前みたいなのとつるんでるんだって思われると、俺までダサく見られそうじゃん」

と、もう目もあてられないようなことを、モンスター化した南郷は平気で言っていたのである。

この当時、実際、南郷が寝る暇もないほど働いていたのは事実である。

元々そう体が強くもなく、腰痛や頭痛持ちで、ちょっと無理をすると風邪を引く南郷がこうやって頑張っているのだからと世之介も腹立ちを抑えて応援していたところもある。

ただ、この頃、唯一世之介が南郷と口論したことがあった。

群馬のおばさん（南郷の母親）が、体を壊して入院したのだが、忙しいからという理由で見舞いにも行かなかったのである。

「だって、しょうがねえだろ。時間がないんだから」と南郷。

「群馬なんて車で二時間もあれば行けるでしょ！」と世之介。

「だから、その時間がないんだよ！」

実際、そうだった。それくらい南郷が働いているのは知っていたが、にしても、世之介からすれば、時間を使う順番が違うように思えて仕方なかったのである。

「お前は、こういう状況になったことがないから分からないんだよ。俺がいないと、現場はどうにもならないんだぞ！」

南郷の言う通りである。責任もある。期待もされている。そんな状況に立った経験が世之介にはないから想像がつかない。ただ、群馬のおばさんの寂しさはなんとなく想像できる。父親が早くに他界し、女手一つで育て上げた息子である。その息子が華々しく活躍しているのだから、その邪魔はしたくないという母心まで、なぜだか想像がついてしまう。

結果、世之介が息子に代わって、南郷の母の見舞いに行った。もちろん南郷から頼まれたわけではない。世之介としても、息子の後輩が見舞いに行っても気を遣わせるだけだろうというのは分かっているのだが、入院中の母親に一言、

「あなたの息子さんは本当に忙しいんです」

ということを、知らせてあげたくて仕方なかったのである。

幸い、南郷の母親は歓迎してくれた。

逆に気を遣わせてしまうのではないかと心配していたが、もう何度も南郷に連れられて泊まりに行っていたし、夏場など仏壇の前に寝転んで、足で扇風機の向きを変えるほど南郷家に馴染《なじ》ん

でいたせいもあり、行けば行ったで、「ああ、ちょうどよかった横道くん、売店であれ買ってきて、コンビニでこれ買ってきて」と、南郷の母に都合よく使ってもらえたのである。

結果、退院の日に病院から家まで南郷の母を連れ帰ったのも世之介である。

退院しても、世之介はちょくちょく様子を見に行った。

一人暮らしで仕事も休んでいると、退屈だろうと思い、実家の南郷の部屋で埃をかぶっていたファミコンを引っ張り出し、遊び方を教えてやったのも世之介である。

当初は、「こんな子供のゲーム……」などと言っていた南郷の母だったが、気がつけば、モンスターを殺して行くゲームにどハマりしており、世之介が行けば必ず、「ちょっと見ててよ。このステージ、二分でクリアできるから」とその妙技を自慢げに披露するようになっていた。

もちろん、南郷もそんな世之介に感謝はしていた。

「電車だと時間かかるだろ。車使えよ」

と、フェラーリの鍵をポンと渡してくれるのである。

世之介が訳あって紫のマークⅡに乗っていたのはこの数年前のことで、ウィング付きの紫のマークⅡも手に負えないが、もちろんフェラーリだって手に負えるはずがなく、
一度でいいから、分相応な車に乗ってみたい。

と、群馬に向かう関越道で常々思っていたものである。

とはいえ、世之介が乗ってくる高級外車を見て、南郷の母は息子の成功を目の当たりにして喜んでいる節もあり、本当なら各駅停車の上越線に乗って、のんびりと向かいたい世之介も、ここ

は親孝行の一助と思い、慣れぬフェラーリのハンドルを肩をいからせて握っていたのである。

さて、そんな南郷の成功に陰りが見えてきたのは、それからしばらく経ったころではなかったろうか。

もちろん急激に仕事が減ったわけではない。ただ、本来なら南郷に来るような仕事が、別のフレッシュな写真家の方へ流れていくようになる。

一時期は書店やCDショップを南郷の写真が間違いなく席巻した。しかし、ということは、南郷の写真はどこへ行っても置いてあるものになり、気がつけば、世間は満腹になっていたのである。

当然、南郷本人もその変化に気づき、新しい作風を模索する。

ただ、南郷の新しい試みは、残念ながら悉《ことごと》く的を外していく。ここで南郷に人望でもあれば、まだ救われたのかもしれないが、モンスター化した南郷に人望などあるわけがない。いつしか、「南郷常夫みたいな写真だな」という言葉が、業界内では「時代遅れ」と同義語になっていた。

この頃のモンスターは、もう暴れるだけ暴れていた。

世の中というのは、南郷の母のようにモンスターを一撃で殺して、すぐに次のステージには進んでくれない。生かさず殺さずの状態で、徐々にその立場や権力や財力を奪っていくのである。

そんな生殺しの最中、南郷は頻繁に世之介を誘って飲んだ。飲んだというよりも、暴れに暴れた。暴れれば、元の自分に戻れるとでも思っているようだった。

酔いつぶれた南郷を担いで代官山の高級マンションへ送り届けてやりながら、世之介はなぜか南郷が賞を取った時のことを思い出す。

あの狭い玄関で抱き合い、

「マジで！」

「マジかぁーー！」

と叫び合ったあの夜のことである。


「今日も、南郷さん、荒れてましたねぇ」

助手席で大欠伸《あくび》をしているのはエバで、その欠伸が伝染《うつ》り、ハンドルを握る手に慌てて力を込めているのは世之介である。

車は吉祥寺駅から公園通りに入ったところで大渋滞にハマっている。

「……まあ、でも仕方ないですよね。結局サンサンフーズの仕事、切られるんでしょ？　あれがなくなったら、南郷さん、レギュラーの仕事が0になるんですもんね」

「まあ、南郷さんの仕事どうこうっていうより、サンサンフーズの次の担当の人の方針だろ」

「またぁ、そうやって横道さんが甘やかすから、南郷さんも自分の状況に気づけないんですよ」

「だって、そうじゃん」

「いや、表向きはそうだけど、方針を変えさせたのは南郷さんの仕事でしょ」

この辺りでやっと車が動き出す。すっかり日も短くなり、すでに暗くなった井の頭公園を子犬の柴犬を抱いた女の子が散歩している。

「なんか、今日も南郷さんが横道さんに怒鳴りつけてるとこ見て、俺、いよいよ、『ああ、この人、ほんとに終わったんだなー』って思っちゃいましたよ」

エバも柴犬を抱いた女の子を眺めている。

「……横道さんって、南郷さんとの付き合い長いじゃないですか。昔の話とかもいろいろ聞いてるけど、なんかこう、南郷さんにずっと振り回されっぱなしの人生っていうか、なんか、悔しいとか思ったりしないんすか？」

エバというのは、仕事で疲れたり、酒に酔ったりすると、すぐに気が抜けて、わりと平気で失礼なことを先輩に言ったりする。

「悔しい？　別にそういう感じじゃないかなぁ。それこそ、時代の寵児《ちょうじ》みたいに活躍してるころなんか、素直に、『すげぇだろ、俺の兄弟子』って思ってたし」

「それはそん時でしょ。今なんて、横道さんの方がクライアントからの人望厚いし、もしかしたら仕事も多くないですか？　なのに、頼まれたら、ちゃんと南郷さんのアシスタントについてあげて」

「なんていうのかなぁ……」

エバとしても、今さら世之介にハッパをかけようとしているわけではない。どちらかといえば渋滞中の退屈しのぎに過ぎず、世之介もまたそれを百も承知である。

「……俺も、たまにさ、もし兄弟子が南郷さんみたいな人じゃなくて、もっとこう人間の出来た人だったら、どんなに良かっただろうって想像したりすることあるけどさ」

「へえ、そんなことあるんですか？」

「あるよ。あるけどさ、でもどんな人に出会うかなんて、なかなか自分じゃ選べないじゃん。だったら、せっかく出会った誰かを大事にする方がいいんじゃないかなって」

世之介としては、後輩相手にわりといいこと言ったと思っていたのだが、

「あ、前の車進みましたよ」

と肝心の後輩には響かずである。

「あ、はいはい」

繰り返して話すほどでもないかと、世之介もアクセルを踏む。

いつものことだが、公園を抜けると、急に車が流れ出す。現金なもので、車が流れ出してしまえば思考もポジティブに変わるのか、

「ドーミーの今日の晩ごはん、何かなー？　あけみさん、なんか言ってませんでした？　俺、もつ鍋予想で向かってるんですけど」

と、エバの心はすでに食卓に向いている。

ドーミーに帰宅すると、食堂から賑やかな笑い声である。

「ただいまー」

帰宅を知らせる世之介の声に、その食堂から飛び出してきたのは、エバが来週から同棲を始める咲子ちゃんである。

「横道さーん！」

いきなり抱きついてきそうな勢いの咲子を、慣れた様子でエバが抱きとめ、「ただいま」と落ち着かせようとする。

ただ、咲子の勢いは収まらず、

「私、もうずっと横道さんに会いたくて。もう随分会ってないでしょ」

と、子供のようにエバの腕から逃れる。

「俺と一緒にいると、ぬるま湯に浸かってるみたいで、のんびりできるって言ったんでしょ？」

「不感の湯です。スーパー銭湯にあった体温と同じくらいの温泉」

「そうそう。それそれ」

「あと『のんびりできる』じゃなくて、『何も考えずに済む』です。横道さんと一緒にいると」

どうでもいい会話が続きそうだったので、

「二カ月くらい空いた？」

と、世之介は話を戻した。

「私、ひと月ほどフランスに行ってて。留学時代のお友達と会ったりしてきたんです。ほら、美智子さまがご結婚なさる前、ヨーロッパやアメリカにしばらく旅行なさったでしょ。まあ、私の場合は、まだ結婚じゃなくて、あくまでも同棲ですけど……」

世之介としては靴を脱いで早く上がりたいのだが、咲子に両肩を押さえられていて身動きとれない。その上、こういう日に限って脱ぎにくいブーツである。

「みちこさまって？」

世之介は一瞬の隙《すき》をついて、片方だけブーツを脱いだ。

「皇后美智子さま」

「あの美智子さま？」

「他にいます？」

「いや。え？　まさか知り合い？」

「知り合いって、また横道さんもほんととぼけたこと言って。まさか、そんなこと、ハーハッハッハッ」

その辺りで、「とにかく上がって食堂で話そうよ」と、エバが咲子の体を押し戻す。

「そうですよ。ほら、早く上がって上がって」

上がらせなかったのが自分であることには気づかないらしい。

食堂に入ると、台所から顔を出したあけみが、「今夜、四人なのよ。大福さんと礼二さんは仕事で、谷尻くんはゼミの飲み会」と、四人分の食卓を見やる。

「一歩は？」と世之介は訊いた。

「いるけど、下りてこないでしょ」

ここで横に立っていた咲子が、「あのー」と口を挟んでくるので、てっきり一歩のことを聞かれるだろうと思ったが、

「新居のカーテン決めてきたんです。横道さんもちょっと見てくれませんか」

と、マイペースに話し出す。

「見るけど、ちょっと待って。現場が埃っぽかったから、ごはんの前に風呂入りたいんだよね」

「さっき、あけみさんには見てもらったんですけど、いまいち反応悪くて、ちょっと心配してるんです。ほら」

世之介に会いたかったわりには、一切世之介の声は聞こえないらしく、咲子が携帯の画像でロココ調のカーテンを見せる。

「私だって、そのカーテン、可愛いとは思ってんのよ」と、台所からあけみの声がする。

「でも、反応悪かったじゃないですか」

「だって、借りる部屋に合わないもん」

「でも、あの部屋に合わせようとしたら、日に焼けて色の変わったオレンジと緑と黒のストライプで、マリメッコを真似て外しちゃったみたいなカーテンになっちゃうじゃないですか」

この辺りで世之介はこっそりと浴室へ向かった。ちなみにエバと咲子ちゃんが借りたのは、三鷹駅から徒歩十分の距離にある築四十年の１ＬＤＫのアパートである。薄給のエバにしては、相当頑張った物件ではあるが、そこから徒歩三分の場所にある咲子の実家には、そのアパート自体が建てられるような広い庭がある。

現在の咲子はいわゆる家事手伝いという身分で、さらには親元を離れて自立しようとしているわりに、今のところ働く気はないらしく、エバの薄給でどうやりくりして暮らしていけばいいのかを学ぶため、専業主婦向けに家計の節約術を教えるセミナーに、高い月謝を払って通い始めたという。

「大丈夫か？」

世之介は早くも心配しているのだが、当のエバは、「そのセミナー。結構ためになるんですよ」と喜んでいるので、割れ鍋に綴《と》じ蓋《ぶた》とはこのことである。

世之介が脱衣所で服を脱いでいると、

「だったら、私が運びますよ。二階の一番奥でしょ？」

という咲子の声が聞こえる。

一歩の夕食を咲子が運んでいくらしい。

「ノックして、ドアの前に置いとけばいいから」とあけみ。

「そんな、野良猫じゃあるまいし。ハーハッハッハッ」

咲子の笑い声を聞きながら、世之介は大きな湯船に浸かった。このドーミーで一番のお気に入りがこのちょっとした旅館のような風呂である。

設備的に常時湯が循環しており、下宿なのでシャワー付きのカランも二つある。

たまに急いでいる時など、礼二さんや谷尻くんと一緒になることもあるが、基本的にあけみや大福さんは湯船には浸からず、シャワーだけで済ませるか、たまにのんびりしたい時には自分用にお湯を張り直すらしい。

「まあ、家族じゃないからね」

と、あけみが言うので、

「でも、俺と礼二さんだって家族じゃないじゃん」

と、世之介が言い返せば、

「汚れてる者同士はいいんじゃない」

と、まるで「色柄物は別」みたいな話で済まそうとする。

てなことを思い出しながら、世之介がのんびりと湯に浸かっていると、

「横道さん、俺もお邪魔しますよ。待ってると、ごはんに間に合わないから」

と、色柄物のエバが入ってくる。

「……俺の鍋予想は当たってて、今日、タラ鍋なんですって」

掛け湯して、エバがざぶんと湯船に入ってくる。

「ハァーーーーーー」

熱い湯に体が萎《しぼ》むんじゃないかと思うほどの声をエバが漏らす。

「新居への引っ越し、いつだっけ？」

「もう来週の週末ですよ」

「大変だな」

「大変ですよ。あの間取りにクィーンサイズのベッド置くっていうんだから」

「よかったじゃん。キングじゃなくて」

「確かに。……って言うか、ほんとに横道さんだけなんですよね」

とつぜんエバが心底感心したように呟き、

「……あの咲子相手に、最初から普通に対応できた人」と続ける。

「普通に対応できたって……。自分の恋人のこと、どっかのクレーマーみたいに」

そう言いながら、世之介は湯船を出た。

「いや、クレーマーじゃないですけど、ある意味、もっと癖強いじゃないですか」

髪を洗い始めた世之介にエバが続ける。

「なんか、デジャブ感がすごいんだよ」

つけすぎたシャンプーの泡に顔を歪《ゆが》める世之介である。

「ああ、それ、横道さん、前から言ってますよね。大学時代に付き合ってた人に似てるんでしょ」

「そう。顔とかじゃなくて、もう存在そのものがそっくりで」

「でも、咲子みたいな子が、この世にもう一人存在するなんて、俺、考えられないっすけどね」

「いや俺も、咲子ちゃんに会うまではずっとそう思ってたよ。あんな子、この世に二人といないって」

「じゃ、その人と咲子が会ったら、絶対なんか起こりますよね。天変地異的な」

「起こるな。いや、逆に蝦蟇《がま》みたいにお互い動けなくなって脂汗かいたりな」

「ハハハ。その場所に居合わせたくねえ。怖《こえ》ぇ。……その元カノと未だに連絡とったりしてるんですか?」

「いや、ぜんぜん。だってもう二十年も前だぞ」

「じゃ、今、何やってるかも知らないんですか?」

「いや、それは知ってる。テレビに出てたんだよ。国連の難民キャンプでバリバリ働いてた」

「え？　国連の難民キャンプ？」

「そう」

「いやいや、だって咲子に似てるんでしょ？」

「そう」

「いやいや、だったら……」

「いや、確かにそうなんだけどさ。俺も最初見た時は、まさかって思ったし、同姓同名の別人説をかなり長く疑ってたから」

「でも、本人だったんですか？」

「そう、本人だった。でも、なんていうか、よくよく考えるとさ、ない話でもないんだよ。いや、逆に付き合ってる当時からその片鱗《へんりん》はあったというか」

「だって、咲子に似てたんでしょ？」

さっきから同じ話ばかり繰り返している二人である。

「じゃあ、やっぱり信じられませんよ。だって咲子が将来、国連の難民キャンプで働くなんて想像もつかないですもん。だって、カナブンで大騒ぎですよ」

「いや、でもな、咲子ちゃんみたいな子ってさ、世界と自分がだいたい同じ大きさなんだよ」

「はい？」

「そう、はい？　だよな。いや、分かるよ、お前の気持ち。自分と世界だったら、相当世界の方がデカいだろって思うよな、普通。でもさ、ああいう子ってさ、そのあたりの遠近がちょっと狂ってるんだと思うんだよ」

「自分と世界が同じ大きさに見えてるってことっすか？」

熱い湯の中で、エバはもう考えることを放棄したような顔をしている。

「まあ、そういうことになるかな。だから、お前もちゃんと咲子ちゃんのこと見ててあげないとダメだぞ。昨日までカーテンのことで悩んでたと思ったら、いきなり英文とフランス語で気候温暖化についての抗議文とか書き始めて、国連とかに送りつけるから」

「まさかー」

窓を開ければ、武蔵野の田園風景である。

そんな湯気に煙るのどかな浴室で自分の彼女が、将来気候温暖化と本気で闘おうとする姿など簡単に想像できる彼氏はそういない。

さて、風呂を出て、湯上がりの火照った体で食堂へ戻ると、テーブルではタラ鍋が湯気を立てている。

「エバ、冷蔵庫からビール持ってきて」

「はーい」

「えっと、グラスは……四つ？　咲子ちゃんもビール飲むよね？」

食器棚からグラスを取り出しながら世之介は尋ねた。

てっきり台所にいると思っていたのだが、その台所から顔を出したあけみが、「咲子ちゃん、いないよ」と教えてくれる。

「どこ行ったの？」

「さっき一歩くんに晩ごはん運んでくれて……」

それは世之介も知っている。風呂に入る前だから、だいぶ前である。

「まさか、上？」

とりあえず咲子を探しに世之介は二階へ上がった。ベランダにでも出ているのかもしれないと思ったが、なんと一歩の部屋から咲子の声がするのである。

世之介は一歩の部屋の前で立ち止まった。少しだけドアが開いており、ギターを抱えた一歩がベッドに腰掛け、その前に腕組みした咲子が立っている。

しばらく眺めていると、一歩がポロリポロリとギターを弾きだす。

世之介にはそれがなんという曲かは分からないが、なんとなくクラシックっぽい。

「へー、すごいすごい」

咲子が手を叩いて喜んでいる。

一歩のギターを初めて聞いた世之介も、なかなか上手いものだと聴き入ってしまう。

「……この曲、バイオリンで弾くよりギターの方がいいような気がするね。一歩くんだっけ？あなた、指長いからギター似合うよね」

会話というよりは、ギターを弾く一歩の前で咲子が一方的に喋っているだけなのだが、それでもどこか微笑ましいのは、一歩が奏でる曲調のせいだろうか。

そのあたりで、世之介の視線に気づいた咲子が、

「横道さん、来て来て。一歩くん、すごく上手いの」と手招きする。

「それ、なんて曲？」

世之介が部屋に入ると、

「バイオリン・ソナタのアンダンテ。バッハの」

と、咲子が教えてくれるが、クラシックに疎い世之介には情報量が多すぎる。

「へえ」と、世之介はとりあえず応え、

「咲子ちゃん、ずっとここにいたの？」と尋ねた。

「さっき、ごはん持ってきたら、ギターがあったから、ちょっと弾かせてもらってたんですけど、私、子供のころからずっとバイオリンやってて、でも、小学校のときに好きな男の子がギター習ってて、ちょっとだけギター教室に通ったこともあって」

おそらくこの調子で部屋に入り込み、一歩の都合など一切お構いなしに居座ってしまったのであろう。

そんな世之介の読みが当たったのか、ふと一歩を見やれば、「その通りですよ」とでも言いたげに唇を尖らせ、せっかく弾いていたギターを、一歩がベッドに投げ置く。

「一歩、メシは？」と世之介は尋ねた。

見れば、お盆の上の小鍋はすでに空で、タラの骨だけが残っている。

「みんなと一緒に下で食えばいいのに」

世之介の言葉に一歩は返事もしない。

「じゃ、私たちもそろそろごはん行きましょうか」

おそらくズカズカと部屋に入っただろう咲子が、今度はなんのためらいもなく出て行こうとする。

「一歩くんももう体調戻ったんなら、下で一緒に食べればよかったのにね」

勘違いしているらしい咲子に肩を押され、世之介も部屋を出る。

「そうだよ、一歩、ちょっと顔出す?」

そう尋ねた世之介に、一歩は、「ドア、閉めてってください」と返すだけである。

「でも、よかったですね。新しい入居者の方が感じのいい子で」

咲子が跳ねるように階段を下りる。

「感じよかった?」

「まぁ、体調が少し悪いせいもあってずっとむすっとしてましたけど」

ずっとむすっとしていた相手が、どうすれば感じよく見えるのか、世之介にはその感覚がよく分からない。

「あ、そういえば、横道さんとあけみさんってご結婚されてないんですってね。私、びっくりしちゃった」

とつぜん階段の途中で咲子が立ち止まる。

「エバに聞いたの?」

「将来は横道さんたちみたいな夫婦になりたいって話したら、『籍入ってないよ』って」

「いやいや、その前に俺たちが理想の夫婦なんて目標低すぎだよ」

「それはそうなんですけど。なんていうか、結局、幸せってその低いところにあるような気がするんですよね」

「まあ、それはそれで失礼だけどね」

「横道さんとあけみさんって毎日同じように見えるんですよ。変化がないというか」

「え？　悪口？」

「え？　違いますよ。横道さんが毎晩、『今日の晩ごはん、何？』って聞いて、あけみさんが、『今日は○○』って答えて、そしたら横道さんが、『やったー、○○』って。私、この会話、来るたびに見てますから」

「そうなりたいの？」

「ええ。理想です」

「腹減ったら、おのずとそういう会話になるよ」

二人が食堂に入った瞬間、あけみがふたを開けたタラ鍋から湯気とともに美味そうな匂いが立つ。

「それにしても、やっぱり、咲子ちゃんって破壊力あるよね」

寝室のドレッサーの三面鏡に映っているのは、化粧水を塗りこむあけみの顔である。

下から上へと塗りこんだ方が顔のたるみが取れるらしく、あけみの顔がキツネになったり、タヌキになったりする。

そんな間抜けなあけみを眺めながらの世之介も、尻にできた吹き出物を手鏡で見ようとしているので、間抜け具合でいえば世之介の方が上手である。

「……でも、あんな絵に描いたようなお嬢様と、エバくん、ちゃんと暮らしていけるのかな？」

「まあ、お嬢様ったって、人の子を食うわけじゃなし」

「エバくん、食われそうな勢いあるけどね」

「このかさぶたって、取っちゃダメだよね？」

「ねえ、それより世之介が咲子ちゃんみたいなお嬢様と昔付き合ってたことがあるって話、笑ったわー」

「取ったら血出るよね？」

「その話聞いて、ますます世之介とエバくんって、やっぱり同じタイプっていうか、よく似てるんだなーって思ったもん」

「似てる？　……やっぱ、取っちゃお」

ちなみにあけみが使っているドレッサーは、あけみの祖母が使っていたという年季の入ったもので、あけみが幼いころに貼ったという「魔法使いサリーちゃん」のシールなんかがあちこちで黄ばんでいる。

「新しいの買えばいいのに」

と、世之介は言うのだが、

「そう思って買いに行くんだけど、結局、これよりいいのが見つからないんだもん」らしい。

結局、かさぶたを取った吹き出物から血が滲《にじ》み、顔を歪めてティッシュで押さえていた世之介も、半ケツ状態だったパジャマを引き上げ、ソファの前に敷かれた布団に入る。

世之介とあけみが暮らすこの部屋は、八畳二間と六畳ほどの洋室がある。

洋室というよりは昔の応接間といった風情で、古いベッチンのソファが置かれ、飾り窓にはステンドグラスがはめ込まれている。

一方、続きの八畳二間は妙に所帯くさい。もちろん不潔なわけではないが、とにかく物が多く、もし自分がお掃除ロボットのルンバだったら、一歩も動き出せずに、その場で泣いてしまうのではないかと世之介は想像したりする。

ちなみに、この奥の八畳間に置かれたダブルベッドで、あけみは寝ている。一方、世之介は手前の八畳間の合皮のソファの前に布団を敷く。

一緒に暮らし始めたころには一緒にベッドで寝ていたのだが、世之介のイビキと歯ぎしりに、あけみが殺意を覚え始めたころからは、このスタイルに落ち着いている。

布団に入った世之介が、「おやすみ」といつものように足先で襖《ふすま》を閉めようとすると、「あ、そうだ」とあけみが振り返る。

「ねえ、世之介って貯金ある？」

振り返ったキツネのあけみに訊かれ、

「あるように見える？」と世之介は答えた。

「いやいや、もちろん富裕層には見えないけどさ」

「四、五百くらいならあるよ」

「へえ、そんなにあるんだ」

と、感心する顔はタヌキである。

「ちょっとデカめの仕事が入ったときに『入らなかったつもり貯金』やってたから。でも、なんで？　急に」

「ああ、ほら、前に言ってた外壁のリフォームの見積もり出してもらったんだけどさ。やっぱり足場組んだりする必要があるみたいで、思ってたよりだいぶ高くてさ。外壁やっちゃうと、もうキッチンのリフォームは諦めなきゃなーって」

「いいよ。俺の使って」

「ほんと？」

「でも、足りるの？」

「ぜんぜん足りる。あ、もちろん全額じゃないよ。百万くらい」

「ああ、だったら、いいよいいよ」

「ほんと？　じゃ、借りよっかな」

世之介は改めて足を伸ばすと、つま先で襖を閉めた。

寒がりの世之介が遠赤外線ヒーターと暖房をつけっぱなしで寝るので、襖を閉めておいてあげないと、暑がりのあけみが灼熱の砂漠で水を探す夢を見てうなされるのである。

ある。

「グッナ〜イ」

世之介が襖越しに声をかけると、「グッナ〜イ」とあけみの声が戻る。

もちろん最初は冗談で言い始めたおやすみの挨拶だったのだが、今ではすっかり日常の挨拶になっていてたまに喧嘩《けんか》して険悪な夜にも、お互いに「グッナ〜イ」と言って不貞寝《ふてね》しているのである。

さーて、今日も一日よく頑張りました。ぐっすり寝ましょ。と、世之介は電気毛布を首筋まで引き上げた。

いつもの癖で、米軍式（らしい）睡眠呼吸法を始める。

この呼吸法、まず舌の力を抜き、続いて口元の筋肉を緩ませ、次に目の焦点をぼんやりさせていき……といった具合に緊張している顔を徐々に脱力させていくのだが、効果が出る人は、戦闘機や爆弾の音が鳴り響く戦場においても、二分で眠りにつけるようになるという優れものである。

幸い、世之介はもともとすこぶる寝つきがいい方なので、こんな強力な睡眠法まで使ってしまうと、ものの一分で寝てしまう。

ちなみにこの呼吸法を教えてくれたのは南郷である。二千花が亡くなった直後、どうしても眠れないと相談した世之介に、「ちょっとここで一緒にやってみよう」と、スタジオの隅で実演までしてくれたのである。

そんなことを思い出しながら、すでに半分眠りについていた世之介の耳に、

「そう言えば、さっきの咲子ちゃんの話、気にしなくていいからね」

というあけみの声が襖の向こうから届く。

「さっきの話？」

ほとんど寝ぼけ声で世之介は応えた。

「ほら、『なんで横道さんたちは結婚しないんですか？　中途半端じゃないですか？』って、しつこく言ってたじゃない」

「ああ、あれ」

「別に気にしてもいないだろうけどさ。ほんとに気にしなくていいからね」

半分寝ていることもあり、さすがにこの状態で込み入った話はできそうにない。

「うん……、ごめん」

と、とりあえず世之介は謝ると、

「あー、そこ、謝るんだ？　まあ、その正直なところが世之介の良さなんだよねー」

と、呆れたようなあけみの声がする。

眠かったので、とりあえず謝ってしまっただけだったのだが、逆に言えば、眠かったのでつい本音が出たとも言える。

「……まあ、中途半端でもいいって言ったの、私の方だし」

やっと乳液を塗り終えたのか、クルクルクルッと小気味良い音を立てて、乳液ボトルのふたが閉まる。

「グッナ〜イ」

世之介の耳にもう一度あけみの声が届く。

焼き栗の入った紙袋を揺らしながら、のんびりと三鷹駅へと延びる遊歩道を歩いているのは世之介である。

風の散歩道などという、ちょっと口にするのは気恥ずかしい名前のついた遊歩道だが、実際のどかな雰囲気で、風も散歩したくなるんじゃないかと思わせる。

向かっているのは、つい先日から同棲を始めたエバと咲子のアパートで、世之介が、

「暇だし、ちょっと様子見に行ってくるよ」

と言うと、

「何か引っ越し祝いくらい持ってけば」

と、ちょうど焼いていた栗をあけみがどさっと紙袋に詰めてくれたのである。

もちろん世之介としてもかわいい後輩のための引っ越し祝いについては考えている。というよりも、世之介が考える前に、

「BOSEの小さなスピーカー欲しいんですよね」

と、すでにエバからリクエストもある。

聞いていた住所を頼りに歩いていくと、二人が暮らすアパートはすぐに見つかった。

木造二階建ての、絵に描いたような古いアパートなのだが、ただ土地柄か、ちょっと口にするのが気恥ずかしいおしゃれな名前がついている。

二階に上がると、すぐに咲子の笑い声が聞こえてきた。台所らしい小窓が開いている。

「こんにちは」

声をかけて、ドアをノックすると、その小窓から、「はい?」と見知らぬおばさんが睨《にら》みつけてくる。

てっきり部屋を間違えたと思い、世之介が謝ると、「あれ、横道さん?」とエバの声がして、すぐに玄関が開いた。

「ああ、間違えたと思ったよ」

「ああ、こちら、咲子ちゃんのお母様」

「ああ。そうですかそうですか。初めまして横道と申します」

「あらら、これは失礼しました。また何かの勧誘の人かと思って睨みつけちゃって。あら、横道さんって言ったら、江原くんの先生?」

見るからに高そうな服を着たおばさんである。耳がもげそうなイヤリングも目立つ。

「いやいや、先生なんて。ただの先輩ですから」

世之介はできればこのまま辞退するつもりで、引っ越し祝いの焼き栗をエバの胸に押しつけた。しかし、すでに腰の引けている世之介の腕を、「どうぞどうぞ」とエバが引っ張る。

「いいよいいよ、また来るから」

「いいじゃないですか、せっかく来たんだから」

押し問答する男二人をよそ目に、咲子とその母は焼き栗に夢中である。

結局、エバに押し切られて、世之介は部屋へ上がった。

上がってしまえば、焼き栗とほうじ茶での団欒《だんらん》である。

咲子の母親は、咲子の三十年後を見るような女性で、娘と同じでよく喋る。

焼き栗を剝きながらの話によれば、自分たちの若いころは学生運動が花盛りで、学生結婚も大流行《はや》り。

自分もそんな生活に憧れて、ヘルメットを被り、デモにも参加したのだが、安アパートで身を寄せ合いながら銭湯に通うような青春から結婚という道は開けず、親の言う通りに見合い結婚したという。

「いや、だからね、咲子が同棲するなんて言い出した時には、もちろん大反対したんですけどね。自分ができなかった貧乏暮らしを娘には体験させてあげたいと思い直しましてね」

話を聞いているうちに、必死に上がってくれと引き止めたエバの気持ちが痛いほど世之介にも伝わってくる。

エバにすれば、かなり無理をして借りたアパートである。その真ん中にデンと座って、「貧乏貧乏」と連呼されたんじゃ堪《たま》らない。

とはいえ、この母も咲子と同じで悪い人間ではないらしく、途切れなく喋りながらも次々と栗を剝き、剝いた栗を、世之介、エバ、咲子の順で、一個一個手渡してくれる。

世之介の携帯が鳴ったのはそのときである。みれば、「室田恵介《むろたけいすけ》」とある。

「あれ、珍しいな、室田さんからだ」

世之介が口にすると、

「室田さんて、あの室田さんですか？」と、エバも食いつく。

ちょっとすいません、と、世之介は部屋を出た。

「もしもし？」

スニーカーをつっかけながら廊下で電話に出れば、

「おー、世之介、生きてたか？」と懐かしい室田の声である。

「生きてたか、は、こっちのセリフですよ」

思わず世之介も笑顔になる。

さて、この室田恵介、話せば長くなるが世之介とは腐れ縁の人である。

世之介が大学生のころに暮らしていた花小金井《はなこがねい》のワンルームマンションに、この室田も住んでいた。

ある年のバレンタインデーの日、この室田宛のチョコが間違えて世之介の郵便受けに入っていた。そのチョコを世之介が室田の元へ持って行ったのが二人の馴《な》れ初《そ》めで、などと書くと、ちょっとしたロマンチックコメディの始まりである。

当時、室田は駆け出しの報道カメラマン。彼が自費で開いた個展などを、世之介が見に行くようになり、そのうち古いライカを貸してもらったのが、今となれば、世之介がカメラマンを目指したきっかけとも言える。

ただ、世之介がそれを機にカメラマン修業を始めたわけではなく、借りたライカを高価なおもちゃのように使っていただけで、そのうち室田が先に引っ越したのだったか、世之介だったかは定かでないが、とにかくどちらかが引っ越す際にライカも返したのだったか、借りたままだったのか、とにかくその後、十年以上も二人が会うことはなかった。

再会したのは、世之介が師匠である大路重蔵の個展の設営準備をしていた時である。

銀座の画廊で汗だくになって世之介が働いていると、

「あれ？　お前、２０５だっけ、２０６だっけ」と声をかけられた。

振り返れば、懐かしの室田が立っており、マンションの部屋番号が当時の自分の呼び名だったこともすぐに思い出された。

十年ののち、室田は報道カメラマンから写真雑誌の編集者へと華麗なる転身を果たしていた。

室田が勤めていたのは、事件事故から芸能人のスキャンダルまでを網羅した総合写真雑誌で、そのショッキングな掲載写真で当時かなりの売り上げ部数があった。

世之介がカメラマンになったことを喜んだ室田は、すぐにこの雑誌で世之介を使ってくれるようになる。

片や、兄弟子の南郷がキャリアの上り坂を軽快に駆け上がっているときで、世之介は自分にもいい流れが来たと素直に喜んだ。

室田は新人の世之介をあらゆる現場に派遣した。中でも地震や水害などの現場に派遣された世之介は、他のカメラマンとは一味違った写真を撮った。たとえば被災者たちが美味しそうにおにぎりを頬張っている一瞬を切り取ってきたのである。

そんな世之介の一風変わった報道写真は、室田には評判良かったのだが、残念ながら編集部内や読者にはなかなかうまく伝わらなかった。

それでも室田はことあるごとに世之介を使ってくれた。世之介も世之介なりの写真を必死に撮った。

それが、である。スキャンダルを追っている雑誌内で、室田がスキャンダルを起こしたのだ。簡単に言えば、横領である。本人曰く、返すつもりで会社の金に手を出して、それが返す前にバレてしまったのである。

幸い、室田は友人知人親兄弟から金を集めて、その全額を返済できたのだが、さすがに無罪放免というわけにもいかず、懲戒免職になる。

以来、室田はどこかへ姿を消した。実家の四国に帰ったらしいとか、フィリピンで現地の女性と結婚したとか、宝くじで一億当てたらしいとか、様々なうわさは耳にしたが、今日の今日まで一切その行方は知れなかったのである。

ちなみに、室田が雑誌を追われると、もちろん世之介への依頼もなくなった。結局、室田だけが世之介を応援してくれていたのである。

「室田さん、今どこなんですか？　元気でやってるんですか？　みんな、心配してたんですよ。何やってんですか？　日本ですよね？　宝くじで大金当てたってほんとですか？」

エバの新居の前で、矢継ぎ早に質問しているのは世之介である。

電話の向こうの室田は、その勢いに押されたまま、ただ、「アハハ、アハハ」とのんきに笑っている。

一方的な世之介の質問が終わると、

「まあまあ、とにかく落ち着けよ。俺なら元気だよ。なんとかほとぼりも冷めて、これから復活ってところだよ。でな、今日電話したのは、復活するんなら、お前とまた仕事したいなって思ってさ」

復活どうこうよりも、一時期は自殺説まで出た室田の元気な声に、今になって泣きそうになっている世之介である。

「お前、どうせヒマしてんだろ？　メシ行こうメシ。いつヒマ？」

「いつでもヒマですよ！」

世之介は思わず怒鳴った。ホッとしすぎて腹まで立ってくるのである。

十二月　サンタとトナカイ

混み合った鰻屋のカウンターで、美味そうに串焼きの肝を食っているのは世之介である。店内の空気だけでビールが飲めるほどの香ばしい匂いである。ほどよく焼けた肝を世之介は前歯で挟み、ツツーッと串を抜く。

至福である。

その横で、鰻のくりからをわさび醬油でつまんでいるのは室田で、やはりこちらも脂の滴る鰻の皮を前歯で挟んで、ツツーッと串を抜く。人気店の狭い店内なので、そんな二人の肩はぶつかり合っている。二人ならまだしも、両隣からは見知らぬ客たちの肩もぶつかってくるのだが、狭いより美味い方が勝つのが名店である。

「そういえば、あの美人の彼女、元気？　……あ、もしかして、お前ら、もう結婚してたりする？」

室田がそう言いながら、世之介の左手に指輪がないか確認する。

「……フラれたか？」

世之介の手をポンと離した室田が、「まあ、そうだろうな」と、一人納得している。

「死んだんですよ、二千花」

世之介は冷えたビールを二口ほど飲み、

「死んだんです、二千花」と繰り返した。

たった今まで育ち盛りの中学生のようだった室田が、とつぜん箸を置く。

「……病気で。すいません、室田さんには言ってなかったんですけど、彼女、俺と知り合った時にはすでに余命宣告受けてて」

「で、でも、元気だったじゃん」

「ですよね。いや、ほんと、笑っちゃうくらい元気でしたよね。で、あのまま……、あのままずっと最後まで元気でした」

室田が徐《おもむろ》に席を立とうとする。かなりタイミングは悪いが、たぶんトイレだろうと世之介が狭いながらも椅子を引いてやると、何度もその尻を世之介の腰にぶつけながら席を下りた室田が、

「こんなところであれだけど、それは本当に御愁傷様でした」と深々と頭を下げる。

「や、やめて下さいよ」

世之介は慌てて室田の手を引くと、元の椅子に座らせた。また何度もその尻を世之介や隣の客の腰にぶつけながら室田が席に着く。

「いやいや、こういうのはちゃんとしとかないと」

室田がやけに神妙になるので、

「そうですか。じゃあ」

と、世之介も立ち上がる。

ただ、室田と同じようにその尻を室田や隣の客の腰にぶつけるものだから、さすがに渋い顔をされる。

「お心遣い誠に痛み入ります」

世之介はそう言って頭を深々と下げると、

「すいません」と隣の客にも謝って、また尻をぶつけながら席に戻った。

ちょうど届いたう巻きから湯気が立っている。その湯気をじっと見つめていた室田が、

「なんか、二千花ちゃんのこと、話したいか？」と訊く。

世之介は、

「いや、また今度で大丈夫です」

と答えると、先にう巻きに箸を伸ばした。

「そっか？　じゃ、いつでも聞くからな。聞きたいし」

「ありがとうございます。っていうか、それより室田さんの話、聞かせて下さいよ。何してたんですか？　というか、横領って……。実際、どれくらい横領したんですか？」

美味い美味いと串焼きを食べていたかと思えば、いきなりお悔やみを言い出すし、それが落ち着いたかと思えば、今度は「横領」である。さすがに両隣の客たちも気になるのか、すでにくっついている肩をさらにグイグイと押しつけてくる。

「今考えると、別に大したことない女なんだよ。でもなー、当時はさ、それが世界の全てみたいに見えてたんだよなー。恋っつうのは、狂わせるな。いろんなもの」

世之介とは違い、こちらは話す気満々らしいが、あまりにも唐突で、かつ、いきなり映画のエンディングを見せられたようで、世之介としても、隣の客たちとしても、どう反応してよいのか分からない。

が、室田本人は「よしよし、摑みはオッケー」とばかりに気持ち良さそうに自身のしくじり話を続けるのだが、

ああ、やっぱり噂通り、女に貢いでたのかと、後輩世之介は落胆である。

室田は身振り手振りを交えて懲戒免職に至る顚末を話した。狭い店内であるから、身振り手振りを交えれば、当然世之介や隣の客に迷惑がかかる。

うなぎというのは注文してから届くまでに時間がかかる。室田の話はちょうどそれくらいのボリュームである。

「当時の俺はさ、自分でもこんなに幸せでいいのか？　って思うくらい幸せだったんだよ。世之介も知ってんだろ？　嫁さんは美人で優しいし。幼稚園に通ってた息子だって可愛い盛りだったし」

「いや、ほんとですよ。だからびっくりしたんですよ。室田さんがなんか若い女にはまって会社の金、横領したらしいなんて聞いて」

「ああいう女ってのは、そういう幸せな人間のところにふっと近寄ってくるんだな」

「また、そんな他人事《ひとごと》みたいに」

「いや、ほんとなんだよ。俺だって今なら分かるよ。冷静に、『いやいや、この幸せを捨ててまで追いかける女じゃないな』って。でもそれが分かんなくなるんだよ、幸せだと」

「逆じゃないですか？　幸せだったら、分かるんじゃないですか？」

と、これまでの流れでは世之介が訊《たず》ね返したように思うだろうが、実はこれ、すっかり室田の話に聴き入っていた隣の客である。

とつぜん割り込んできた隣の客に、室田も一瞬戸惑ったようだが、もうずっと肩も触れ合っているため、真っ赤な他人とも思えないのか、

「いやいや、幸せだから分からないんですよ。逆にそのとき不幸せだったら、不幸せの臭いってものを知ってるじゃないですか。だからすぐにその女に同じ臭いを嗅いだはずなんですよ。でも知らないから。もう、その臭いが、麝香《じゃこう》の匂いみたいにいい匂いに思えちゃって」

「でも、その若い女の子だって、最初は本気であなたのこと好きだったのかもしれないしねー」

いよいよ世之介側の客も会話に入ってくる。こちらは高そうな指輪をつけた年配の女性である。

「……でも、あなたとは別に貢ぎたいほど好きな男ができちゃって。あなたがせっせと彼女に貢いだお金を、こっそりとそのバンドマンに貢いでたわけでしょ。良く言えば、あなたもその子も純粋なのよ」

この辺りで、世之介は室田を両隣の客たちに任せてトイレに立つことにした。

歌舞伎町は師走の賑わいである。あちらこちらで、絵に描いたような酔客が、絵に描いたようなキャッチに捕まり、絵に描いたようにぼったくりバーへと案内されていく。

「もう一軒行こう、もう一軒」

そんな室田も絵に描いたような酔客の一人となっており、横に比較的正気な世之介がいなければ、やはり絵に描いたようなキャッチに捕まっているに違いない。

「……ゴールデン街行こう、ゴールデン街。最近、出禁がとけたんだよ」

「ゴールデン街で出禁になんかなるんですか？　東京中の出禁者が集まるような飲み屋街でしょ？」

「最近のゴールデン街は世知辛いもんだよ」

とかなんとか言い合いながら、機嫌よく混み合った歌舞伎町を歩いていく二人である。

「そうかー。二千花ちゃん、亡くなったかー」

とつぜん室田が大声を出す。

「はい、亡くなりました！」

と、世之介も大声で答える。

よくよく思い出してみれば、冷酒を呷《あお》る室田のピッチが上がったのは、二千花の話が出てからである。

ラブホの並んだ裏通りを、初心者が打ったビリヤードの球のように進んでいると、

「じゃ、世之介、今は彼女なしか」

と、室田がパチンと世之介の後頭部を叩く。

「いえ、いますよ」

「え?　いるの?」

「はい」

「お前も、わりと立ち直り早いな」

「昔、編集部にいたあけみちゃんって覚えてませんか?」

「あけみちゃん?」

「藤堂《とうどう》さん、藤堂あけみちゃん」

「ああ」

室田がとつぜん立ち止まる。

「……あけみちゃんって、あの、編集部でバイトしてた子?」

「覚えてます?」

「ちょっとぽっちゃりした、元芸者だろ?」

「そうそう。あ、いや、元新橋芸者だったのは彼女のおばあちゃんで、彼女自身は芸者じゃなくて、ちょっと芸者見習いの真似事をしたことはあったらしいんですけどね。って、よくそんなこと覚えてますね?」

妙なことを覚えているものだと、世之介は改めて室田を見つめた。

「あの子、俺が二日酔いで動けないとき、いつも助けてくれてたんだよなー」

またゆっくりと室田が歩き出す。

「二日酔いの人をどうやって助けるんですか？」

「水持ってきてくれたり、薬買ってきてくれたり。あと、あれだよ、あの子さ、俺の横領が発覚したとき、社内の調査で、『室田さんがそんなことするはずない』って、最後の最後まで庇《かば》ってくれたらしいんだよな」

「なんの根拠があって？」

「ほんとだよ。なんの根拠があって……。でも、そうらしいのよ。……え？」

その辺りで話の流れを思い出した室田が、

「お前、あのあけみちゃんと付き合ってんの？」と、改めて驚く。

「はい、今、一緒に暮らしてます」

「結婚したの？」

「いや、結婚は……」

そうこうしているうちに、目的の店の前に着いていた。

戦後の青線時代の雰囲気がはっきりと残る二階建ての長屋で、引くとノブごと取れそうなドアを開けると、横向きでないと上がれないような急な階段が延びている。

転げ落ちないように階段を上ると、

「あら、生きてたの？　あんた」

と、油絵具で化粧したようなママが室田を冷たく迎える。

出禁は解除されているようだが、あまり酒癖がいいとは言えない室田は、元々好まれる客ではなかったらしい。

狭い店内の隅っこに落ち着くと、世之介は室田が入れたボトルの焼酎をお湯割りで飲み始めた。

店のママも根っから室田のことが憎いわけでもないらしく、

「ムロちゃん、うちに飲みに来る前に、ツケのある店にちゃんと支払いしに行きなさいよ」

などと、他の客との会話の途中に、柿ピーを出してくれる。

一杯目の焼酎をクッと飲み干した室田が、

「そうか。お前、あのあけみちゃんと付き合ってんのか」と話を蒸し返す。

「まあ、正直言うと、二千花が死んだあと、本当にいろいろ力になってくれて」

ふと顔を上げた室田が何か言おうとしたが、その言葉を飲み込む。ただ、その酔った目の奥にちょっと悲しそうな色だけが残る。

「世之介って、なんだかんだでモテるよな？」

室田がつまんだ柿ピーを口に放り込む。

「え？　俺が？　これまで四十年近く生きてきて、初めて言われましたけど」

「そうか？」

「はい」

モテないと言われたわけではないのだが、なぜか釈然とせず、首を傾げながら柿ピーを口に放り込む世之介である。

「って考えると、世之介って名前も的を射てるっちゃ、的を射てるんだよな」

室田が自分のグラスに焼酎を注《つ》ぎ足す。

「どういう意味っすか？」

世之介はまた柿ピーである。

「いや、だってさ。世之介って、井原西鶴の好色一代男の世之介だろ」

「まあ、親父はそう言って笑ってますけどね」

「好色一代男って言ったら、モテまくりの人生を謳歌《おうか》した男の代名詞だよ」

「だから圧倒的に名前負けですよ。自分で言いたかないですけど」

「いやいや、でもさ、お前、何気に女切れないじゃん」

「え？　まさか」

「だってさ、二千花ちゃんみたいな美人と付き合ってだよ。まあ、二千花ちゃんは残念だったけど、その後すぐ、あけみちゃんみたいな優しい子ができてさ。……あ、それに、今思い出したけど、俺たちが初めて会ったころも、なんか妙ちくりんなお嬢様と、いつもケタケタ笑ってただろ」

「ああ、祥子《しょうこ》ちゃん」

「まあ、その間のことはよく知らないけどさ、とにかくモテない男じゃないよ」

まったく自覚はないのだが、そこまで力説されると、もしかすると自分はモテるのかもしれないと、釈然としないながらも思い始めそうになる世之介である。

「いやいやいや、でも、やっぱりモテてないですよ。だってモテる男って、なんかこう、がっつかないじゃないですか。俺、がっつきますもん」

「まあまあまあ、そこは仕方ないよ。根本的にはモテない男なんだから」

「でしょ？」

「いやでも、根本的にはモテないよ。でも、モテるんだよ」

深夜二時のゴールデン街である。まともな会話ができていないのは、何もこの二人だけではない。


ついこないだ木枯らし一号が吹いたかと思えば、もう本格的な冬将軍である。

ここ鎌倉の海から近い宝徳寺《ほうとくじ》の境内でも、木枯らし一号にはなんとか耐えた紅葉が、さすがにしがみつくのを諦めて、ハラハラと境内の砂利の上に散っていく。

この砂利を踏んで、ゆっくりと境内に車を入れたのは世之介である。

セーターだけで外へ出て、海からの寒風に身震いし、すぐに車に駆け戻って分厚いダウンジャケットを羽織ってくる。

「真妙《しんみょう》さーん！　こんにちはー！」

世之介が入っていったのは、本堂の隣に建てられた一軒家で、決して新しくはないが、手入れの行き届いた小さな苔《こけ》庭があったりする。

「真妙さーん、いますよね？」

勝手に上がり込んだ世之介が、磨き上げられて滑りそうな廊下を進んでいくと、本堂と繋がっ

た渡り廊下の方から、

「あら、横道くん？　こっちよ、こっち」

と、尼僧の真妙が手招きする。

この真妙、すでに七十近いのだが、温泉とスキンケアが趣味というだけあって、その肌が滑りそうなほどツヤツヤしている。

「すいません、遅くなって」

世之介が渡り廊下を渡っていくと、本堂にはすでにボランティアの人たちが揃っており、全国各地から寄付されたおもちゃを、配る地区ごとに分ける作業をしている。

「プレゼント、結構集まりましたね。でも、なんか去年より少なくないですか？」

世之介が尋ねると、横で真妙が、「そうなのよ」と残念そうに頷く。

「……うちももうちょっと資金が潤沢だったら、もっと全国飛び回って説法会開いて、寄付をお願いできるんだけどね。何しろ、先立つものがないから」

ちなみにここに集められたおもちゃは、来週のクリスマスイブの夜、いわゆるシングルマザーの子供たちの枕元へ、世之介たち扮《ふん》するサンタが届けることになっている。

「寺って言っても、二千花の墓がある梅月寺なんて、寺の周りの借地料だけで左うちわみたいなのに、いろいろなんですねー」

身もふたもないことを言う世之介に、真妙もあえて反論はせず、

「そりゃ梅月さんのところと比べられたら、うちの仏様も立つ瀬がないわよ」と笑う。

ちょうどその時、ボランティアのおばさんがお茶と饅頭を持って現れ、リスト片手に働いていた人たちも休憩となる。

世之介もおばさんから一つ饅頭をいただくと、地区ごとに分けられたおもちゃを跨ぎながら見て回った。

「もしかしたら、横道くんがもう一番の古株サンタになるかもね」

そのあとを真妙もついてくる。

「だって鴨居《かもい》さんは？　もしかしてサンタも定年あるんですか？」

「まさか。あるわけないじゃない。鴨居さん、こないだ、バイクで転んじゃったのよ。で、腰悪くしちゃって。かわいそうに、今、杖ついてんの」

「杖？　そりゃ大変だ。今日、帰りにちょっと寄ってみますよ」

「鴨居さん、喜ぶわよ。退屈だって言ってたから」

「じゃあ、本当に俺が一番の古株サンタかも」

「でしょ？」

「あ、でも、俺、絶対辞めませんからね」

「誰も辞めろなんて言ってないじゃない」

「俺、杖ついてもやりますからね。本当に楽しみでしょうがないんですから。一年で一番の楽しみなんですから」

「横道くん、もう何年になる？」

「えっと何年目だろ……」

「最初は二千花ちゃんと回ったんだから……」

横で指折り数えようとする真妙に、

「じゃ、今年でサンタ歴九年だ」

と、世之介は即答する。

「やっぱり、もうそんなになる？」

「二千花と回ったのが、一九九九年のクリスマスですもん」

「なんだか、ついこないだみたいよね」

「その年と翌年の二年間だけは二千花と二人で回ったんですよね」

「初めての時かしら、横道くんが痩せてて貫禄ないからって、二千花ちゃんがどっかから肉襦袢《じゅばん》みたいなの持ってきて」

「ああ、あれ、カビ臭かったんですよ。二千花のお父さんがなんかの余興で相撲取りの真似をやったらしくて、それが家に残ってて。それ、着せられたんですよ。あれ着ると、汗だくになるんですよ。元々、冬でも汗っかきなのに」

苦笑いの真妙さんである。

懐かしそうに肉襦袢を思い出す世之介に、

「横道くんは、あのころと全然変わらないわね」と真妙さん。

「えー？　ちょっとは貫禄出てませんか？」

「だって、痩せてるじゃない」

「そっちじゃなくて、なんかこう、人間として貫禄出てるはずなんですけどねー」

世之介は至って真剣なのだが、真妙さんは楽しげに笑っている。

「でも、考えてみたら、あれが僕らの初デートだったんですよ」

懐かしき甘酸っぱい思い出にニヤニヤと顔を緩ませる世之介である。

「あら、そうだったの？」

「ええ。あれが二千花との初デートだったんです」

やけに強く言い張る世之介である。


さて、世の古今東西を問わず、恋愛に関する話というのは、双方の話を聞いてみないことには、なかなかその真実が見えてこないものである。世之介は「あれが初デート」だったと一方的に言い張っているが、では、二千花の方にその気持ちがあったのかどうか、そればっかりは、当の本人に聞いてみるしか術がないのである。

「あっ、横道くん、次の信号、右！　……なんだけど、その前にその髭《ひげ》だけでも取ったら？　サンタじゃなくて、仙人の髭みたいになってるよ」

助手席で道案内しているのが、その二千花である。

ハンドルを握るサンタ姿の世之介の横で、トナカイの着ぐるみを着て、配送先の地図と格闘している。

「え？　右？　髭？」

慣れぬサンタの格好の上、分厚い肉襦袢を着せられての運転なものだから、世之介もかなりテンパっている。

「いいからいいから！　髭は私が取るから、横道くんはちゃんと前見てて」

と、手を伸ばす二千花だが、自分もトナカイの手なものだから、なかなか世之介の耳にかかったゴムを取ってやれない。

二千花としても着ぐるみを脱ぎたいのは山々である。ただ、「サンタを楽しみにしている子供たちが、待ち切れずに窓から覗いているかもしれないので、この集会場を出たら、なるべく衣装は脱がないようにして下さい」という真妙さんの言葉を頑なに守っているのである。

「これさ、外から見たら、車の中でトナカイがサンタの首絞めてるように見えない？」とは世之介で、
あら、この横道くんって、なかなか気の利いたこと言うじゃない。

と、ちょっと上から目線で思う二千花であるが、ゴムを取ろうとすればするほど、世之介が言うサンタ絞殺シーンの様相を呈してくる。

というか、気が利いたことを言えるかどうかなどで相手を判断してしまう辺りが、自分って可愛くないんだろうなー。

と、二千花本人も自覚はしている。

もういい大人なんだから、もうちょっと素直というか、穏やかというか、この女子高生みたい

な辛辣《しんらつ》さがなくなればいいのにと思っているのだが、なんというか、自分の中にその女子高生、それも三年間の女子校通いですっかり気の緩んでしまったような女子高生みたいなものが未だにデンと居座っているのがはっきりと分かるのである。

ただ、実際に通っていたのは男女共学だったし、モテなかったかと言われれば、そうでもなくて、男子たちが陰でこっそりやっている女子の人気投票なんかでも、ちょっとしたダークホースになったりすることもあった。

いや、だから、こういうところをダークホースなどと茶化して、素直に喜ばない辺りがたちの悪い女子高生そのものなのである。

サンタを絞殺せずに、やっと髭のゴムを二千花が取ってやると、奇妙に傾けていた首を戻した世之介が、

「そういえば、さっきこのサンタに着替えながらふと思い出したんだけど、俺、子供のころの夢が二千花さんのおかげで叶ったかも」と妙なことを言い出す。

ちなみに二千花たちが乗った車には、たくさんのプレゼントが積み込まれている。二人が担当する地区は、藤沢から大船にかけてのエリアで、子供たちが眠りにつく九時ごろから深夜一時すぎまでの大仕事となる予定である。

「子供のころの夢って、大きくなったら何になりたい？　って例のやつ？」と、二千花は訊いた。

「そうそう、それ」

「横道くん、何になりたかったの？」

「だから、サンタ」

世之介が、「ホーッ、ホッホッホ」とサンタの真似をする。

「大人になってなりたかったものが、サンタ？　そんなの、初めて聞いた」

これは二千花でなくとも、そう思う。

「……普通、男の子だったら、『僕、野球選手！』とか言うんじゃないの？」

「俺、球技、苦手だもん」

はい、出ました天然系。会話のキャッチボール暴投系。……あ、ってことは、ほんとに球技苦手じゃん。

思わず苦笑いの二千花には一切お構いなしで、世之介は小中学校のころのサッカーの授業で、最初から最後まで一度もボールに触れなかったという話を、なぜかハットトリックを決めた選手のように語っている。

もうちょっと様子見よう。

二千花はそう思いながらも冷静に手元の地図を広げ、配送先の位置を確認した。

「……俺、たぶん丸いものが苦手なんだよね。どこに転がるか読めない、あの不安定さ？　だからスポーツ選手系は一切将来の夢の中になかったね」

え？　まだ続いてたんだ。

っていうか、あんたの話の方がボールより読めないんですけど。

「えっと、次の信号、右だからね」

「オッケー。だから、将来の夢は、わりと長い間、サンタ一本だった」

一本って……。プロ野球選手、歯医者さん、大工さんの中に、サンタを並べてる違和感ないんだ？　りんご、みかん、メロン、電卓、くらい違和感あるじゃん。

「でも、サンタになりたかったなんて、夢のある子供だったんだね」

「そうかな？」

世之介は機嫌よくハンドルを切っている。

「だって、そうでしょ。なりたいもの、サンタなんて」

「俺さ、サンタってオモチャ工場の金持ちオーナーみたいなイメージだったんだよね」

返せ。今、一瞬でも良い方に取ろうとした私の気持ちを。

「……ほら、世界中の子供たちにオモチャを配って回るわけじゃん。どんだけオモチャ持ってんだろうって。考えただけで、なんかボーッとなるくらい羨ましかったんだよね」

返せ。

「……でも、ほら、その夢が今夜とうとう叶いました！　ホーッ、ホッホッホ」

ない髭を撫でながら、世之介はまたサンタの真似をする。

「ここもまだ真っ直《す》ぐでいいのかい？　トナカイくん」

すっかりご満悦のサンタに訊かれ、すっかりそのペースに呑まれていた二千花は、

「あ、ごめん！　今の信号、右だった！」

と叫んだ。

「うっそーん」

「ごめ～ん。あ、もう、そこでUターンしちゃえば」

「いやいや、サンタ、交通違反できないって」

「じゃあさ、オモチャ工場のオーナーだと思えば？」

「あ、それならできるかも」

融通が利くのか利かないのか分からないが、幸い後続車も対向車もない。

「行っちゃえ、行っちゃえ」

二千花の煽《あお》りに、「ホッホー」と世之介もハンドルを切る。

「ブーッ、ブーッ」

とつぜん奇妙な声を上げた二千花に、さすがに世之介も不安がる。

「どうした？　おなか痛い？」と世之介。

「あ、今の、トナカイの鳴き声」

「トナカイってそんな鳴き声なんだ？」

「そう。調べたもん」

とかなんとか言っていると、背後でサイレンが鳴り出した。ルームミラーに赤く点滅するパトカーのライトが映る。

「ヤバッ」

「ヤバッ」

思わず二人の声が重なった瞬間、

「前のワゴン車の運転手さん、そのままゆっくりと左に寄ってくださいねー」

と、スピーカーの声が響く。

「サンタとトナカイだから、許してくれないかな」と世之介。

「無理でしょ」

「なんで？」

「だって、実の姿は資本家とトナカイだもん」

世之介はゆっくりと車を停めた。往生際悪く、取っていた髭を慌ててつけ直そうとする。

パトカーというのは、普段違反しない真面目な人間が、ほんの出来心でつい違反してしまった場所に必ずいる、というのが二千花の持論である。

ということはである。この横道世之介という男、普段は交通違反など絶対にしない真面目な男なのかもしれない。


車からカメラ機材を下ろしているのは、たった今都内の仕事から戻った世之介である。

ドーミーの食堂から聞こえる笑い声は楽しげである。もちろん世之介も楽しげな宴は大好きなので、自分だけそこにいないと思うと、ひどく損をしているような気がする。

ということで、焦るだけ焦っているのだが、こういうときに限って、引っ張り出した収納ボックスの蓋が開き、中の物が地面に散らばったりする。

「あーもう！」

焦る世之介をよそに、さらに食堂は盛り上がりを見せている。

聞こえてくるのは、あけみちゃんと礼二さんの声が主だが、そこにムーさんと奥さんの声も混じる。

大福さんと谷尻くんもいるようで、ときどき控えめな二人の笑い声もする。

とすれば、全員集合での宴である。

「ただいま！」

乗り遅れまいと、世之介が食堂に飛び込むと、ぷーんと生姜の香りが漂ってくる。全員集合で囲んでいる鍋は、鶏肉をたっぷりの生姜と酒で煮込んだ麻油雞《マーヨーチー》という、世之介大好物の台湾料理である。

「おかえり」「おかえりなさい」「遅かったね」

あちこちからかかる声に笑顔で応えながら、

「何、何？　何がそんなに面白いの？」

と、世之介も早速会話に割って入る。

「何って別に……、ねえ？」

と、あけみがみんなの顔を見渡す。

「だって、みんなでゲラゲラ笑ってたじゃん。外まで聞こえてたよ」

「今？」

「そうだよ。今」

「そうだっけ？　何話してたっけ？」

あけみに顔を向けられたムーさんが、

「今？　そんなに笑ってた？」と首を捻《ひね》る。

「ああ、俺がロンロンで転んだ話？」

と、思い出したのは礼二さんだが、「その話、結構前よ」とあけみちゃん。

さらに大福さんに至っては、「あれ、そんなにみんな笑ってないですよ」と厳しい。

とにかく別に大した話はしていなかったらしい。楽しげな宴というのは、内側から見ればそんなものなのかもしれない。

とはいえ、なんだかさらに損したような気分になる世之介である。

「そういえば、ムーさんと奥さん、いらっしゃい」

今更といえば今更だが、世之介は冷蔵庫から自分用の缶ビールを出しながら声をかけた。

「あ、お邪魔してます」

こちらも今更ながらムーさんの奥さんが頭を下げる。

「またエキストラに行けそうなのよ」

とは嬉しそうなあけみちゃんで、

「今度は恋愛映画なんだよ」

と、こちらも嬉しそうにムーさんが教えてくれる。

「えー、また行くんですか?」

さすがに呆れて世之介が驚けば、

「今回は女性の募集が多くてさ。男は僕だけしか当たらなくて」

と、なぜかムーさんが申し訳なさそうにする。

「いえいえ、僕は別にいいですよ」

世之介は缶ビールで、「とりあえず乾杯」とムーさんたちと杯を合わせた。

「だから、うちからは私と大福さんが参加」

あけみが世之介に鍋の小鉢を渡す。

「え? 大福さんも行くの?」

驚く世之介に、大福さんは特に楽しそうでもなく頷くが、楽しくないのなら行くはずがない。

「にしても、なんか、ムーさんたちがいると、さらに全員集合してるって感じになりますね」

世之介が鍋から湯気の立つ鶏のつくねを取り分けていると、

「全員じゃないよ。上に一歩くんいるもん」とあけみ。

「あ、そうだそうだ。上に、ちょっと預かってる子がいるんですよ。ちょっと引きこもり気味の」

しれっとそう言った世之介の言葉に笑いが起こる。

「何言ってんのよ。一歩くん、ムーさんたちの息子さんじゃない」

あけみの言葉でさらに場が盛り上がる。

「あ、そうだった。すいません……」

あははは。

なるほど、楽しげな宴の内容というのは、この程度のものなのであろう。もしもここに二人目の世之介が入ってきて、「何何？　何がそんなに面白いの？」と訊かれても、たしかに「別に大した話じゃない」としか答えようがない。


「あーもう、満腹だし、麻油雞の生姜で、まだ体ぽかぽかだし、幸せーだー」

ソファの前に敷いた布団に、世之介は大の字で横たわると、膨れた腹を満足そうにさすっている。

開けっ放しの襖の向こうでは、いつものようにあけみが入念に乳液を顔に塗り込んでいる。

夜になって急に冷え込み、窓を叩く風も強いが、生姜たっぷりの晩ごはんの上、風呂上がりの二人がいる部屋は、ちょっと汗ばむくらいに暖かい。

「……あの麻油雞って、台湾に行ったときに食べたの？」

さすがにこのままでは太ると思ったのか、世之介が布団の上で自転車こぎを始めながら尋ねる。

「前に、胡《コ》くんって台湾人の下宿生がいて、彼が教えてくれたのよ。台湾料理美味しいじゃない。だから、他にもいっぱい教えてもらった」

「なるほどねー、だからあけみちゃんのレパートリー、台湾料理多いんだ」

「その胡くんがとにかく料理上手でさ。私の体重の五キロ分くらいは、胡くんの料理のせいだと思うもん。ただ、とにかく料理は上手いんだけど、何を作ってもちょっと中華風になるのよね。

カルボナーラとかも」

「中華風のカルボナーラって、なんかもう原型留めてないじゃん」

この辺りで世之介はもう自転車こぎをしていた足を下ろし、ハーハーと大げさに息をついている。

「……ハー、それにしても、ムーさんと奥さん、楽しそうだったねー」

世之介は蛍光灯を消すと、布団に入りながら、

「……夫婦二人でごはん食べても話すことないって言ってたけど、実際そうなんだろうね。なんかもう二人でケラケラ、ケラケラ、一年分くらい笑ってたもん」と続ける。

「ああ見えて、一歩くんのことが心配で来てんのよ」とあけみ。

「そう？」

「そりゃ、そうよ」

「ぜんぜんそういう風に見えなかったけど」

世之介は首元まで上げた毛布を、暑くてすぐに引き下ろした。

蘇るムーさんたちの顔は、やはりお気楽なものである。

「ああ見えて、一歩くんの近くにちゃんといてやりたいのよ、きっと」

乳液を塗り終えたらしいあけみが鏡越しに見るが、世之介はすでに目を閉じている。

「……ねえ、ちょっと世之介から一歩くんと話してみたら？」

「話すって何を？」

世之介は目を閉じたままである。

「だから将来のこととか？　まさか、一生あの部屋に閉じこもってるわけにもいかないでしょ」

「大学とか？」

「まあ、行くには高卒検定だっけ、そういうの、受けなきゃいけないんだろうけど」

「本人に行く気あるのかな？」

「だから、その辺をちょっと世之介が聞いてあげれば？」

その辺りで世之介は体を起こした。最近、夜中にトイレで起きることがあり、先に行っておこうと思ったのである。

「なんかさ、俺たちが一歩の親みたいじゃない？」

笑いながら部屋を出ていく世之介の背中に、

「本当の親だったら、とっくにどこかに預けてるよ」

と笑う無慈悲なあけみの声が届く。

トイレに向かう途中、世之介は廊下から二階を見上げた。

親って大変だなーと、ふと思う。

これが正解だって人生があるならば、「あっちに行け、こっちに行け」と、いくらでも教えてやれるのだが、あいにくそれがないことはなんとなくもう分かっている。分かっているのに、「あっちに行け、こっちに行け」と言わなければならないのは、かなりのプレッシャーである。

トイレから戻って布団に入ろうとすると、すでにベッドで横になっているあけみが、その太も

もを左右に折り曲げながら、

「そういえば、今年もサンタやるんでしょ?」と訊いてくる。

「うん、やるよ。この前、打ち合わせ行ってきた」

「ねえ、私も手伝えないかな?」

「ええっ?」

世之介の驚きようが大げさで、逆にあけみまで、「えっ??」と、自分が何かヘンな頼み事でもしたかと慌てる。

「なんで?」

世之介も自分がなんでこんなに動揺しているのか分からず、そう訊き返しながら乱れてもいない布団を整える。

「なんでって、別に理由はないけど、サンタの手伝いなんて、ちょっとやってみたいじゃない」

「ああ、でももう、今年はいろいろ決まっちゃってるからなー」

そう言うと、世之介は少し気分が落ち着いた。

自分でも何をこんなに焦っているのかまだ分からない。

ただ、次の瞬間、布団に入ろうとして、ふとその理由が分かった。

二千花との思い出なのである。

ボランティアのサンタをやっているときは、未だに二千花と一緒にいるような気がするのである。

「ごめん……」

世之介は無意識に謝っていた。

「え？　何？」

とつぜん謝られても、今度はあけみが困る。

「あ、いや、もうちょっと早く言ってもらえば、真妙さんに頼んだんだけど」

「あー、いいよいいよ、別に。……っていうか、どうしたの？　そんな深刻な顔して」

あけみに言われ、世之介も自分の顔を触ってみるが、深刻かどうかなど触診できるわけもない。

「……来年でもいいし」

「あ……」

さほどやりたいわけでもないのだろうが、あけみがそう言って蛍光灯を消そうとする。

ただ、つい漏れた世之介の声に、その手が止まる。

「何？」

「いや、あのさ、……そのー、サンタなんだけど、あのー」

「え？　何？　私が話してんの、サンタだよ、ボランティアのサンタの話だよ」

「う、うん。それは分かってる。ただ、あのサンタはさ……」

「何？　サンタのボランティアとか言いながら、実はヘンなことやってるんじゃないよね？」

ボランティアの手伝いをしたいと言って、ここまで躊躇《ため》われれば、あけみでなくとも何か疑いたくなる。

「……ごめん、あれさ、二千花と始めたんだよね」

まるで大切な植木鉢を割ってしまったような世之介である。

さすがにあけみも戸惑うが、

「あー、ごめんごめん。そうだったの？　だったら、すぐそう言えばいいのに」と笑い飛ばす。

「ごめん」

「だから謝ることじゃないって」

「うん、そうなんだけど」

「だから前から言ってるでしょ。亡くなった人に勝てるなんて思ってないって」

「……いや、でもさ」

もし世之介が本当に植木鉢を割ったとすれば、かなり高価な鉢である。その申し訳なさそうな表情は、蛍光灯のしらっちゃけた明かりの下、青白くさえ見える。

「ここで一緒に暮らそうって話になったとき、世之介、私になんて言ったか覚えてる？」

「家賃の割合？」

「じゃなくて」

「エアコンの温度設定？」

「じゃなくて」

「暗室作りたい？」

「じゃなくて」

「猫飼いたい」

「違う」

「なんだっけ？」

「世之介、私にこう言ったのよ。『あけみちゃんのことは好きだけど、二番目』だって」

「え？　そんなこと言った？」

「言った。私、びっくりしたもん。この人、実は小学生？　って思った」

あけみがそう言ってまた笑う。

「……でもね、私、思ったのよ。ああ、この人って、正直なんだなーって」

「いや、正直っていうか……」

「そう、失礼よ。でもそこは自覚あるんだ？」

あけみは結局蛍光灯を消した。

「だから、さっきの話、ごめん」と、暗闇にあけみの声。

「え？」

「いや、だからサンタの。……忘れて」

「ああ、うん、ごめん」

「グッナ〜イ」

「グッナ〜イ」

暗くなった部屋に、テレビや暖房器具のスイッチの小さなライトだけ残っている。

「カニ来たよー！　北海道から今年もカニ来たよー！」

洗面所で歯を磨いている世之介の耳に、騒がしいあけみの声が届く。

世之介が歯ブラシを咥《くわ》えたまま廊下へ出れば、待ちきれぬとばかりに、ちょっとした棺桶くらいある発泡スチロールの箱を開けたあけみが、

「うわー、今年も立派なタラバだねー」

と、帰りそびれたらしい宅配便のお兄さんに見せている。

世之介が背後から近寄って覗き込むと、

「北海道の多田《ただ》くんが、今年も送ってくれたのよ。見て、このタラバ」

と、まるで自分が漁にでも出たように自慢する。

「ご親戚の方ですか？」

まだ帰りそびれている宅配便のお兄さんに訊かれ、

「違うの。前にうちで下宿していた人で、大学卒業したあと、地元の網走《あばしり》に帰ったんだけど、律儀に毎年送ってくれるのよ」

と、あけみが子供の腕くらいあるタラバの脚を持ち上げる。

「今年もすごい量だね。なんか人骨みたい」

歯ブラシを咥えたまま、もごもご言う世之介に、

「ちょっとやめてよ。……それより誰かにお裾分けする？」とあけみ。

「あ、するする。去年、あげるって言って忘れたから、南郷さんに今年はちょっとあげるよ」

いよいよ口から泡が出そうで、世之介は洗面所に戻った。

「南郷さんだけでいいの？」

洗面所にあけみの声が追ってくる。

「いい！」

そう叫び返し、うがいを始めた世之介の耳に、宅配便のお兄さんにも何本か持って行けと勧めるあけみの声がする。

顔を洗って、世之介は再び玄関に戻った。すでに宅配便のお兄さんはいなかったが、あけみはまだ鑑識のようにタラバを確認している。

ふと足音がして世之介は二階を見上げた。ちょうど一歩がトイレから出てきたところで、こちらを見下ろしている。

「一歩。今日、カニだぞ。カニカニ」

世之介がそう声をかけるが、一歩は興味を示さない。

すぐに自室へ戻ろうとする一歩を、

「ちょっと待った」と、世之介は呼び止めた。

「……一歩さ、将来、東京で働くつもり？」

世之介の質問に、

「なんでですか？」

と、一歩が不機嫌そうな顔をする。

「いや、もしどっか地方に行くんだったら、こういう美味いもんがあるところに行って欲しいなあと思って。たとえば大間のマグロとかさ、伊勢海老とか。あ、肉でもいいよ、松阪、神戸。神戸なんかいいじゃん。おしゃれで」

一方的な世之介の話をどこまで聞いていたのか、いつの間にか一歩の姿はそこにない。

「ちょっと」

代わりに口を挟んできたのがあけみである。

「……まさか、今のが昨日頼んだことじゃないよね？」

手にはタラバの脚を持っているが、その顔は笑っていない。

「え？　昨日？」

「一歩くんに将来のこと聞いてみたらって」

「ああ」

「ああって……」

呆れ果てたらしく、あけみはもうそれ以上何も言わない。

「あのさ、南郷さんにだけど、この太さだったら五、六本でいいよね。あの人、ほら、今、独り身だから」

話を変えようとするが、あけみは相手にする気もないらしく、

「これ、冷凍庫に入れといてね。スペースないから、押し入れからクーラーボックス出して、氷

とか冷凍食品とかそっちに移してから入れてよ」

と、指示だけすると、洗濯物を干している途中だったらしく、二階の物干し台へと駆け上がっていった。

「クーラーボックス、どこにあんの？」

やりたくないという気持ちが前面に出た声で世之介は尋ねた。もちろん世之介もクーラーボックスがどこにあるかくらい知っているわけで、悪あがきでしかない。

そしてもちろん、あけみもそれを知っているから、いくら待っても返事が返ってくることもない。

世之介、あけみ、一歩以外の札は、すべて〈不在〉。いつもの静かな午前中である。

別件の用もあり、世之介は仕事へ出かける前に南郷に電話をかけた。

まだ寝ていたらしく、不機嫌な声で南郷が出る。

「おはようございます。明後日の撮影の件で電話したんですけど、その前に、また今年もカニもらったんですよ。明後日、持って行こうと思ってるんですけど、何本くらいいります？」

一方的にそこまで喋ると、あくびが一つだけ返ってくる。

「……結構な量あるから、遠慮なく言って下さいよ」

さらにあくびが一つ返ってきて、かなり間が空いたあと、

「うちはいいよ。ありがと」

と断る声が聞こえたかと思った瞬間、

「……あ、そうだ。もしよかったらさ、お袋に送ってやってくれないかな」と続く。

「おばさんに？　もちろんいいですけど」

「お袋、カニ好きなんだよ。世之介が送ってやれば喜ぶよ。この前も、なんか電話してきて、お前と会いたいとか言ってたから」

「おばさん、元気なんでしょ？」

「うーん。またちょっと手術したんだよ」

「手術？」

「胃をな」

「胃って……、もしかして」

「ガン。まあ、早期発見で術後も順調だから、とりあえず心配ないって医者も言ってんだけどな」

「またそんな呑気な」

「だって医者がそう言ってんだよ」

「手術んときとか、南郷さん、ちゃんと帰ったんでしょうね？」

「一応な」

「一応って……」

「俺も仕事あるしさ。つきっきりは無理だよ。それに病院に男がいたって、邪魔なだけで役に立たないって」

「別に、血圧測ったり点滴の交換しなくったって、横にいておばさんの話、聞いてやればいいんですよ」

「だって、それも退屈だろ」

南郷との電話を終えると、早速、世之介は南郷の母親に電話をかけようとしたのだが、明日は仕事が入っていないことを思い出し、どうせならカニを持って、群馬のおばさんのところまでドライブがてら行ってみようと思い立つ。


その翌日の朝である。

車にカニを運んでいるのは世之介である。昨夜、たっぷりと食べたので、その扱いはちょっとぞんざいである。

運転席に乗り込むと、礼二さんも追いかけてくる。昨夜、カニ鍋を囲みながら、世之介が群馬に行く話をすると、

「俺も明日休みなんだよな。群馬って温泉あるよね。俺も連れてってよ」

と、礼二さんの参加が決まり、

「じゃあ、おばさんも誘って温泉行きましょうか」と相成ったのである。

礼二を乗せて、順調に練馬インターへ向かっていると、

「あれ、横道くんとドライブなんて久しぶりだね」

と、礼二が唐突に呟く。

言われてみれば、その通りである。

「なんか音楽でもかけます？」

久しぶりのドライブということで、世之介もちょっと気を利かす。

「いいよ、ラジオで」

「礼二さんって、音楽とかどんなの聴くんですか？」

「俺？　音楽ねー。たまにテレビで歌番組みるくらい」

「へー」

「横道くんは？」

「まあ、俺もこれといって」

「でも、あけみちゃんは詳しいじゃん」

「ああ、そうですね。洋楽とか」

「仲良いもんね、喧嘩もしないで」

「そうですかね。……礼二さんって、彼女とかいないすか？」

「いないねー」

「優しいから、モテそうなのに」

「若いころはモテたけどね。今、ぜんぜん。二週間に一回くらいヘルス行って。それでなんとなく満足」

「礼二さん、まだ午前中ですって」

呆れる世之介をよそに、

「俺、ヘルス、午前中行くもん。安いから」

と、当の礼二は頓着なしである。

「……まあ、でも、考えてもみなかったよ。それこそ、うちの谷尻くんぐらいの時にはさ、まさか自分が四十過ぎにもなって独身で、月に二回のヘルス通いが楽しみなんて毎日過ごしてると思わないじゃん」

内容は悲壮だが、礼二の表情にその悲壮感はない。

「まー、思わないっすよね」と世之介。

「ねー。思わないよねー。もし谷尻くんの年でそんなこと思ってたら、もう将来絶望しちゃうよ」

「まー、絶望まではしなくても、将来が楽しみではなくなるでしょうね」

「そういえば、この前、谷尻くん、将来どうすんの？　って聞いたんだよ。そしたら、『まだ何も考えてないですよ』って笑ってて」

「まー、そうでしょうね」

「でね、俺思ったの。あー、谷尻くん、今は考えてないけど、いつか考える日が来ると思ってんだろうなーって」

「え？　どういう意味ですか？」

世之介もさほど興味ないくせに、退屈しのぎに訊き返す。

「だから、今は考えてないけど、いつかは考えるんだろうって、今の谷尻くんは思ってると思うんだけど、何も考えないままってこともあるじゃん」

正直なところ、礼二さんが何を言いたいのか世之介はよく分からない。

幸い、関越道は渋滞もないようで、これならば昼前に南郷の母を連れて伊香保《いかほ》温泉に着けそうである。

「それ言ったら、俺も一緒ですよ。まさか四十前になって、こんなことになってるとは思ってもみなかったですもん」

会話が途切れたので、なんとなくこういう話なのだろうと世之介は口にしたのだが、少し方向性が違ったらしく、「え？　ああ、そうね」と、礼二さんのテンションが落ちる。

「……それこそ、井の頭公園で子供を遊ばせてるお父さんいるじゃないですか。ああいう風になってるんじゃないかって思ってましたもん。子供と一緒に滑り台すべったりして」

さらにズレている自覚は世之介にもあるものの、今更どうしようもない。

「可愛い子供を公園で肩車してるつもりが、こんなおっさんと休日にドライブだもんね」

礼二も軌道修正を諦めたらしく、世之介に話を合わせてくれる。

「……でもまー、今日だってさ、考えてみれば、下宿先の旦那さんと、その旦那さんの先輩のお母さんと、なぜか伊香保温泉に行くんだから、まー、そんな将来像、谷尻くんどころか誰も想像できないよねー」

旦那さんではないのだが、さらに礼二さんの話は方向を変えたようで、世之介はもう運転に集中することにした。

二時間後、南郷の実家に到着すると、よほど楽しみにしていたのか、南郷の母がおしゃれをして待っていた。

挨拶もそこそこに、世之介がクーラーボックスのカニを冷凍庫に移そうとすると、

「そういえば、横道くん、長崎のお母さんたちはお元気なの？」

と、おばさんが冷凍庫のスペースを空けながら訊く。

「元気だと思いますよ」

「思いますよって。お正月、帰らないの？」

「帰らないですよ」

「どうして？」

「どうしてって、別に理由もないですけど」

「お母さんたち、会いたいわよ」

「そうですかねー。ぜんぜんそういう息子恋しさみたいなのないですけどねー。だって、何年か前の正月に帰ったときだって、夫婦で温泉行っちゃいましたから。俺、置いて」

「そりゃあれよ、横道くんが元気なのを見て安心したからでしょ」

「いやいやいや。息子と温泉、天秤にかけて、わりとあっさり温泉ですよ」

世之介の話に笑いながらも、南郷の母はまだ気になるらしく、

「なんだか悪いわよ。私だけ温泉に連れてってもらって。あ、そうだ。どうせしばらく連絡もしてないんでしょ？　今、かけなさいよ。おばさんもお礼言いたいから」

「いやいや、いいですよ、そんな」

「いいから、おばさんのお願いよ」

ここで押し問答をしていても、伊香保の露天風呂に行く時間が遅くなるだけである。

世之介は久しぶりに実家に電話をかけた。出たのは母で、「世之介？　元気？」と、こちらの様子を尋ねたのは最初の十秒ほどで、あとは今度の正月に夫婦で行くらしい沖縄の話が止まらない。

「今、南郷先輩の実家に来てるんだよ。ちょっとおばさんに代わるからさ」

世之介は沖縄話を断ち切って、横でスタンバイしている南郷の母に電話を渡した。

「横道さんのお母様ですか？　南郷常夫の母でございます。いつも横道さんには息子共々本当にお世話になってまして」

丁寧な南郷の母の挨拶に、

「いえいえ。もう絶対に、うちの息子の方がお世話になってるに決まってますから」

という悲鳴のような母の声が、はっきりと聞こえてくる。

南郷の母から一通りの挨拶が終わり、世之介が再び電話に出ると、

「なんかご迷惑かけたんじゃないわよね？」

と母の声である。

「迷惑かけて、お礼言われるわけないじゃん」

「まーそうだけど」

「またかけるよ」

「うん、風邪ひかないようにね」

「うん、お母さんも。あと親父によろしく」

「代わる？」

いや、いいよ、と言おうとした途端、先に向こうが断ったらしく、

「お父さん、いいって」と母が伝えてくる。

「じゃ、また」と電話を切った。

さて、伊香保の露天風呂、と思ったのだが、なぜか今度は南郷の母の心配が、初対面の礼二に向かう。

「いやいや、うちは本当に大丈夫です。逆にとつぜん電話なんかしたら、振り込め詐欺かなんかだと思われますから」

「ご実家どちらなの？」

「広島です」

「ご両親、お元気なの？」

「いや、お袋はもう十年以上も前になくなってて。今、親父だけ」

「あら、じゃあ、尚更。男の人同士だと、こういうお節介なおばさんがいないと、連絡も取り合わないでしょ。ほら、ものはついでだから電話しちゃいなさいよ」

「いやいや、元気ですもん。広島カープの応援団入ってて、いつも元気そうに旗ふってる姿がテレビに映ってますもん」

ああ、なるほど、礼二さんの熱狂的なカープファンは父親譲りか。

と、初めて知る世之介である。

その後、結局礼二もまた実家に電話を入れた。

南郷の母もしつこかったが、礼二さんの早く露天風呂に行きたいという気持ちが勝ったのであろう。

電話に出た礼二の父も世之介の母と似たようなもので、息子の心配をしたのは最初の十秒ほど、あとは来季に活躍しそうなルーキーの話が始まったようだった。

ただ、そこは同じカープファン同士、一旦話が始まると止まらないらしく、かなり久しぶりの父子の会話だったらしいが、今度は世之介たちが焦れるほど、熱いカープ談議が終わることなく続いてしまったのである。


聖夜の雪というロマンチックな予報は見事に外れて、晴天のクリスマスである。

すでに朝の十時を回っているが、昨夜、ボランティアサンタで一時近くまで子供たちの家を回っていた世之介は、まだ布団の中である。

今朝は点検でガス業者が来ており、天井裏からかなりうるさい音がしているのだが、昨夜サンタだったせいか、きっと自分の元へも本物のサンタが来たのだろうという、なんとも子供っぽい夢を世之介は見ている。

それでもいよいよサンタの足音が業者さんの業務じみてくると、さすがの世之介も目を覚ました。

何もクリスマスにガスの点検など呼ばなくても、と不機嫌に思いながらも枕元の携帯を開くと、真妙さんからメールが届いている。

早速開いてみれば、嬉しいことに昨夜プレゼントを受け取った子供たちからのお礼メッセージや、プレゼントを手にした子供たちの写真が添付されており、

「おー、かわいいー」

と寝起きの不機嫌も吹っ飛んでしまう。

世之介は早速あけみにも見せようと、部屋を出た。声のする浴室の方へ向かうと、何やら深刻な顔であけみが廊下に出てくる。

「ちょっと聞いてよ」

世之介が、「ちょっと、これ見てよ」と伸ばそうとした手よりも先に、あけみが不機嫌そうな声を出す。

「何？」

「ここ数日、結露がひどいって世之介言ってたじゃない？」

「うん、ひどかった。毎朝、窓って窓、拭いて回ってたもん」

「今、調べてもらったら、浴室乾燥機が壊れてるんだって。建物全体の二十四時間換気もそこに繋がってるらしくて。今、トイレの換気も止まってるんだって」

「えー！」

その辺りで業者の人が浴室を出てくる。

「まー、寿命ですかねー。もう十五年くらいお使いになられてるんで。給湯器本体も今は動いてるってだけで、まー、遅かれ早かれだろうから、基盤だけなら四、五万円で済みますけど、まー、全体の交換をオススメしますねー。まー、五十万くらいになりますけど」

せっかくのクリスマス、とんだサンタクロースの登場である。

「お風呂場の換気扇が回ってないような気がしたから、ちょっと点検に来てもらったんだけど、まさか、もう……」

クリスマスに、とつぜん五十万円の出費を告げられれば、あけみでなくとも顔色が悪くなる。

とはいえ、おそらく毎日のようにこの金額を告げて回っているだろう業者の人には慣れっこのようで、

「まー、今週中にお見積もりを出させてもらいます。うちが特別安いとは言えませんけど、知らない格安のリフォーム会社に頼んで、あとで面倒ってことになるよりは、まー、うちは一応正規でやらせてもらってますしー。乾燥機と本体のパック料金で、もちろんお値引きもありますので」

と、あけみの顔色など一切気にせずに要点だけを告げ終わる。

「じゃー、とりあえず見積もり出していただけますー？」

もちろんあけみもこの業者さんが憎いわけではない。ただ、この落胆と苛立ちをガス機器に向けるわけにもいかないので、ついその口調も荒くなる。

とはいえ、業者さんはやはり慣れたもので、そんなあけみに、

「今日の出張費が本当は四千四百円なんですけど、もしうちで交換される場合は半額の二千二百円になりますから」

と、さほど嬉しくもない情報を伝えてくる。

脚立を抱えた業者さんを玄関まで見送ると、恨めしそうな顔であけみが振り返る。

「まー、おばあちゃんから、この商売儲からないって聞いてたけどさ。まー、次から次にお金が出ていくねー」

明らかなあけみの空元気に、世之介も言葉がない。換気なしでも死にゃしないよ、と言いたいところだが、トイレの換気がないのはまた別次元である。

「あ、そうだ」

肩を落として台所へ戻ろうとするあけみを世之介は呼び止めた。

「……なんの励ましにもならないと思うけど」

あけみに見せたのは子供たちからのメッセージや写真である。

「来年はうちにもサンタさんが来てくれますように」

手を合わせるあけみの口調はふざけているが、その目は真剣そのものである。


業務用スーパー和泉屋の店内は、年末の大混雑である。

世之介はあけみに頼まれた正月用の買い出しに来ているのだが、混んだ店内でメモを片手に買い物するのも大変だというのに、手伝いとして連れてきた谷尻くんや大福さんが、マイペースで自分の買い物などもするものだから、世之介は買い物をしているのか、迷子の我が子を探しているのか分からなくなる。

「あー、谷尻くん、ここにいたの？」

世之介はお菓子売り場でマーブルチョコの特大サイズを吟味している谷尻くんを見つけると、

「このあと、しめ飾りも買いに行かなきゃいけないんだよ。ちょっと、こっちのメモに書いてあるもの、探してくれないかな」

と、大掃除用の商品が書かれた方のメモを押しつけた。

谷尻くんも邪魔しに来ているわけではないので、頼めば、「はい」と素直に歩いていく。ただ、その背中が頼りないというか、すぐそこに掃除用品売り場があるのに、なんのためらいもなく惣菜売り場の方へ歩いていく。

「谷尻く……」

客たちの背中に消えて行く谷尻くんを呼び止めようとすると、逆に背後から、

「横道さん！　数の子、高い方ですか？　安い方ですか？」と、大福さんの声がする。

「安い方！」

世之介はとりあえずそちらに答えたあと、「谷尻くん、掃除用品こっち！」と呼び止めた。

結局、三十分ほどで大きなカート二台が食材や掃除用品等々でいっぱいになった。

全盛期のディズニーランドでもこんなに並ばないだろうというレジの大行列で、こちらも三十分近く待ち、やっと和泉屋を出たときには、三人ともすでにくたくたである。

「年末って、なんでこんなにみんな慌てるんだろうね。ここでかまぼこ買っとかなきゃ、二度と口にできないって勢いでみんな買うもんね」

車のトランクに荷物を詰め込みながらの世之介に、谷尻くんと大福さんはすでに答える元気もない。

「……しめ飾り買ったら、東八《とうはち》沿いのカフェでコーヒーとケーキ奢るから、ほら、もうひと頑張り」

二人にハッパをかけ、車に乗り込む世之介である。

その後、世之介たちが向かったのは、近所のホームセンターの駐車場に毎年露店を出しているしめ飾りの店である。

露店を出しているのは、見るからにテキ屋上がりらしい気《き》っ風《ぷ》のいいおばあちゃんで、元々はあけみが常連でここ十年近くずっと買っていたのを、一昨年から世之介が引き継いだ形である。

この露店には、全国各地のしめ飾りが揃っている。いや、その年々で入荷できるものやその数が違うので、揃っているというよりも、どちらかといえば、揃っていない。

去年と同じものが欲しくて来ても、

「今年は鳥取のはないのよ。あれ作ってる職人さんがもう年で引退しちゃって。この前、電話したら、『もう毎日酒食らって、よいよいだ』って笑ってたよ」

と、あまり新年にふさわしくない情報まで教えられる。

世之介たちは車を降りると、その露店に向かった。いつもおばあちゃんが着ているのはユニクロのダウンなのだが、イメージというのは不思議なもので、どう見ても分厚い綿入れに見える。

「いらっしゃい。あら、お客さんのこと覚えてるわ」

おばあちゃんにそう迎えられ、なんとなく嬉しい世之介である。

「本当ですか？」

「ごめん、そう言うと売れるからつい言っちゃうのよ」

幸い、あけみが欲しがっていた伊勢のしめ飾りはあった。スーパーで買うよりもかなり割高なのだが、縁起物だし、何よりこの正直なおばあちゃんから買うといいことがありそうなのである。

しめ飾りを買って車に戻ると、さすがに世之介も疲れ果てた。

まだ正月の準備なのだが、すでに三が日を過ごして仕事に復帰しなければならないような疲れである。

「さて、コーヒーでも飲んで帰ろう」

世之介は露店のおばあちゃんに手を振りながら駐車場から車を出した。

「そういえば、大福さんと谷尻くん、いつ帰省するんだっけ？」

世之介が尋ねると、

「僕は明日です。新幹線で」

「私は大晦日《みそか》まで仕事なんで、その日の深夜バスで」と二人が教えてくれる。

年末というのはスーパーだけでなく道も混んでいる。帰りにコーヒー飲んで一休みのつもりがそこへ着くまでにまた大渋滞である。

「横道さんって長崎ですよね？　あけみさん連れて帰省したりしないんですか？」

渋滞に飽きたらしい大福さんが珍しくプライベートなことを聞いてくる。

「ドーミー空けてくわけにもいかないでしょ。礼二さんとか、今年は一歩もいるし」

「前は帰ってたんですか、お正月」

よほど退屈らしく、大福さんの口数がいつもより多い。

「いやー、どうだったかなー。正月……」

世之介が首を捻っていると、

「じゃあ、僕と同じ上京して一年目は？」と、やはり谷尻くんも退屈らしい。

「一年目は帰ったような気がするなー。でも、正月ってさ、どこにいたってさほど代わり映えしないから記憶にないね」

「じゃあ、私と同じ二十四歳の正月は？」と大福さん。

「二十四かー。もうその辺になると、どれがいつの正月だったか分かんないよ。大学留年した上に就職もできずにいたから、まー、帰ってないだろうね」

大福さんに訊かれて、世之介も退屈しのぎに当時のことを思い出そうとしてみるのだが、大学一年生のころはまだ朧《おぼろ》げな記憶があるものの、二十代の正月など見事に記憶から消えている。

「あ、でも、ちょっと思い出してきた。大学一年の時の正月は、帰省から戻ってきたら当時付き合ってた彼女がスキーで骨折して入院してたんだ」

聞いたくせに谷尻くんはすでに興味を失っている。

「……あ、二十四の時って言ったら、亮太たちと初詣行ってたころかなー。亮太って、ほら、俺がたまに陸上の応援に行く知り合いの子がいるでしょ？　あの子がまだ肩車できるくらい小さいころ」

大福さんもまた、自分から聞いたくせにすでに興味を失っているようで、マフラーについた毛玉を取っている。

「どうする？　絶対カフェも混んでるよね？」と世之介は話を変えた。

その言葉を待っていたように、「帰りましょうか」と二人の声が揃う。

一月　謹賀新年

「おー、横道くん、着物似合ってるねー」

和服姿でドーミーの玄関先に立つ世之介を、手放しで褒めているのは礼二である。

いわゆる紋付袴《はかま》なのだが、世之介が両手でピンと伸ばした袖についているのは、お隣の野村のおばあちゃんの家の家紋である。

ちなみにこの着物、野村のおばあちゃんの息子のもので、本人は現在商社マンとしてイギリスにいる。

さて、二〇〇八年の元旦である。東京の空は見事な快晴である。

「でも、野村のおばあちゃんに貸してもらったのはいいんですけど、実は窒息しそうなくらい樟《しょう》脳《のう》臭いんですよねー」

せっかくの晴れ着に鼻をつけ、世之介が顔を歪めていると、こちらは今朝早くから晴れ着に身を包んでいるあけみが、普段よりもちょっとだけお淑やかな足取りで出てくる。

「ほら、あけみちゃん、横道くんの着物、似合ってるよ」

また礼二に褒められた世之介は、あけみの前でくるりと回転して見せたのだが、

「似合ってるかな？　なんか、落ち着きなくない？」と、元旦早々辛辣である。

「着物を着て、落ち着かなく見えるって、それもすごいね」

と、礼二さんも早速褒め方を変更する。

「もうちょっと味方でいて下さいよ」

さすがに世之介も非難するが、何はともあれ穏やかな元日の朝である。

毎年恒例で元日の朝にはドーミーに在宅している者たちで記念写真を撮る。あけみのおばあちゃんの時代からの習慣で、アルバムにはほぼ四十年にも及ぶ正月の風景が収められている。

「あれ、一歩は？」

世之介は三脚を立てながら尋ねた。

「今、声かけてみたけど……」

あけみが諦めたように二階を見上げる。

「昨日の晩、一歩にアルバム見せて、正月の恒例だからって言ったんだけどな」

レンズを覗き、画角を整えた世之介は、玄関から二階の一歩を呼んだ。

「一歩！　写真！　一瞬で終わるから！　出てこないと、こうやってずっと呼び続けるぞ！」

世之介の執着、というか、四十年に及ぶここドーミーの執念のようなものが伝わったのか、珍しく一歩が面倒臭そうながらも部屋を出てくる。

「一歩お前、そんな格好で撮るの？　正月気分出ないなー」

思わず世之介がそうこぼすのも当然で、一歩はグレーの上下スウェット姿である。それも店のマネキンが着ているような新品ならまだいいのだが、襟や袖は伸び放題、さらに膝なんか見事に抜けてしまって、ちょっとしたエイリアンが脚にしがみついているようである。

「……なあ、もうちょっとなんかないのかよ？　俺みたいに紋付袴にしろとは言わないけどさ」

下りてきた一歩のトレーナーを世之介が引っ張っていると、

「まあ、いいじゃん。それに礼二さんだってサンダルなんだし」

と、早く初詣に行きたいあけみが声をかけてくる。

「ま、いっか」

グズグズ言うわりには諦めも早く、世之介は早速みんなを玄関の前に並べた。

「じゃ、撮るよー」

声をかけると、

「ちょっと待って、あれ、エバくんたちじゃない？」

と、あけみが通りに目を向ける。

振り返れば、確かにエバと彼女の咲子ちゃんがお揃いの白いダウン姿でぶつかり合うように歩いてくる。

すぐに向こうも気づいたようで、

「あけましておめでとうございま〜す！」

との声に、世之介たちも、

「おめでとうー」と声を揃える。

「あれ、エバ、昼ごろ来るって言ってなかった?」

通りを渡ってきたエバに尋ねれば、

「昼に咲子のうちでごはん食べることになって、先に挨拶に来たんですよ。……本年もどうぞよろしくお願いします」

と、エバが改めて頭を下げる。

「そうなの? エバくんと咲子ちゃんもいると思って、料理を用意してたのに」

世之介の隣で同じように年始の挨拶をしたあけみも残念そうで、

「そうだよ、あけみちゃんの雑煮、絶品だよ」

と世之介も続けた。

「だから、夕方また咲子と来ますよ。そこから酒盛りしましょ」

とのエバに、

「私もお着物に着替えてこようかなー。あけみさんの着物、似合ってるー」

と、咲子の頭はすでに別の話題になっている。

「咲子ちゃん、着物ひとりで着られるの?」とあけみ。

「以前、着付け教室に通ったんです。この人が着物を脱がせてみたいって言うもんだから、となったら、自分で着ないといけないじゃないですか」と咲子がエバを見る。

「いやいやいや、今、なんでそんな話する?」

「だって、言ったじゃない」

「いや、言ったけどさ。まさか着付け教室に通い出すとは思わなかったし」

一人で顔を真っ赤にしているエバである。

「あのー、写真撮るなら先に撮りませんか？」

声をかけてきたのは一歩で、ごもっともな意見である。

「じゃ、せっかくだからエバと咲子ちゃんも入って入って」

世之介は改めてみんなを並べた。

エバと咲子が急遽参加となったので、なぜかクタクタのスウェット姿の一歩がド真ん中になる。

世之介はシャッターを押そうとして、ふとあることに気づいた。

「あ、咲子ちゃん、俺も着物なんだけど。感想ナシ？」

一歩から「もう、早く！」と言われそうだが、気になるものは仕方ない。

「もちろん気づいてましたけどー、なんて言うかー」

咲子がそこで珍しく言葉を濁し、

「……あのー、なんか落ち着きがない感じがします」

と、あけみとまさかのシンクロである。

「じゃ、みんな撮るよー」

聞かなきゃよかったと思う世之介である。

「雪駄《せった》って歩きにくいねー」

まるで水たまりでも飛び越えるように、がに股で袴をからげているのは世之介である。

そんな姿がクリーニング店のガラスに映り、確かに着物を着てても落ち着きなく見えることもあるんだと妙に納得である。

「その雪駄も、野村のおばあちゃんから借りたの？」

横を歩いているのは粋な紬《つむぎ》の着物姿のあけみである。

「いや、雪駄は買った。雪駄もピンキリでさ、高いの、何万もするんだよ。もちろん安いの買ったんだけど、だからこう足袋がツルツル滑るんだろうね。ビニールだから」

言いながら、わざと滑ってみせる世之介であるが、横を歩くあけみはさすがに祖母が元新橋の人気芸者だけあって、その着物姿が堂に入っている。

「あけみちゃんってさ、やっぱり芸者の血が入ってんだね。着物着ると、ちょっと近寄り難いところあるもん」

「そう？　着物好きなんだよねー」

「そういえば、なんで芸者になんなかったの？　見習いまでしたんでしょ？」

「三味線、長唄……、芸事に興味なかったし。何しろ、知らない金持ちのおじさんとお酒飲んで何が楽しいんだろうって思ってたし」

「もし芸者になってたら、とか考えることある？」

「ないよ」

「えー、そんなもん？」

「逆に世之介、高校生のころ、何になりたかった？」

「いろいろあったけど、現実路線で考えたのは公務員の消防士」

「だったらもし消防士になってたら……」

「考えないね」

「でしょ。そんなもんよ」

「そうかな、俺の消防士よりもうちょっと現実味あると思うけど」

「もしなってたら、今ごろ、羽振りのいいどこかの旦那さんに麻布の高級マンションとか買ってもらってたかもね」

「おー、いいねー」

「でもさー、考えてみたら、おばあちゃんにとっての麻布の高級マンションが、あのドーミーなんだもんね」

通りの向こうに神社が見える。今年も大勢の初詣客で賑わっている。

この辺りで一番大きな神社ということもあって、参道には露店も出ている。

参拝の行列は参道だけでは収まらず、すでにバス通りにも延びている。

世之介たちはこの最後尾に並んだ。前に並んでいるのは、ぬいぐるみのようなトイプードルを抱いた中年の男性カップルである。

「あけみちゃんってさ、その話あんまりしないよね」

「その話って？」

「だから、おばあちゃんが元芸者で、あのドーミーが麻布の高級マンションって話」

「おばあちゃんがあんまりしなかったから。なんか本人もいろいろと思うところもあったんだと思うよ」

「ふーん」

「でも今日みたいに着物着ると、なんか思い出しちゃうんだよね、おばあちゃんのこと」

トイプードルが世之介の着物から漂う樟脳の臭いに反応したのか、男の腕の中からその鼻をクンクンと伸ばしてくる。

「……ドーミーが建ってる土地って、うちのおばあちゃんがいわゆる旦那さんからもらったもんで、まー、当時は畑のど真ん中にある、どうにもならない土地だったらしいんだけど、それでも当時、その旦那さんの会社が傾き始めたころで、そんなときに付き合ってた芸者に土地をやろうなんて思ってくれたんだから、男気はあったんだろうね。まー、だからこそ、おばあちゃんも好きだったんだろうけど」

その後、芸者を辞めたあけみの祖母は、この土地に貯金のほとんどを叩《はた》いて下宿を建てたのである。

幸い、時代は高度成長期。駅からはかなり離れた土地ではあったが、最寄り駅が吉祥寺でバス通り沿いという幸運もあり、元芸者が営む下宿はそれなりに繁盛したのである。

この辺りでいよいよトイプードルの様子がおかしくなった。グルグルと威嚇しながら、今にも世之介に飛びかかってきそうである。

ただ、抱いている男性はパートナーらしき男性との食費に関する会話に夢中で、おざなりにトイプードルの頭を撫でるだけである。

「絶対、俺の樟脳だと思うんだけど」

と、世之介は小声であけみに伝えた。

ただ、おばあちゃんの思い出に浸っているあけみも上の空で、いよいよトイプードルと世之介の睨み合いとなる。

「うちのお父さんはさ、自分が芸者の子だってことが嫌で嫌でしょうがなかった人じゃない。おばあちゃんが芸者で稼いだ金で、大学まで行かせてもらったくせに、おばあちゃんが死ぬまで、なんていうか、ちょっと距離あったんだよねー。今だったらさ、芸者の子なんてカッコいいじゃんって思ってくれる人も多いだろうけど、まー、当時は学校でもいじめられたんだろうしね」

「わっ」

トイプードルがいよいよ世之介の着物に嚙みついてきたのは、その時である。

「痛ッ！」

と、逃れようとしたその足が、後ろに並んでいた女性の足を踏んでしまい、

「すいません！」

「ワンワンワン！」

と、ちょっとした爆竹が鳴ったほどの騒ぎとなる。

世之介は背後の女性に平謝りするが、その袖にはトイプードルが、「グルル、グルル」と嚙みついている。その犬を離そうと、飼い主の男性も、「すいません、すいません」と平謝りするものだから、もう誰が誰になんで謝っているのかよく分からない。

結局、飼い主の一人がその場を離れて、犬を落ち着かせることになった。

列に残ったもう一人の方に、

「すいません。たぶんこの樟脳に反応したんだと思うんですけど」

と世之介が袖を引っ張って、その臭いを嗅がそうとすると、

「いやいや、大丈夫です」

と、すぐに顔を引いた男性が、「……それより、破れたりしてませんか？」と、その袖を心配してくれる。

幸い、歯型は少し残っているが、破れてはいない。

少し離れたところに立っているもう一人の方にも、「大丈夫です」と世之介が伝えると、ホッとしたように改めて頭を下げる。

ひと騒動が終わり、ようやく初詣の雰囲気が参道に戻る。

「あれ？　で、なんの話だっけ？」と、世之介はあけみに訊いた。

「あれ？　なんだっけ？」

わりと大事な家族の話をしていたはずだが、すでに去年のことのようである。

「おはようございまーす！」

ドーミーの玄関で爽やかな声を響かせているのは、エバである。

まだ朝の七時前だが、成人の日である今日は、世之介たちカメラマンにとっては書き入れどきなのである。

幸い、天気は雲一つない快晴である。

「エバくん、おはよう。世之介、まだ顔洗ってるから、エバくん、先に朝ごはん食べて」

玄関に出てきたあけみに言われ、

「やったー。あけみさんの朝ごはん」

と、エバもすぐに靴を脱ぎ捨てる。

「今年、何件くらい仕事入ってるの？」

「今年は入れられるだけ入れてますからね。午前中だけでスタジオ撮影も入れて三件でしょ。で、午後に四件」

「すごいね。大丈夫？」

とかなんとか言っているうちに、食卓にはふっくらとした塩鮭と、熱々の蕪《かぶ》とワカメの味噌汁が出てくる。

「ごはん、勝手によそってね」

「はーい」

返事をしながらエバが台所を覗き込めば、このあとだし巻き玉子と焼き椎茸《しいたけ》まで出てくるらしい。

　そのだし巻きと焼き椎茸が出てきた辺りで、身支度を済ませた世之介も現れる。

「エバ、おはよ」

「おはようございます」

「今日は稼ぐよー」

　手早く朝食を済ませた二人は、あけみが淹れた煎茶をゆっくりと飲む間もなく、早速仕事へ向かった。

　まず向かったのは吉祥寺にあるスタジオで、早速撮影準備をしていると、晴れやかな振袖姿の女の子が、明らかに着慣れていないスーツ姿の若い父親とともに現れる。おそらくスーツなど、それこそ自分の成人式以来なのかもしれない。

「おめでとうございます」

　世之介は心からお祝いを述べた。

　毎年思うことだが、世之介は成人の日の仕事が大好きである。こういう誰かの晴れやかな日に、その側《そば》にいられるというのは、とても得な気がしてならないのである。

「じゃあ、最初からお嬢さん一人だと緊張されると思いますから、まずはお父さんとのツーショットからいきましょうね」

　世之介は誰よりも緊張している若い父親に声をかけた。

「お父さん、お若いですね」

世之介はエバが照明を調整する間、気軽に尋ねた。

「私、お父さんが十九歳の時の子なんで」

顔が埋まりそうな白いショールから首を伸ばしながら娘が教えてくれる。

「ってことはお父さんまだ三十九？　え？　ってことは、僕とタメですよ！」

驚く世之介に、

「え？　タメ？」

と、やっと父親の顔からも緊張がとける。

「うわー、同じ年でこんな立派な娘さんがいたんじゃ、なんか人生で大差つけられた気がするなー」

世之介は別に緊張をほぐそうとしているわけでもなく、ただ素直に話しているだけなのだが、つい一分前とは明らかに父親の表情が違ってくる。さっきまでがよそ行きの顔だとすれば、今は娘がよく知っている父親の顔であろう。

「カメラマンさん、お子さんは？」

「僕、いないですよ」

世之介が即答すると、横からエバが、

「子供どころか、結婚もしてないですよ」と口を挟んでくる。

「それ正解ですよ。俺なんか、こいつのために毎日道路掘ってるみたいなもんですからね。こいつの母親とは、まだこいつが幼稚園の時に離婚したんだけど、たまにこいつのことで電話したりすると、未だに過呼吸になるくらい喧嘩しますからね」

「でも、いいじゃないですか。その代わり、こんな可愛い娘さんがいて」

「可愛いのは今日だけですよ。いつもは一日中汚れたスウェット着て、家でゴロゴロしてんだから」

よそ行きだった父親がくつろぎを通り越して、鼻でもほじり出す前に、

「じゃ、ちょっと一枚撮りますよ。お父さん、顔、キリッとね」と世之介は声をかけた。

娘の方が場慣れしており、緊張した父親のネクタイを直してやる。

「撮りますよ」

世之介はレンズを覗いた。

不思議なものである。レンズの向こうにいるのは二十歳になった娘とその若い父親なのだが、まるで生まれたばかりの娘を抱いている若い父親がそこに立っているように見える。

この日、エバの様子がおかしくなってきたのは、順調にスタジオでの撮影を終わらせ、また別の客が待つ井の頭公園での撮影に向かおうとしたころである。

「あれ？」

スタジオを出ようとすると、とつぜんエバが横っ腹を押さえ、苦しそうな顔をする。

「どうした？」

急ぎながら世之介が問えば、

「また腹でも下したのかな。いや、でもちょっと違うな」

と、エバも首を傾げる。

「便所行くなら、先に行っとけよ。向こうでお客さん待たせられないからな」

「じゃ、ちょっと行っとこうかな」

と、スタジオのトイレに戻ろうとしたエバがまるで石にでも躓《つまず》いたように転がって、

「イタタ、イタタタ」と、顔色を変えて腹を押さえ始めたのである。

慌てた世之介もすぐに機材を放り出してエバを抱き上げたのだが、痛みは止まらぬようで脂汗までかいている。

「エバ？　おい、大丈夫か？」

「いや、なんか大丈夫じゃない感じで……」

「大丈夫じゃないって……。救急車、救急車呼ぶか？」

エバも救急車はちょっと大げさかと思ったようだが、かと言って腹の痛みも治まらない。

結局、近くにいたスタジオのスタッフが救急車を呼んでくれた。幸い十分と経たずにやってきた救急隊員の見立てによれば、どうやら盲腸らしいという。

「横道さん、すいません……、仕事」

「いいよいいよ。なんとかするから」

担架で運ばれるエバが頻《しき》りに謝る。世之介はとりあえず同乗するつもりだったのだが、

「俺にかまわず、横道さんは仕事に行って下さい」

と、時代劇のクライマックスのようなことを言う。

とりあえず世之介は救急隊員を窺った。

「断言はできませんけど、まー、お若いから大丈夫だとは思うんですが」

「じゃあ、あの、何かあったら携帯に連絡お願いします」

エバの顔色が戻っていたこともあり、世之介はとりあえず救急車を降りた。心配ではあるが、晴れ着姿の娘たちを井の頭公園で待たせるわけにもいかない。

救急車を見送ると、世之介はとりあえずあけみに連絡を入れた。

まず事の顛末を伝え、まだ仕事があるから、すぐに井の頭公園に来て、撮影の手伝いをしてほしいとの連絡である。

あけみも驚きはしていたが、驚いている暇などないこともすぐに理解したらしく、

「言われたことしかできないよ」

と断りながらも、すぐに向かうと約束してくれる。

もちろん世之介もあけみにエバの代わりが務まるとは思っていない。ただ、レフ板を持ってもらうだけでも助かるのである。

さて、その井の頭公園で世之介が待っていると、取るものも取りあえずといった様子のあけみが自転車を漕《こ》いでくる。

「ごめんね、急に」

と、世之介は両手を合わせた。

「エバくんは？」

よほど急いで来たらしく、自転車を降りようとしたあけみの足もふらついている。

「まだ連絡ない」

「やっぱり盲腸？」

「救急隊員の人はそうじゃないかって」

「で、エバくんは、大丈夫そうだったの？」

「救急車に乗ったら、わりと」

ここで心配していても仕方ないと気づいたのか、あけみが、「で？　次の撮影、何時から？」と話を進める。

「もうそろそろ。あっちの池のところで待ち合わせ」

言いながら世之介は機材を担いだ。急ぎ足の世之介のあとを、あけみも自転車を押してついてくる。

世之介は振り返った。

もちろん仕方ないことなのだが、急いで出てきたあけみの姿は、どこからどう見てもネギを買い忘れてスーパーに急いで戻る主婦にしか見えない。

「正直に言うしかないよなー」と世之介。

「何を？」

「さすがにカメラマンの助手には見えないだろ」

「ああ」

あけみも今さら気づいたらしく立ち止まるが、立ち止まったところで事態が好転するはずもない。

「まあ、いいや。とにかく急ごう」

世之介は客がクレーマー体質の人じゃありませんようにと祈りながら足を速めた。

しかし、アヒル型のボートが並んだ池の畔《ほとり》で待っていたのは、残念ながらクレーマー体質の客であった。

「すいません、お待たせしました」

約束した時間よりも十分も早かったのだが、とりあえず世之介は謝った。

晴れ着姿で丸顔のお嬢ちゃんは、マカロンみたいに可愛いのだが、その横に立つ両親の鋭い目が、すでにスーパー帰りのようなあけみを射抜いている。

人相というのは不思議なものである。何もこの両親の額に「意地悪」と書かれているわけはないのだが、その視線の動かし方、目元や口元のシワから、なんとなくその人が、きっと意地悪な人じゃなくはないんだろうなーというのは伝わってくるのである。

ここはもう逃げられないと察した世之介は、素直に謝ることにした。

実はここに来るはずだった助手が、おそらく盲腸で病院に運ばれてしまい、急遽素人の助っ人を呼んだのだが、撮影は滞りなく行えるのでどうぞご心配なくと。

「それで奥様を？」

平謝りする世之介の話を聞き終えた途端、母親がメガネをツンと指で上げる。

いかにも意地悪な奥さんがかけているような縁の尖ったメガネで、本当にこんな漫画みたいなメガネがあるんだと、世之介も思わず二度見する。

「いえ、籍は入れておりませんので……」

するとと、今度はあけみが、今そこどうでもよくない？　ってところに踏み込んでいく。

「籍を入れてようが入れてまいが、そこは私たちには関係ありませんけどね」

ごもっともである。

「……とにかく、こちらはカメラマンの方と助手の方との料金をお支払いしてるわけですから」

と、さらにごもっとも。

「あの、料金の件はもちろんご相談させていただきますので、とりあえず今、日差しも綺麗ですし、先に撮影の方を」

世之介はとりあえずその場を取り繕った。

渋々ながら両親も日差しを気にして、晴れ着姿の娘を差し出す。

世之介はとりあえず晴れ着姿の自分の姿にぽやんとしているお嬢ちゃんを、橋のたもとに立たせた。

そして同じようにぽやんとしてるあけみに、大きなレフ板を持たせる。

ただ、持たせたはいいが、エバのようにあけみがピタリと光をモデルの顔に当てられるわけもない。

「じゃ、試しに一枚撮りますね。えっと、一歩下がってもらって、顎引いて。そうそうそう。

……いや、レフ板は下がらなくていいから。逆に一歩前出て。そう。もうちょい左。そう。はい、行き過ぎ。ちょっと戻って。そうそうそう」

気がつけば、モデルへの指示よりも助手への指示の方が多くなっている。となれば、当然、両親の表情は険しくなる。

その時である。

黙って世之介の指示に従っていたあけみが、もう我慢できないとばかりに突然レフ板を置く。

「な、何？」

てっきり自分に向かってくるのだと思っていたが、あけみが近寄ったのは橋のたもとでぽやんとしているお嬢ちゃんのもとで、

「この襟ね、もうちょっとだけ抜いた方が綺麗に見えるのよ。本当に気持ちだけでいいから。ちょっと顎を前に出してみて」

と言いながら襟元を引く。

ほんのちょっとのことだが、確かにさっきよりもうなじのラインが色っぽい。

「あとね、せっかくの振袖なんだから、こういう感じで、指先でこの手すりに触れるようにしてみて。ほら、袖の柄がはっきり見えるでしょ」

確かに。

袖の図柄が青空に映え、早くも井の頭公園に桜が咲き始めたようである。

「えーと、ごめん。なんだっけ？　この板、どっちに向けるんだっけ？」

定位置に戻ったあけみが不慣れな様子でまたレフ板を持つ。

正直、あけみ直伝のポージングのおかげで、レフ板などなくても、お嬢ちゃんの顔や着物は晴れ晴れとしている。

世之介はちょっと両親の顔を窺った。明らかに険しさが和らいでいる。

「元芸者なんですよ」

と、世之介はつい嘘をついた。

あけみがすぐに訂正しようとするので、ここは頼む、と目で念じた。

「あら、どうりで。私もちょっと着付けの時から窮屈そうだなって思ってたんですよ」

幸い、母親の受けは良かったらしく、さらに元芸者と聞いて、別の意味で、父親の方の見る目も俄然違っている。

「じゃあ、撮りますね」

世之介はこのいい波に乗ってしまえとばかりにシャッターを切り始めた。

「もうちょっと顎あげてもらえますか。そうそうそう。お父さんたちの方見て、にっこり微笑んでみましょうか」

世之介が微笑んで欲しいのはモデルなのだが、なぜかレフ板を持ったあけみが満面の笑みを浮かべている。

「あけみちゃん、レフ板」

「あ、ごめん。……あんまりかわいくて、つい見惚《みと》れちゃって」

隅田川がゆったりと流れている。川面《かわも》に打たれた木杭《きぐい》の間を、手漕ぎの材木船が進んでいく。どこから流れついたのか、白いシミーズが木杭に絡まって川の流れに踊っている。

さて、唐突ではあるが、ここは一九七〇年の東京下町である。隅田川の風情は牧歌的だが、対岸の月島は大規模な護岸工事の真っ最中で、晴れ渡った下町の冬空に、その大きな音が響いてくる。

東京オリンピックが大成功のうちに幕を閉じたのが、もう六年も前である。月島の護岸工事はオリンピックのために突貫工事で行われたものをやり直しているといううわさである。

みんながとりあえずオリンピックに間に合わせようと、急げ急げで行った東京大改造のほころびが、そろそろあちこちに出始めたころでもある。

さて、そんな国家の事情など気にもしない様子で、プンと白粉《おしろい》の匂いを立てて置屋を出てきた芸者、名前を秀千代《ひでちよ》という。

下駄《げた》の鼻緒をキュッと挟むその足指にも若い色香が漂い、と言いたいところではあるが、どちらかといえば、逆に少しふくよかなうなじが男を安心させるような玄人芸者である。

「おや、秀千代さん、今日はお座敷早いね」

と声をかけたのは、置屋の前にある米屋の旦那で、

「今日は芥川賞の選考会なのよ」と秀千代。

「どうりで三味線なしだ」

「そ。今日は難しい文学の話をご相伴」

「そうかい、いってらっしゃい」

米屋の旦那に見送られ、築地の料亭に向かうこの秀千代こそ、ドーミー吉祥寺の南の初代オーナー、あけみの祖母である。

さて、この一九七〇年といえば、二年前には川端康成がノーベル文学賞を受賞し、そしてこの年の十一月には三島由紀夫が市ケ谷の自衛隊本部で割腹自殺をするという、文学が社会の中心にあったような年である。

とはいえ、そんな社会のことなど気にもせぬ様子で、ここ築地の料亭新喜楽《しんきらく》に到着した秀千代は、ともに座敷に出る小春《こはる》と一緒に料亭の女将に挨拶すると、あとは慣れた様子で酒や肴《さかな》の段取りをしながら、選考委員である作家先生たちの到着を待つ。

「そうだ、秀千代姉さん、おめでとうございます」

乾杯用の盃《さかずき》を重ねていた小春が、ふと思い出したようにお祝いを言う。

「あら、やだ。もう小春ちゃんのとこにまで話いってんの？」

「いいじゃないの。おめでたい話なんだから」

「あなたね、芸者に孫が生まれたなんて、どこがめでたいのよ」

「またまた姉さん、嬉しいくせに」

「でも、まだ会ってもないのよ」

「なんで？」

「なんでってあんた、息子の勉《つとむ》が大学入ってうち出て行ったっきり、私には寄りつかないもの」

「とはいえよ。堅気の娘さんと結婚して、子供が生まれたんですもん。親の気持ちもちょっとは分かるようになるんじゃないの？」

「そうなのかしらね。いや、実はね、今度連れてくるとは言ってんのよ」

「ほら」

「まあ、最初は結婚式にも出てくれるなって言われたのよ。ああ、もう思い出しただけで腹が立つ」

「まあ、しょうがないわよ。男の子だもん。母親が芸者やってて喜んでくれる息子なんていやしないって」

「孫、女の子らしいのよ」

「あら、じゃあ可愛いわよ。勉ちゃんハンサムだもの」

その辺りで選考委員の先生方が到着し始めたとの知らせである。

「小春ちゃん、川端先生には言わないでよ。私に孫ができたなんて」

慌てて小春の袖を摑む秀千代に、

「そんなの、言うわけないじゃないの」

との小春だが、その顔はもう言いたくて仕方なさそうである。

料亭新喜楽の大広間にずらりと居並ぶのは選考委員の作家たちである。

一月に行われる選考会では新年を祝い、盃での乾杯が恒例となっている。

秀千代と小春が漆の屠蘇《とそ》器で酒を注いで回るのだが、川端康成を筆頭に、大岡昇平、井上靖、丹羽文雄という錚々《そうそう》たる顔ぶれに、最若手として三島由紀夫の姿もある。

乾杯が終わると、選考となる。

同時に料理も運ばれてきて、選考中の作家たちに酒を振る舞うのが秀千代たちの今夜の仕事である。

機嫌よく酒を飲もうが、旨い肴をつまもうが、作家たちの選考は真剣そのもので、たまに意見が対立して口論となったときなど、このまま刃傷《にんじょう》沙汰でも起こるのではないかというほどの殺伐とした雰囲気にもなる。

とはいえ、ほとんどの場合は、自分が好きでたまらない小説のことを、やはり小説が好きでたまらない人たちを相手に、ここが良い、ここが悪いと言い合う会なので、ある意味、とてもいいお座敷なのである。

ただ、文学となると、とんと門外漢の秀千代にとっては、このいいお座敷が退屈で仕方ない。

半年に一度、この会に参加するたびに、もう少し本を読んでおけばよかったと秀千代は思う。

この文体には艶があるだの、このテーマは肉体的だなどと言われたところで、これが色っぽい話ならば興味も出てくるのだが、いかんせん文学のことなので手も足も出ない。

そこで、最近では秀千代も要領を摑んでおり、選考会のあとの酒盛りが始まるまで、居眠りをしない程度でやり過ごしている。

これもまた古参芸者の腕の見せ所である。

そして今日もまた、船を漕ぎだす一歩手前の秀千代が、ぼんやりと思い出しているのは一人息子の勉のことである。

小春の言葉ではないが、母親が芸者やってて、喜んでくれる息子なんていやしない、というのは分かっていても、苦労して育てた一人息子である、もう少し心を開いてくれてもよさそうなものである。

勉の父親というのは、大きな材木問屋の跡取り息子で、名前を勝男《かつお》と言った。

もちろん芸者と客という関係ではあったが、秀千代が初めて惚れた男でもあったのである。

まだ戦況がそこまで深刻ではなく、新橋の花柳界も軍人たちで賑わっていたころ、この材木問屋の跡取り息子である勝男と秀千代は出会った。

きれいな金の使い方をする男で、芸者との付き合い方もよく知っていた。

そのうち、いよいよ戦況も悪化して、花柳界は事実上の閉鎖、芸者たちの中にも親族がいる者は疎開するような時代となる。

そんなある夜、勝男から召集令状が来たという話と、そのために親が決めていた相手と近いうちに祝言を挙げるという話を、秀千代は同時に聞かされた。

実はこの日、秀千代からも話があり、それがまさに勉を身ごもったという報告だったのである。

相応のことはする。

これが勝男の言葉であった。

秀千代としても、もちろんそれ以上を望んでいたわけではない。たとえば、私と結婚してほしいとか、もっといえば、戦争に行かないでほしいとか、そんなことなど言える時代ではなかった。

幸い、終戦を迎えると、勝男は怪我もなく南方戦線から帰国した。

一方、秀千代は疎開していた東京の青梅《おうめ》町で終戦を迎えた。

当時、秀千代は藤乃屋《ふじのや》という置屋で暮らしていたのだが、ここの女将がとある人気時代小説作家と懇意で、彼が疎開していた青梅の大屋敷に秀千代たち身寄りのない芸者たちを呼んでくれたのである。

この青梅町で秀千代は勉を産んだ。母子ともに健康で、疎開先でも親切にしてもらえ、終戦間際の混乱期としては上出来な出産だった。

復員後、やっと生活が落ち着いた勝男と秀千代が再会できたとき、勉はすでに生意気な口をきく洟《はな》たれ小僧になっていた。

あんたのおとっつぁんなんだから挨拶しなさい、と秀千代が頭を押さえつけても、猫のように逃れて、手作りの手裏剣を勝男に投げつけるような男の子になっていた。

勝男の方も本妻には長男が産まれ、父親から引き継いだ家業も順調らしかった。

そのおかげで秀千代も西新橋にちょっとした借家を持たせてもらい、勉はもちろん、この家に若い芸者を何人か住まわせて、置屋を始めたのである。

女たちに囲まれて育つ勉は腕白《わんぱく》そのもので、外ではガキ大将然として元気に駆け回っているくせに、女ばかりの家に帰ってくると妙に甘ったれで、いつまでも秀千代と同じ布団で寝るような子供だった。

そんな勉が中学に上がると、途端に無口になった。幸い友人は多いようで、学校には元気に通っていたのだが、家にいると仏頂面で白粉の臭いが気持ち悪いなどと言い出した。

今、思えば思春期だったのだろうが、家にいるのは女ばかり、不機嫌な勉がこれ以上不機嫌にならないように大事に扱うものだから、さらに勉の態度は増長する。

ある時、そんな勉がちょっとした口論から、当時新潟から出てきたばかりだった芸者見習いの子の顔を叩いた。

秀千代はすぐに勉を家から追い出した。

お前なんか、その辺の河原で野垂れ死ね、と。

二週間ほどの家出の後、勉は無事に戻ったのだが、母子の距離はこの時にすっかり離れたまま、未だ埋まらずにいる。

芸者の子だと、誰かにバカにされたのであれば、そう言ってくれと、秀千代は頼んだ。

しかし勉は何も言わない。

芸者の子なのが嫌なのかと問うたところで、

「そんなもん、自分で選べるもんか」と逆に腹を立てる。

これも今思えばだが、当時、勉も勉で自分の苛立ちに説明がつかなかったのではないかと秀千代は思う。

だからこそ、秀千代がいくら聞いても、自分が何に腹を立てているのか、ちゃんと答えられなかったのだと。

そんな勉が、たったの一度だけ、秀千代に弱音を吐いたことがある。

苦労して入った早稲田大学の卒業間近、就職の面接を受けた一流企業の面接官に、秀千代の客がいたらしいのだ。

「ほう、秀千代の息子がうちの会社に入りたいか」と彼は喜んだという。

「……そうかそうか。そんなら、この俺が面倒みなきゃならんな」と。

もちろん彼に悪気はない。実際、この面接に勉は受かった。だが、勉は内定を辞退したのだ。

「俺は母さんのことが好きになれない自分のことが嫌で仕方ないよ」

勉はそう言って、目に涙をためたのである。


掃き掃除を終えたあと、家中のガラス戸を閉めて回った秀千代は、煎茶でも飲んで一息入れようと火鉢の前に腰を下ろしたのだが、細くなった炭を見て、これでは幼子が寒がるかもしれないと、火鉢の炭を入れ替えにまた立ち上がった。

横でタバコを燻《くゆ》らせていた古参芸者の富士若《ふじわか》が、

「ねえさん、自分の息子が来るのに、何もそんなそわそわしなくても」

と呆れたように声をかける。

「そわそわなんかしてませんよ。あたしゃ、連れてくる赤ん坊に風邪でも引かれたら大変だと思ってるだけじゃないの」

「何時ごろ来んの？　勉くんたち」

「二時って言ってたから、もうそろそろじゃないかしらね」

「あら、じゃあ、あたしもそろそろ退散しなきゃ」

「いていいわよ。何をわざわざ退散することがあんのよ」

「何言ってんの。久しぶりの母子の対面じゃないの」

言いながらタバコを揉み消した富士若が、最近買ったらしい革のロングコートを手に玄関に向かう。

その玄関を勉が開けたのがその時で、

「あら、勉ちゃん、久しぶり。あんた、また男っぷり上がったわねえ」

「ああ、富士若のねえさん、ご無沙汰です」

「あらら、その綺麗な奥さんが抱いてんのが勉ちゃんの娘」

「ええ、あけみって言います」

「あらー、可愛らしい。黒目がクリッとしてるとこなんか、勉ちゃんそっくりじゃない」

玄関先から聴こえてくる賑やかな声に、秀千代は自分も玄関へ向かおうか、いや、落ち着いてこっちで待っていようかと、重い火鉢を抱えてあたふたしている。

「秀千代ねえさん！　勉ちゃんたち来たわよー。可愛い女の子が、ほら！」

そんな富士若の声に、秀千代はたまらず玄関へ急いだ。火鉢の火が爆《は》ぜ、「アチッ」と声を漏らしながらも、それでも孫娘に早く会いたかった。

「火鉢くらい置いてきなさいな。今日はもう、勉ちゃんたちが来るんで、ねえさん朝から気が気じゃないのよ」

富士若にすっぱ抜かれ、言葉もない秀千代である。

そんな富士若を送り出すと、秀千代はやっと火鉢を置いて、

「いらっしゃい。久子《ひさこ》さんも、よくいらしたわね」と息子夫婦を迎え入れた。

「ご無沙汰して申し訳ありません」

深々と頭を下げる久子の腕の中から、大きな黒目をクリクリとさせた女の子が、じっと秀千代を見つめている。

「この子がそう？　この子があけみちゃんなのね？」

込み上げるものがあり、秀千代は声を上ずらせた。

「お義母《かあ》さん、抱いてやって下さい」

久子の言葉に、秀千代はお包《くる》みごとあけみを受け取る。

今にも涙がこぼれそうな秀千代の顔を触ろうと、その小さな手が伸びてくる。

秀千代は思わずその指を口に含んだ。そして含んだまま、

「あけみちゃん、いらっしゃい」と伝えた。

「まあ、とにかく中に入ろう。こんな寒いところに突っ立ってないで」

勉が乱暴に靴を脱ぎ、大股で廊下を歩いていく。

「そうだそうだ。こんな寒いところにいないで、ほら、久子さんも入って」

勉が脱ぎ捨てた靴を揃える久子の背中に秀千代は触れた。

「お義母さん、本当にご無沙汰してしまって申し訳ありません。この前もおしめと粉ミルク、ありがとうございました」

改めて久子が頭を下げる。

「いいわよいいわよ、そんなの。私もね、お乳が出なくて困ったのよ。でも、今はああいうちゃんとした粉ミルクもあるからね」

「あけみもおかげさまで元気に育ってます」

「ほんとに良かった」

「はい」

「まあ、とにかくお上がんなさいな。もう自分ちだと思って」

あけみがまた手を伸ばして秀千代の顔を触ろうとする。秀千代は自分から顔をその手に擦りつけた。くすぐったいのか、あけみが声を上げて笑い出す。

「あけみちゃん、いらっしゃい。おばあちゃん、ずっと待ってたのよ。あけみちゃんに会えるのを。ずっとずっと待ってたのよ」

そんな秀千代の言葉が分かったように、あけみが腕の中で嬉しそうに小さく暴れる。

あけみをあやす久子に、秀千代は新しく茶を淹れた。

「久子さん、お汁粉あるのよ。あとで温めるから食べない？」

「いただきます」

そんな会話をしていると、家全体を揺らすような足音を立て、二階の自室にいた勉が階段を下りてくる。

「ゴジラかなんかが来たみたいよね」と秀千代は笑った。

座敷に戻った勉が欄間に手をかけたまま、座るでもどこかへ行くでもなく、突っ立っている。普段は女所帯なので、勉のような大きな男が家の中にいると、途端に部屋が狭く感じられる。

「母さん、やっぱり晩めし食って行こうかな」と、勉がぼそりと言う。

秀千代はちらっと久子を見遣《や》った。久子がすぐに、「すいません、お言葉に甘えて」と謝る。

その顔を見て、なるほど久子さんが勉を説得してくれたのだろうと秀千代も気づく。

「何にもなくて、いつものごはんなんだけどね。そうそう、でも、立派な金目鯛《きんめだい》いただいたのよ」

ふと見れば、さっきまでむずかっていたあけみが久子の腕の中で寝息を立てている。

秀千代は押し入れから綿を打ち直したばかりの座布団を持ってくると、「久子さん、ここに」と、あけみを寝かせるように言った。

「母さん、そういえば、何か話があるって言ってなかった？」

勉が相変わらず突っ立ったままで言う。

「ああ、そうなのよ」

秀千代はそんな勉を見上げ、

「……ちょっと、座んなさいよ。落ち着かない」と笑った。

勉が火鉢を抱くようにしゃがみ込む。

「御徒町《おかちまち》のお父さんから、前に土地をもらったって話したの覚えてる？　ほら吉祥寺の方に」

御徒町のお父さんというのは、勉の実父であり、材木問屋を営んでいた勝男のことである。ちなみに勝男はすでに隠居の身で、数年前に肺を患ってからは、ほとんど秀千代に会いにくることもなく、勉と顔を合わせたのなどもう十年以上前、勉がまだ中学生のころになる。

「材木置き場にする予定だった荒地だろ？」

一応、勉も覚えてはいたらしい。

実は、肺を患った勝男が長期の入院をした際、彼の本妻がわざわざ秀千代に会いに来た。地味な着物を着た物静かな人で、本妻としても思うところはあったのだろうが、夫の妾《めかけ》相手に取り乱すこともなかった。

「うちのも若いころから散々遊んで参りました。秀千代さんにも大変なご迷惑をおかけしたんでしょう。それが今回、こんな大病をしまして、少し気も弱くなったんでございましょうか。いろんなことにちゃんとケリをつけたいと、本人が申しまして」

その後、本妻の口から淡々と語られた勝男の気持ちを簡単にまとめれば、次のようなことになる。

手切れ金と言ってしまえば情もないが、吉祥寺にちょっとした土地があるので、そこを秀千代に譲りたい。本来は奥多摩からの材木を一時保管しておくために買っておいた土地だったが、芝浦に広い倉庫が手に入ったので不要になった。

今はまだ周囲も畑ばかりで、新橋暮らしのお前が住めるような場所ではないが、最近では吉祥寺の駅前も開発されているから、持っていて損という土地でもないので、どうか俺の気持ちだと思って受け取ってほしい、と。

本妻の話を黙って最後まで聞いた秀千代は、

「奥様。ありがたく頂戴いたします」と頭を下げたのである。

そして今、秀千代が勉に話している吉祥寺の土地というのが、その土地のことである。

「で？　その土地がどうしたんだい？」

勉に問われ、秀千代はぼんやりと思い出していた勝男の記憶から我に戻った。

「そうそう。その土地でね、お母さん、下宿屋でも始めようかと思ってんのよ」

「下宿屋って、学生相手の？」

勉はさほど驚きもせず、寝ているあけみを覗き込んでいる。

「そう、学生さん相手の」

「こっちはどうすんの？　こっちのねえさんたちは？」

「まあ、こっちはこっちでやってくわよ。いやね、ちょっとしたお金も貯まったし、向こうの下宿には賄いさんか何か頼んで。だからまあ、商売にはならないんだろうけどね」

秀千代もつられて、あけみの寝顔を覗き込めば、その小さな手が勉の指をしっかりと摑んでいた。

さて、築地の料亭に端唄《はうた》「木遣りくずし」の粋な歌声を響かせているのは、機嫌の良さそうな秀千代である。

〽さあ　格子づくりに御神燈下げて
兄貴や　うちかと姐御《あねご》に問えば
兄貴や　二階で木遣《きや》りの稽古《けいこ》
音頭とるのは　ありゃ　うちの人
えんやらや　さのよいさ　えんやらや

舞っている若い芸者たちを、軽快な手拍子で乗せている今夜の客は、秀千代を贔屓にしてくれている建設会社の社長たちで、なんでも最近、千葉の浦安辺りの埋め立て工事を入札で落とせたらしく羽振りも良い。

やんややんやの喝采の中、若い芸者たちが客たちの元に戻ると、秀千代は弾き終えた三味線を畳に置いた。

秀千代も客の元へ戻ろうとしたのだが、ちょうど社長が雪隠《せっちん》に立つ。

秀千代はすぐにその背中を追って廊下へ出た。

「廊下は冷えますね」

秀千代の声に振り返った社長が、

「酔ってるから、頭が冷えてちょうどいいよ」と笑いながらトイレに入る。

秀千代は外の洗面所の鏡で髪を整えながら社長を待ち、出てきたところで用意しておいたお手拭きを出す。

「今日は社長も皆さんも嬉しそうで、こんな日のお座敷は私たちも張り切っちゃいますね」

「お前だって、なんだか今日は嬉しそうな顔してるじゃないか」

「あら、そうですか？」

「見りゃ分かるよ。いかにも良いことありましたって顔してるもの。なんだ、若い男でもできたか？」

豪快な社長の笑い声が廊下に響く。

「そんなもん、できるもんですか。若いは若いでも、息子ですよ」

「おう、勉くん、元気にやってんのか。確か大きな石油会社に入ったんだろ」

「ええ、おかげさまで。今じゃ所帯も持って、昨日なんか生まれたばっかりの娘まで連れてきましたよ」

「ほう、秀千代もばあさんか？」

「可愛いおばあちゃんでしょ？」

秀千代は社長と腕を組み、スキップするように座敷に戻る。

社長に見破られた通り、今夜の秀千代はいつになく機嫌が良い。

というのも、初孫のあけみに初めて会えたのはもちろんのこと、家族水入らずの夕食のあとで、勉からとても嬉しいことを言われたのである。

食事を終えた勉が、一人でウィスキーを飲んでいるときである。

あけみは隣の部屋ですやすやと寝ており、

「お義母さんものんびりしてて下さい」

と、台所では久子が後片付けをしてくれていた。

「母さんもちょっと飲んじゃおうかしら」

秀千代がそう声をかけると、勉が無言で台所にグラスを取りに行き、乱暴に水割りを作ってくれる。

「これ、美味いな」

勉が改めてボトルを掲げる。

「あんたたちが来るから、ちょっといいのを買っといたのよ」

「母さん、相変わらず毎晩飲んでんの？」

「なんで？」

「いや、昔みたいに酔いつぶれて帰って来ることもまだあるのかと思ってさ」

「もうそんな飲み方しやしないわよ」

「だったらいいけどさ。母さんも年だからな」

「あら、心配してくれんの？」

甘えるような秀千代を、当たり前だろとでも言いたげな勉が睨む。

「俺も来年辺り外国に転勤かもしれないよ」

「外国って？」

「アメリカか。中東か。東南アジアか」

「長くなるの？」

「さあ、どうだろうな」

「まあ、外国に出た方が出世するんでしょうけど、会えなくても日本にいるのとは大違いだわね。あけみちゃんとも会えなくなるのかあ」

「転勤が決まるまでは、ちょくちょく連れてくるよ」

「あら、嬉しい」

秀千代は畳を這《は》って、隣の部屋で寝ているあけみの寝顔を見に行った。小さな口を少しだけ開けて、なぜか両手をぎゅっと結んで眠っている。

「あけみちゃん、どんな女の子になるんだろうね。それこそ外国で育ったりしたら、世界で活躍するような人になるかもよ」

「元気に育ってくれりゃ、それでいいよ」

勉がそう言ってグラスの酒を一口舐《な》める。

「そうね、ほんとに健康で育ってくれりゃ、それが一番だわ」

「そうだよ。それが一番。あとはこの子がやりたいようにやらせるよ。それこそ世界で活躍したいって言うなら全力で応援するし、好きな人の奥さんになりたいって言うなら、それもそれで応援するし」

勉が珍しく饒舌《じょうぜつ》だったせいもある。秀千代は次の瞬間、ついこんなことを口にしてしまった。

「だったら、あけみちゃんがもし芸者になりたいって言ったらどうすんのよ？」と。

言ってすぐに後悔した。せっかくのいい夜をこの一言が台無しにしてしまうと思った。

しかし、勉から返ってきたのはこんな言葉だった。

「もし、この子が芸者になりたいって言ったら……、反対はするよ。……でも、こうも言うよ。芸者は立派な仕事だって。俺は誇りに思ってるって」

勉はそう言うと、ふと照れ臭くなったようで、そのままトイレに立った。

秀千代は言葉もなく、ただ呆然としていた。自分が今、息子に何を言われたのか。自分が今、何を耳にしたのか。分かっているのに信じ切れずにいた。

「誇りにって……」

気がつけば、秀千代はそう呟いていた。呟きながら胸にこみ上げて来るものがあった。

ぐっすりと眠っているあけみに顔を寄せ、

「あけみちゃん、聞いた？」と囁《ささや》く。

「……あんたのお父ちゃんがね、おばあちゃんの仕事、誇りに思うって。今ね、そう言ってくれたのよ」

ふと視線を感じて振り返ると、台所から久子がこちらを見ていた。

話もずっと聞こえていたようで、ただ何も言わずに頷いてみせる。

ずっと憎まれていると思っていた。きっと芸者の母親が憎くて仕方がないのだろうと思っていた。

でも、もしかするとそうではなかったのかもしれないと秀千代は気づく。

芸者の母親が憎かったわけではない。芸者たちに囲まれた生活が憎かったわけでもない。

ただ、大好きな母親や大好きな家の女たちが世間から下に見られるのが癪《しゃく》に障り、それをどうにもできない自分が憎くて堪らなかったのではないだろうかと。


バスから車掌が降りてきて、「先にお通りください」と声を上げる。

吉祥寺駅前の再開発地域で、昨夜降った雨が泥濘《ぬかるみ》となり、駅から出てきた人たちが車掌の指示に従って、泥濘に渡された戸板を渡っていく。

秀千代も冬晴れの空を見上げると、着物の裾が汚れないように用心して戸板を渡った。

車掌が戻ったバスが、泥水を撥《は》ねないようにゆっくりと走っていく。

噂通り、吉祥寺駅前にはロンロンという立派な商業ビルがすでに完成していた。

駅周辺には他にも映画館などが入ったビルが建ち並び、新宿以西で最大の商業地となったという話も頷ける。

ロータリーでしばらく待っていると、調布行きのバスが来る。秀千代は乗る前に車掌に行き先を告げ、間違いがないことを確かめた。

駅前を離れると、すぐに風景が変わった。賑やかだった景色は背後に去り、車窓はどこまでも広がる畑と青空だけになる。

武蔵野と言ったら、有名なのは蟻《あり》とカナブンらしいわよ。

と言ったのは、世話になっている料亭の女将だが、まだ真冬だと言うのに、なんだかそれを思い出しただけで急に足元がモゾモゾしてくる。

未舗装のバス通りをガタゴトとかなり進んだあと、バスはいわゆる畦道に入っていく。バスを通すために急遽作られたらしい道では、休憩中の牛がのんびりと尻尾を振っている。

目指すバス停を車掌が告げ、秀千代は、「降ります」と声を上げると、バッグから地形図の載った地図を取り出した。

降りたバス停の目の前が、材木商を営む勝男から秀千代がもらった土地になる。

停車したバスから降りると、秀千代はまた地図を見た。バスが泥を撥ねながら走っていく。

「ここがバス停で、道路の向きがこうだから」

地図を広げたまま顔を上げると、地図に記された形そのままに、造成された土地が広がっている。ただ、周囲はカカシの立った畑ばかりで、ぽつんぽつんと大きな農家がある。

秀千代は通りを渡ると、自分の土地に立ってみた。見晴らしの良い武蔵野の台地である。

「不思議ねえ。ずっとここにいたような気がするわ」

秀千代は独りごちた。

秀千代が飽きもせずに田園風景を眺めていると、畦道を歩いてくる農婦がいる。

見るともなく見ていると、農婦は隣の畑までやってきて、ちょっとした空き地にビニールシートを広げる。

家から昼食を運んできたらしく、風呂敷から重箱を出し、肩に斜めかけしていた大きな水筒から茶を注いでいる。

この辺りでやっと農婦が秀千代に気づく。

秀千代が会釈をすると、水筒を持ったまま農婦も頭を下げ、慌てたようにほっかむりを取る。日には灼《や》けているが、まだ秀千代よりも一回り以上も若そうである。

秀千代が近づくと、若い農婦も中腰になる。

「私、こちらの土地を譲り受けた者でして」

秀千代が挨拶しながら覗き込めば、重箱の中身はつやつやした筑前煮で、別に大きな塩むすびもある。

「ああ、そうですか。私、ここの野村の家内でございます」

農婦がシートの上で正座する。

「……ここ、材木置き場になるって」

「ええ、その予定だったんですけども、私がそれを譲り受けましてね、下宿屋を建てようかと」

「下宿屋さん？　学生さん相手の？」

「ええ」

「あら、そうですか。でも、こんな所に？」

農婦が辺りを見渡しながら、

「……でも、このちょっと先の方にも大きなアパートが建つみたいですもんねえ」とのんびりと教えてくれる。

「すいません、しばらく騒々しくなるかもしれませんけど」

秀千代は建築工事のことを言ったつもりだったのだが、野村というらしいその農婦は勘違いしたらしく、

「いえー、カラスの鳴き声くらいしか聞こえない所ですもん、若い人たちが賑やかにやってくれた方が、こっちも嬉しいですよ」と笑ってくれる。

その笑顔が可愛らしく、秀千代はますますこの土地が好きになる。

「水筒のコップですけど、もしよかったら。まだ熱いから」

農婦が茶を勧めてくれる。秀千代は言葉に甘えて、ビニールシートに腰を下ろした。

「いい凪ねぇ」

秀千代は空を見上げた。

「いいお着物……どこか立派なおうちの奥様なんでしょうねえ」

茶を渡してくれた農婦が、秀千代の久留米絣《くるめがすり》の着物を褒めながら、恥ずかしそうに日に灼けた自分の指を隠そうとする。

初対面ではあったが、秀千代はなぜかこの農婦の心根がとても澄んでいるように思え、

「奥様なんて立派なもんじゃありゃしませんよ。芸者。新橋の芸者」

と、気がつけば、普段はよほどでないと口にしない素性をバラしていた。

農婦の驚きようは大変なもので、「はあ、芸者さん、どうりで」と、まるで有名な絵でも見るように前から横から秀千代を見つめる。

「恥ずかしい。やめてちょうだいよ。こんなおばあちゃん芸者」

「私ね、嫁に来る前にちょっとだけお三味線習ってたことがあるんですよ。私、向島から嫁いできたんですけど、お隣にね、昔、女義太夫やってらした方がいて」

「あら、だったら、またおやりなさいな」

「いやいや、もう無理よー。でも私ね、三味線の音色がほんとに好きで。こっちに嫁いできて、畑も好きだし不満ていう不満もないんですけど、向島で育ったもんだから、お祭りだとか、そういうちょっとした賑やかなものがなくて、ただ、それだけが物足りないっちゃ物足りなくて」

農婦の話を聞きながら、秀千代は自分の土地を見つめていた。そこに建つ下宿屋を思い浮かべる。ずらりと並んだ二階の窓には学生たちの洗濯物が揺れている。そしてのどかな田園風景の中に響いているのは、秀千代が弾く三味線の音である。

●

〽さあ　格子づくりに御神燈下げて
兄貴ゃ　うちかと姐御に問えば

さて、舞台はまた二〇〇八年の「ドーミー吉祥寺の南」に戻り、成人の日の忙しい撮影を無事に終えた世之介たちの賑やかな宴会の最中である。その中心で三味線を抱え「木遣りくずし」の粋な歌声を響かせているのは、お隣の野村のおばあちゃんである。

やはり盲腸だったらしいエバからも、もう大丈夫との知らせを受けており、仕事でもホッ、エバのことでもホッ、ということで、世之介も大好きな焼酎ですっかり赤ら顔である。

「いやー、やっぱり野村のおばあちゃんの三味線はいいねえ」

一曲唄《うた》い上げたおばあちゃんに、みんなからの拍手が起こる中、誰よりも感動しているのは世之介である。

「……俺なんか、料亭で芸者遊びなんてしたこともないけどさ。野村のおばあちゃんの三味線と唄を聴いてると、それこそ新橋辺りの料亭で、なんか悪巧みしてる政治家みたいな気分になるもんね」

「そりゃ、そうよ。私の三味線は、あけみちゃんのおばあちゃんからの直伝だもの」

世之介の妙な褒め方は気にならないらしく、野村のおばあちゃんも満悦である。

食堂には礼二さんや大福さんもおり、礼二さんは焼酎からシングルモルトに、大福さんはデザートの桃のコンポートをスズメの一口サイズでチビチビと食べている。

「あー、今夜はご馳走になった。あけみちゃん、ありがとね、そろそろ帰るわ」

三味線を片付けた野村のおばあちゃんが台所のあけみに声をかける。

「おそまつさま。それより、おばあちゃん、蓮根、あんなにたくさんありがとね。きんぴらにしてまた持ってくから」

　言いながら台所から顔を出したあけみが、

「……世之介、おばあちゃん、家まで送ってあげなよ」とエプロンで手を拭く。

「えーー」

　気持ちよく酔っていることもあり、思わず本音をこぼす世之介に、

「いいよいいよ、すぐそこなんだから」

　と野村のおばあちゃんも笑うが、

「世之介さ、あんたのそういうとこ」と、あけみが睨みつけてくる。

「うそうそ。おばあちゃん、送る送る」

「飲んでていいって」

　とはいえ、ここで引き下がるわけにもいかず、世之介が立ち上がると、ちょうど風呂場から一歩が出てくる。

「……あら、ちょうどよかった。じゃ、この子に送ってもらうわ」

　とは野村のおばあちゃんで、以前、畑で倒れたおばあちゃんを一歩が助けたこともあり、知らぬ仲ではない。

　一歩自身は明らかに迷惑がっているが、

「じゃ、一歩頼むよ」

　と、世之介が早々におばあちゃんを任せれば、行く行かないで言い合うのも面倒なのか、一歩

も素直におばあちゃんの三味線を持つ。

一歩と野村のおばあちゃんを送り出すと、世之介はいそいそと酒宴に戻った。

空になっていたグラスに焼酎を注ぎ、レモンを搾る。

一口舐めて、改めて、

「はー、それにしても良かった。あけみちゃんの大活躍で、無事成人の日の仕事も終わりました！　乾杯」

と、一人掲げたグラスに、横から礼二さんが、「おつかれ」とまたグラスを合わせてくれる。

「いやもう、本当に最初はどうなるかと。銀色のレフ板持ったあけみちゃんは、UFOにさらわれてた主婦みたいだし、お客さんは見るからにクレーマーだし。さあ、万事休すってところで、出たね、あけみちゃんに流れる芸者の血が」

今夜、もう何度も繰り返してきた話なので、世之介の語り口も講談師のように流暢《りゅうちょう》である。

ただ、礼二やあけみはとっくの昔に飽きており、大福さんにいたっては桃のコンポートをやっと食べ終え、最近始めたというパッチワークの作業を始めている。

「……あけみちゃんが芸者だって言って、そのお嬢ちゃんの着物を直した瞬間、ガラッと変わったからね、雰囲気が。もし、あれがなかったら、あのお父ちゃん、間違いなくうちの事務所にクレームの電話かけてただろうし、俺はもう、来年からの成人の日の仕事なくなってたね」

これももう何度も繰り返した話なのだが、礼二さんだけは律儀に聞いてくれるので、世之介もとりあえず話を続けようとする。

ただ、よほどホッとしたのか、この辺りで体に回ったアルコールで、なんだかぽやんと気持ちよくなり、自分でも「ああ、寝ちゃう寝ちゃう」と思いながらも、そのままテーブルに突っ伏してしまった。

「ちょ、ちょっと！」

あけみが慌てて起こそうとするが、

「しばらくこのままにしといてあげなよ。無理に部屋に運んだらまた目覚まして、同じ話始めるよ」

との礼二の意見に、「それもそうね」と、世之介の肩に置かれていたあけみの手が離れる。

世之介もそうしてもらえるとありがたい。無様にもテーブルに突っ伏してはいるが、とても気持ち良いのである。

寝ているような寝ていないような世之介の耳に聞こえてくるのは、あけみと大福さんが熱心に話すパッチワークの会話である。

「大福さん、その生地、どうしたの？　地味だけど、しゃれてる」

「野村のおばあちゃんにもらったんです」

「へー。なんの生地だったんだろ？」

「浴衣にするつもりで買ったらしいんですけど」

「ああ、言われたらそうだ」

「ただ、ちょっと他のより生地が薄くて」

「今、何作ってんの？」

「ベッドカバー作ろうと思って」

「いいじゃん。和風で」

「でしょ？　色合いいいなって思って」

てな具合の、世之介にとってはどうでもよい会話の途中に、やはりパッチワークなど興味のないらしい礼二さんが嚙むミックスナッツの咀嚼《そしゃく》音が、まるで相槌のように入ってくる。

アーモンドはカリッと頷くように。カシューナッツはボリッと言い返すように。

そんな声や音を子守唄のように、結局、眠ってしまったらしい世之介が、自分の鼾に驚いて起きたのは、それからどれくらい時間が経ったころであろうか。

自分の鼾に目を覚ました世之介の様子に三人が笑い出す。

「起きるのかな？」

三人の視線が自分に集まっているのは世之介にも分かる。よだれが垂れているので、できれば今は顔を上げたくない。

しばらく寝たふりをしていると、

「あ、また寝ちゃった」

というあけみの笑い声とともに、またパッチワークの話が再開し、同じように礼二さんがミックスナッツを食べ始めたところを見ると、そう長く寝ていたわけでもないようである。

ならばと、また本格的に眠ろうとする世之介の耳に、

「あけみちゃんたちさ、結婚しないの？」

という礼二の声がする。

「あら、珍しいね。礼二さんがそんなこと聞くの」

あけみはさらっと流そうとしたのだが、横から大福さんが、

「もしかして、もうこっそり籍入れてたりします？」

と、こちらも珍しく興味を持つ。

「どうしたのよ、二人とも。珍しい」

礼二と大福さんがわりと真剣に世之介とあけみのことを聞いているらしいことが、どこか逃げ腰のあけみの声色で、寝ているフリをしている世之介にも伝わってくる。

「だってさ、どこからどう見たって夫婦じゃない。もうここで一緒に暮らし始めて二年でしょ？」

礼二はまたミックスナッツを食べ始めている。

「私も、横道さんがここに来たとき、てっきりそのまま結婚するだろうって思ってましたもん。でも、なかなかそんな話も聞かないし、話がこじれたのかなーとか、でも、こっちから聞くのも悪いのかなーって」

大福さんの言葉に、「いやいや、何もこじれてないし、別に聞いてくれてもいいんだけどね」

と、あけみも言葉を濁す。

普段なら、この辺りで大福さんが急に話に飽きて席を立ったりするのだが、今夜はここでパッチワークをやっているので、その気配もない。

「大福さんの言う通りだよ。俺だって、なんかあったのかなーって思って、それで聞けずにいたんだもん」と礼二さん。

「ないのよ、ないのよ、何にも」

慌てるあけみに、

「まあ、今どき結婚しなくてもいいと思いますけどね」

と、大福さんが助け舟を出したかと思いきや、

「……でも、去年バンコクからあけみさんのご両親が帰ってきたときあったじゃないですか。あのとき、『結婚する気ないの？』ってお母さんに聞かれてたあけみさんが、『したいんだけどね』って答えてたの、私、偶然聞いちゃったんですよね」

と、さらにあけみを追い込む。

礼二さんが嚙んでいるのがアーモンドとカシューナッツまで聞き分けているのだから、ここで世之介が顔を上げて事情を説明すればいいのだが、こういうところで情けないほど意気地がないので、逆に少し寝息を高くしてしまう。

肝心の世之介がこうなので、となれば、あけみが立ち向かうしかない。

「世之介にはさー、好きな人がいるのよ」

世之介にはもちろん、礼二や大福さんにもかなりの爆弾である。

実際、後に引けなくなったあけみが爆弾を投げ込んでから、かなり長いあいだ、食堂に沈黙が続いた。

さすがの礼二さんもミックスナッツを食べるのをやめたらしく、普段は聞こえない冷蔵庫のモーター音までする。

「え？」

かなり時間が経ったあと、礼二さんと大福さんの声が揃う。

「ど、どういうこと？」

と、さらに揃う。

「え？　ってことは、横道くん、まさかの二股？」

これは礼二さんである。

「違う違う。そうじゃないの。私の言い方が悪かった」

慌てるあけみより慌てているのは世之介で、すぐに訂正してくれたあけみに寝たふりのまま感謝である。

「……そうじゃないのよ。あのね、世之介には好きだった人がいるのよね。その人はもう亡くなってるんだけど」

「あ、ああ」

あけみの説明に、礼二と大福さんの声がまた揃う。

納得したような「あ、ああ」にも聞こえるが、どちらかといえば、「やばっ、なんかヘンなとこ足突っ込んじゃったなー」的な「あ、ああ」にも聞こえる。

あけみも同じように感じたらしく、

「あ、でもね。そんな重い話じゃないのよ、重い話じゃ」

と、慌ててムードを変えようとするが時すでに遅しで、さらに重くなったらしい空気が寝たふりを続ける世之介の首元を押さえてくる。

ここで礼二か大福さんのどちらかが、例えば、「その人、いつ亡くなったんですか？」とか、「ご病気で？」とか、「その人と横道くん、結婚してたわけじゃないですよね？」とか、水を向けてくれれば、あけみも二千花のことを話し出せるのだろうが、あいにく大福さんはその辺の空気を読むのが苦手だし、頼みの礼二さんも今夜は少し飲み過ぎている。

となると、まるで二千花がついこないだ亡くなったような重い雰囲気だけが残る。

世之介はさらに顔が上げられない。もうみんな早く自分の部屋に戻ってくれと願うばかりである。

そのままどれくらい世之介は寝たふりを続けていただろうか。

重い空気の中、あけみが食器を片付け始めたところで、

「じゃ、俺はお先に」

と、逃げるように礼二さんが席を立つ。元来、この手の込み入った話が苦手な人である。

「よし、一人消えた」

と、世之介も内心ほっとする。が、礼二に続くと思っていた大福さんが珍しく食堂に居座る。

「あけみさんは、それでいいんですか？」

とてもセンシティブなことを聞いているのだが、これが大福さんなので、どこか事務的である。

「それでって？」とあけみ。

「だって、他の人を好きな人と一緒に暮らしてるんでしょ？」

「まあ、それはそうなんだけど……。でも、ほら、もう慣れたというか……」

「慣れるんですか、そういうの？　私は無理。だって自分のことを好きじゃないんでしょ？　この人」

間違いなく大福さんの冷たい視線が自分のうなじに刺さっているのを、世之介は感じている。

「でもほら、世之介も私のことが嫌いなわけじゃないから。……それに私もその辺は承知の上で、一緒に住まないかって誘ったのよ」

「その辺って？」

「だから、世之介がまだその人のことを好きだって上で」

「っていうか、女にそこまで言わせて、横道さん、その時、なんて言ったんですか？　まさか二つ返事で、『いいよいいよ』って、いつもの調子じゃないでしょ？」

「そうねー。……でも、そんときね、この人、こう言ったのよ」

その辺りで、まさかあの時のことをここで披露するのだろうかと、世之介は冷や汗が出る。亀ならば間違いなく手も足も首も甲羅に引っ込めているに違いない。

「……あけみちゃんのことは好きだけど、ずっと二番目だと思うって」

「え？」

「あはは。え？　だよね。私も、え？　この人、小学生の男子だっけ？　って本気で思ったもん」

できれば甲羅も折りたたみたい世之介である。

「でもさ、真剣にそう言うのよ。僕はあけみちゃんのことが好きだけど、どうしても二千花のことを、あの、この二千花っていうのが、亡くなった世之介の恋人だった人なんだけどね。その二千花のことを、この先も忘れられるとは思えないって言うのよ、真面目な顔して、私に」

「最低……だけど、なんか横道さんなら言いそう」

「でしょ？　ああ、この人って、こういう風に好きな人を好きになるんだなーって。ああ、だから私はこの人のことを好きになったんだなーって。この人に一番好きになってもらえる人は幸せだなーって」

「で、あけみさんはなんて言ったんですか？」

「『いいよいいよ』って。『いいよ、二番目で』って。言っちゃったの」

「まあ、相手が小学生男子だったら、そう言ってあげちゃいますよね」

「でしょ？　よかった。大福さんにそう言ってもらえると、ちょっとほっとする」

ほっとしているあけみの前で、全身真っ赤になっているのは世之介である。我ながら、もうちょっと他に言い方があっただろうと、あの時のことは猛省しているので、改めてあけみに言われると、小学生の男子らしく恥ずかしさを通り越して怒り出したくなる。

でも実際そうだったのである。

何年経っても、どうしても二千花のことが忘れられず、こんなことじゃダメだと、先に進まなきゃ、と思っていたところに、「いいよいいよ」って、「いいよ、忘れなくて」と言ってもらえたような気がしてしまったのである。

もちろん世之介だって、あけみが言っているのがそういう意味じゃないことは分かっている。ただ、それでもやっと「忘れなくていいよ」と誰かに言ってもらえたような気がして、心から嬉しかったのである。

「でも、二番目に好きって……」

とつぜん大福さんが思い出し笑いをする。

「ねー。クラスの女子の中でとか、アイドルの中でとかなら分かるけどねー」

一緒にあけみも笑い出す。

世之介はもう本気で寝てしまおうと努力するしかない。

「……でもさー、亡くなってる人には勝てないもんねー」

そんな不甲斐ない世之介の耳に、そう呟いたあけみの言葉がいつまでも残る。


皇居のお濠《ほり》でくつろぐ白鷺《しらさぎ》を、のんびりと眺めながら歩いてくるのは世之介である。

お濠には白鷺のほかに、井の頭公園でもよく見かけるカイツブリやカモも泳いでいるのだが、やはり武蔵野の鳥と比べると、こっちはちょっと山の手な感じするなーと、どうでもいいことを思ったりしている。

まだ一月だが、日差しが強く、春のような匂いがする。

世之介が目指しているのは、このお濠沿いに建つ大手町新聞社ビルである。

横断歩道を渡ってビル内に入ると、世之介は受付で室田恵介の名前を告げた。まだ新人らしい受付の女性の上唇にカプチーノの泡がちょっとだけついている。

しばらく待たされたあと、室田が在籍する出版部へ向かうように言われる。

ちなみに上唇から泡はなくなっている。

言われた通りに大きなビルの中を進むと、廊下の先で室田が手を振っていた。

「おーい！　横道、こっちこっち」

「おつかれさまです」

「一応、応接室とってあるんだけど、天気いいから外行くか？」

「僕はどっちでもいいですけど」

「じゃ、外行こう外」

室田に背中を押され、世之介は歩いてきた廊下を戻る。

「にしても、よくこんな大きな新聞社に再就職できましたね？」

「まー、短期契約のバイト扱いだけどな。まーでも、わりと仕事任せてもらえてんだよ」

「だから、すごいじゃないですか。女に貢ぐ金を会社から横領した男に仕事任せてくれるなんて」

「お前、その言い方」

「あ、すいません」

室田も本気で怒っているわけでもないらしく、地下のカフェでコーヒー買ってこうぜ、とすでに話は変わっている。

コーヒーを買って外へ出ると、世之介たちはさっき白鷺を見かけたお濠ぞいの広場へ向かった。白鷺はどこかへ飛び立っていたが、幸い日向のベンチが空いている。

「お前に仕事頼もうと思ってさ。上にはもう、お前の写真も見せて承諾もらってる」

ベンチに座ると、そう言って室田が美味そうにコーヒーを啜る。

「……考えてみたら、俺はお前に一番迷惑かけたんだよな」

話を続ける室田の視線は、お濠を気持ち良さそうに泳いでいるカモに向けられている。

「いやいや、俺だけじゃなくて、みんなに迷惑かかりましたけどね」

「そりゃそうだけど、特にさ。俺が懲戒免職になったあと、全部お前がひっかぶって、いろんなところに謝罪行脚してくれたんだろ」

実際、室田の言う通りである。

「……おいおい、なんか言えよ。『いやいや、もう昔のことですから』とかなんとか言うもんじゃないの、こういうとき」

「いやいや、逆に当時の腹立たしさが戻ってきましたって」

と言いながらも世之介は笑い飛ばした。

「そこでだ。いや、そこでってこともないんだけど、今度お前に頼みたい仕事な」

「そうそう、前向きな話しましょうよ」

「だな。……わりと大型企画なんだよ。週刊誌のグラビア連載なんだけど、日本全国の海岸線の風景をお前に撮影してもらいたいんだ。評判が良ければ、毎週、各港を回っていくようなイメージかな」

室田の説明だけで、世之介は気持ちが高揚するのが分かった。

室田が担当している週刊誌のグラビアといえば、これまで一流のカメラマンがやってきた仕事である。

そのページを任せられるというだけでも身に余る大抜擢の上、撮るのが日本全国の海岸線だという。

気の早い世之介の心はもう旅の空で、目の前には、荒波の立つ冬の日本海が、また、ひまわり畑が彩る紀州の岬が早くも広がっている。

「いい企画だろ?」

室田に問われ、世之介も黙って頷く。

「……とりあえず第一シーズンとして、東北から始めるってのはどうかなと思ってて」

「いいっすね。青森の下北半島から始めて、八戸《はちのへ》、久慈《くじ》、釜石《かまいし》、気仙沼《けせんぬま》、石巻《いしのまき》くらいまで下りてきて」

「いいな。あの辺の海岸、リアス式できれいだもんな」

「俺、長崎出身で、長崎もリアス式海岸なんですよ。だから前に仕事で東北行ったとき、なんかすごい親近感あったんですよね」

自然と地元の美しい海岸線が目に浮かぶ。

「もちろん海岸線の風景をメインにだけど、そこで暮らしてる人たちも撮ってほしいんだよ。となると、真っ先に浮かんできたのがお前でさ。ああ、そうか、この企画、横道にやらせたら面白くなりそうだなって」

世之介の興奮が伝わったのか、室田の口調にも熱がこもってくる。

「インタビューとかもつけるんですか？」

と、世之介は尋ねた。

「いや、今回は考えてない。風景とそこに暮らす人の顔」

「じゃ、俺だけで行けますね」

「そうそう、予算的にそうしてもらうしかないんだよ」

「車で向かって、一週間くらいで数カ所回って、って感じですかね」

「そうだな。まあ、ゆっくりでいいよ。まず、東北北部。それから、もし評判良ければ……」

「仙台辺りから福島、九十九里くらいまで」

「だな」

都心の青空を見上げた二人は、そこに日本地図が浮かんでいるように、北から南へと同時に指を下ろしていく。

「なんか楽しい仕事になりそうだなー」

世之介は思わず青空に呟いた。

「俺と横道も、もう何年になる？」

同じように空を見つめていた室田がふいに尋ねてくる。

「初めて会ったの、俺がまだ大学生んときですからね」

「大学生だったお前が今……」

「三十九」

世之介が答えた途端、思わず二人で笑い出す。

「そういえば、この前、ふと思い立ってさ、あの花小金井のワンルームマンション、見に行ってみたんだよ」と室田。

「まだありました？」

「あるよ。昔のまんま。まあ、二十年分古ぼけてたけどな」

「なんで行ったんですか？」

「ただ、なんとなく」

「へー、室田さんってそんなセンチメンタルな人でしたっけ？」

「俺はセンチメンタルだろ。センチメンタルと言えば俺だろ」

当時暮らしていたワンルームマンションが世之介にもはっきりと浮かんでくる。二十年も前だが、ついこないだのようでもある。

「なんか、二十年ってあっという間ですね」

と、世之介は言って、すぐに、「いや」と首を捻る。

「……あっという間のようで、やっぱり遠い昔なのかな」と。

「……そのころ、よく室田さんの部屋で鍋ご馳走になってたじゃないですか」

「そうだそうだ。うちの田舎から送ってきた野菜ぶっ込んで」

「そうそう。そこにコンビニで買った百グラムぐらいの豚肉入れて、本気で取り合いしてましたよね」

「してたな。あ、でも、そう考えると、昨日みたいだな」

「たしかに。最後の豚肉を取られたあの悔しさがすぐ蘇りますもん」

「貧乏だったなー」

「世の中、バブルだったのになー」

とかなんとか言っているうちに、二人が手にしたコーヒーもすっかり冷めている。

いつの間にか雲が出て日が翳《かげ》り、急に肌寒くなる。

「そろそろ、行くか」と立ち上がった室田が、「そうだ。編集部に寄ってけよ。みんなに紹介しとくよ」と誘う。

ちょうど横断歩道の青信号が点滅しており、二人は駆け出した。

「あ、そうそう。一つ言い忘れてた。今度さ、俺のブータン人の友達が仕事で東京に来るんだけど、宿泊費が出ないらしくて、泊まるところないんだよ。お前んちの下宿に二週間くらい泊めてやってくんない？」

横断歩道を渡り終えた室田は日ごろの運動不足で息が上がっている。

「部屋は空いてるから、多分大丈夫だと思いますけど、仕事で来るのに宿泊費出ないって」

「なー。それも政府の観光事業関係の仕事で来るのに経費節減らしいよ。でも、まあ、そういう無駄遣いしないところがブータンっぽいんだけどさ。ちなみに二人来て、一人の方は堤下直也《つつみしたなおや》さんの自宅に滞在するんだって」

「え？　ええ！　堤下直也って、あの東西百貨店一族の？」

「なんか堤下さんの奥さんがダライ・ラマの信奉者らしくて、その繋がりらしいよ」

「いやいやいや、堤下一族の豪邸とうちのドーミーって。どう考えてもうちに来る方、完全にハズレ籤《くじ》じゃないですか！」

まだ会ったこともないブータン人Bさんのことがもう不憫《ふびん》で仕方ない世之介である。

ちなみに室田が初めてブータンを訪れたのは一九九〇年代の後半である。

どちらかと言えば、仕事で向かうブータンよりも、その帰り道に休暇を取って寄る予定にしていたバンコクの夜ばかりを楽しみにしていた出張だったらしいのだが、熱心な仏教徒であるブータンの人々と知り合い、その人生観、死生観に触れた室田はすっかり魅了されたようで、帰り道に魅惑的な夜を過ごすつもりだったバンコクでさえ、ホテルで瞑想の毎日を過ごすほどの影響されぶりだったそうである。

ちなみにブータンというのは、インドと中国という大国に囲まれたヒマラヤ山脈にある王国である。

ご存じの方も多いと思うが、このブータンではＧＤＰ（国内総生産）の増加ではなく、ＧＮＨいわゆる国民総幸福量の増加を目指すという国王の提唱のもとで成長を続ける国であり、その独自のあり方は世界の先進国からも注目されていた。

ブータンから帰国したばかりのころ、すっかりブータンにかぶれた室田から、世之介もよく飲みに誘われたものである。

飲み始めると、まず室田はブータンがいかに美しい国であるかを力説する。

「パロ空港っていう唯一の空港があるんだけど、なんたってヒマラヤ山脈にあるもんだから、もう狭いし、目の前がすぐに山だしで、とにかく離陸着陸にヒヤヒヤさせられるんだよ。でも、その景色がまた素晴らしくてさ」ってな具合である。

世之介も未知の国に興味があるので、「それで？　それで？」とつい合いの手を入れてしまう。

「ブータンの人たちってのは、敬虔《けいけん》な仏教徒だからさ、殺生しないじゃん。肉なんか食べないわけ。唯一モモっていう餃子《ギョーザ》みたいなのあるんだけど、その肉だってほぼほぼ死にかけたヤギの肉で作るらしいからな」

と、こってりとしたタレのついた焼き鳥を食べながら教えてくれる。

「……それで思い出したけど、有名な話があるんだよ。なんでもブータンのある町に電気を通そうとしたんだけど、電柱を立てると、それまでやってきてた渡り鳥が来なくなるのが分かって、住民の総意で電気諦めたんだって」

と、やはり手には美味そうな焼き鳥である。

「電気諦めるってどういうことですか？　渡り鳥のために自分たちがランプ生活ってことですか？」

思わず訊ね返した世之介の手にもやはり卵黄をたっぷりまぶしたつくねの串がある。

「そう。年に一度ちょっとだけやってくる渡り鳥のために、快適な電化生活なんていらないって言っちゃう人たちなんだよ。な？　なんかすげえだろ？　なんか同じ世界で暮らしているとは思えねえだろ？」

ちなみにこの手の美談というのは、聞く者の性格によって二通りに分かれる。

素直に美談だと思う者もいれば、無意味な痩せ我慢で、電化生活の快適さを知らないからそんなことを言えるのだと、斜に構える者だ。

実際、電化生活の快適さを知らないが故の判断なのかもしれない。ただ、聞くところによれば、ブータンという国は外からの文明を閉ざしているわけではない。もっと言えば、国民のほとんどは英語を話し、衛星放送のＣＮＮなどを通して現在の世界情勢も熟知している。そしてその上で、「電化生活より渡り鳥」と言える人たちらしいのである。

二通りに分かれる聞き手のうち、世之介はどちらかといえば、というより、確実にこの手の美談を素直に聞いてしまう方である。

素直どころか、まるで自分がその渡り鳥の一羽のような気持ちになってしまい、見知らぬブータンの人たちに感謝してしまうようなところさえある。

となれば、自然、室田からの誘いも多くなる。室田としてもこんなに目をキラキラさせて自分の話を聞いてくれる後輩が可愛くないわけがないのである。

ということもあり、世之介は平均的な日本人と比べると、ブータンに対する知識があった。

まだ一度も行ったことはないが、そんな国からやってきて「ドーミー吉祥寺の南」に二週間滞在するというブータン人の来日が、今から楽しみで仕方ないのである。

　が、そこでふと世之介は心配になる。

「あのー、室田さん、食事って大丈夫ですかね？　うち、殺生しまくりなんですけど」

　思わず確認する世之介に、

「まあ、あけみちゃんが庭で鶏をシメてるわけじゃないし、こっちが食べてる分には大丈夫だろ」と、室田の返事は心もとない。

「そのタシさんとドルジさんって人たち、一緒にブータンから来るんでしょ？　それでドルジさんは堤下一族の邸宅にホームステイするんでしょ？　だったらタシさんもそっちに行けばいいじゃないですか。あの東西デパートの堤下一族の邸宅でしょ？　もう一人くらい泊めてあげる部屋、絶対あるでしょ」

ここはドーミー吉祥寺の南の食堂である。夕食後の団欒の時間である。

ちなみに力説しているのはパッチワークをしながらの大福さんで、もちろん力説されているのは、残しておいた明太子をつまみに焼酎を飲む世之介である。

「ほんとに大福さんの言う通りよ。なんで一人が堤下邸で、一人がうちなのよ」

台所から聞こえてくるのは、食器を洗い始めたあけみの声である。

「だーかーらー、さっきも説明したろ」

とは世之介で、

「……室田さんも、『堤下邸にしたら』って再三勧めたらしいんだけど、『室田さんがせっかく探してくださったのだから、そちらにします』って言うんだって」と、同じ話を繰り返す。

要はこういうことである。ブータンからタシさんとドルジさんという人たちが来日することになり、二人は滞在中の宿泊先を探さねばならなかった。幸い、二人には日本に友人がいて、タシさんは室田さんに、ドルジさんは何某《なにがし》さんという人に相談した。

室田さんはすぐに「私に任せなさい」と連絡をした。その際すでにドーミーのことが頭をよぎっており、もしダメでも自分のマンションに泊めてやろうと思ったという。ただ、世之介と会う直前に、「ドルジの方は堤下さんという方のお宅でお世話になるそうです」というメールをタシさんから受け取った。

堤下さんの素性を知った室田は当然、「だったらタシさんもそっちに泊めてもらったら」と言ったのだが、「せっかくの室田さんの厚意は無にできない」と、大豪邸をあっさりと諦めたらしいのだ。

「とはいえ、堤下一族の豪邸とドーミーって差ありすぎでしょ？　違う国に行ったんじゃないかって本国で疑われるレベルですよ」

とは、やはりパッチワーク中の大福さんである。

「それはそうなんだけど。そのタシさんっていうブータン人が義理堅いっていうか、融通利かないっていうか、『室田さんがせっかく探してくれたんだから』って引かないらしいんだよね」

世之介は焼酎を飲み干したグラスを流しに運び、あけみの泡だらけの手に渡した。

「うちはいいよ。使ってない部屋に風通しして、新しいシーツ出せばいいんだから。食事だって一人分増えたってなんてことないし」

　というあけみの言葉に、

「じゃ、決定ってことでいいよね。はい、決定！」と、世之介は早々に〆《しめ》ようとする。

「でもさー、となると、ちょっと頑張んなきゃ」とあけみ。

「頑張るって何を？」

「だって、敵は堤下一族でしょ？　いつもよりおかずを二、三品増やしたところで、まだまだ全然勝負にならないでしょ？」

「いやいや、敵って……。勝ち負けないから、人をもてなすのに」

　なんだか妙な競技を始めそうな勢いのあけみをなだめるが、

「いや、あるでしょ！　帰国したら二人で話になるよ。うちのホストファミリーはこうだった、うちはああだったって」と譲らない。

「いやいや、感謝してくれるって」

「何言ってんのよ。一年前の温泉旅館のサービスが悪かったたって、世之介、未だに言ってるじゃない」

「だってあれは本当に料金ばっかり高くて愛想悪かったもん」

「ほら」

「いやいや、だから……」

　これ以上話しても埒《らち》があかないと諦めた世之介は食堂に戻った。ただ、救いを求めた大福さん

も、

「あー、なんか私も緊張してきた。明日早速ブータンについて書かれた本、何冊か社員割引で買ってきます！」と鼻息が荒い。

世之介はいよいよ居心地悪くなり食堂を出た。ふと気になってタシさんにあてがわれる二階の部屋を覗いてみることにした。

ホスピタリティはあけみたちに任せ、世之介は客室担当を買って出ようという考えである。

いつものスタジオで撮影準備をしているのは世之介である。

すでに照明はエバがセットし、南郷が到着次第、世之介がカメラを渡す。

いつになくスタジオ内がピリピリしているのは、十年にわたって南郷が担当してきたこのサンサンフーズの広告写真が、今回の撮影をもって終了するからである。

普段でさえ、アシスタントの世之介やエバ相手に怒号を響かせている機嫌の悪い南郷である。さすがに今日ばかりは誰かが血を見るのではないかと、スポンサーのサンサンフーズの担当者たちでさえ、どこか落ち着かない。

そんな担当者たちの緊張をほぐすように、世之介が今度ドーミーにやってくるブータン人の話をしていると、まるでスター・ウォーズの悪のテーマでも流れたような空気の中、南郷がスタジオに到着である。

「お疲れ様です」と、世之介はすぐに挨拶した。

スタジオのあちこちからも声がかかる。

「お疲れさま。みなさん、今日もよろしくお願いします」

いつもと変わらぬセリフだが、みんな緊張し切っていた分、どこかパンチがないようにも聞こえる。

世之介が首を傾げながらも南郷にカメラを渡そうとすると、

「横道、お前、今日このあと付き合えよ」

と南郷がボソッと誘う。

「はい、いいですけど」

「サンサンフーズの人たちも誘った方がいいかな」

今度は耳元で南郷が囁く。

「もちろん。喜んでくれると思いますけど。あれでしょ、お礼でしょ？　まさか悪態つきたいわけじゃないでしょ？」

真顔で尋ねる世之介に、

「まさか」と南郷も表情を崩す。

「俺が誘ってみますよ。いつもの『鳥べえ』でいいんですか？」

「うん。……いや、もっといい店がいいかな？」

「いいんじゃないですか、慣れてる店で。『鳥べえ』美味いし」

「そうだな」

南郷がカメラを受け取り、早速レンズを覗き込む。

静かな雰囲気で始まった撮影は、いつもとは打って変わって、その静かな雰囲気のまま終わった。

誰かが血を見るのではないかと怯《おび》えていたみんなも、こうなればこうなったで、どこか物足りない様子でもある。

「お疲れ様でした！」

最後の商品の撮影を終えると、世之介が声をかける。

いつものようにあちこちから、「お疲れ様でした」との声が返ってくる。普段ならここで、今日の撮影の不備について南郷からひとくさりあるのだが、今日はそれもない。

やはりどこか物足りない。

幸い、サンサンフーズの担当者たちは、このあとの打ち上げに参加してくれるということになっており、せっかくなので、と本社にいる部長にも声をかけてくれたということである。

片付けのある世之介たちを残し、サンサンフーズチームが先に「鳥べえ」へ向かう。

普段なら一緒に行くはずの南郷がスタジオに残ってぶらぶらしているので、

「南郷さんもお先にどうぞ」

と、世之介は勧めたのだが、

「いや、待つよ」と、また居心地悪そうに歩き回る。

この辺りで世之介は嫌な予感がした。

この物足りない感のままでは今日が終わらないような、そんな曖昧な予感なのだが、とすれば考えられるのは、南郷がクビを切られる腹いせに、「鳥べえ」でサンサンフーズの方々に摑みかかる絵しか浮かんでこない。

一緒に背景の壁紙を外しているエバに、

「おい、ちょっと」

と、世之介は小声で囁いた。

「……鳥べえに着いたら、俺とエバで南郷さんを囲むように座るからな。遠慮して端っこに行ったりするなよ」

エバは一瞬キョトンとしていたが、なんとなく世之介の意図が伝わったようで、「分かりました。でも大丈夫でしょ」と笑う。

「まあ、でも一応」と、世之介は念を押した。

三人で「鳥べえ」へ向かう途中、世之介はちょっとカマをかけておいた。

「南郷さん、酔ってサンサンフーズの人たちに絡んだりしたら、すぐに押さえ込みますからね」と。

南郷は、「そんなこと、するかよ」と不機嫌そうに笑っただけである。

さて、こちらはその「鳥べえ」の店内である。すでにサンサンフーズの本社から部長も到着しており、

「じゃ、奥に部長と南郷さんに座ってもらって。横道さんたちは窓際に通して、私たちが通路側

に座りましょう」

と、部下たちが席順の段取りの最中である。

ちなみに、もしこの場に世之介がいれば、青ざめるような席割りである。

そうとも知らず、左右からガッチリと南郷を挟むような態勢で、世之介たちが「鳥べえ」に到着である。

「すいません、お待たせしてしまって。本間《ほんま》部長もわざわざありがとうございます」

先に入った世之介がまず挨拶をし、背後に立つ南郷も何か挨拶するだろうと場所を譲る。その際、ちらっと席順が目に入る。この並びだと、奥の誕生日席に部長と南郷が並ぶことになる。

世之介は何か手はないかと、みんなの配置を確認した。

その時である。

「みなさん、長い間お世話になりました」とか、「サンサンフーズの仕事ができて幸せでした」とか、せめてそういう挨拶くらいはあるだろうと、世之介が譲った場所に立った南郷が、とつぜん、本当になんの前触れもなく、なんと跪《ひざまず》いたのである。

世之介はてっきり南郷が敷居か何かに足を引っ掛けたのだと思った。

なので、すぐにその腕を取り、起こしてやろうとした。

だが、その手を南郷が乱暴に払う。躓いたのではなく、自ら膝をついたらしいのである。

「な、南郷さん?……」

思わず呼びかけた世之介を、その場にいる人たち全員が見る。もちろんみんな南郷が跪いているのは知っている。その訳を世之介に求めるような視線である。

だが、と言われても世之介がそんなことを知る訳がない。

世之介を見るみんなの視線が、そのままエバに向かい、次に同僚たちに向かい、部長に向かい、またまた跪いた南郷に帰っていく。世之介とエバの視線も同じようにその後を追う。

その時である。

「サンサンフーズの皆さん！　どうか、どうか、もう一度だけ私にチャンスを下さい！」

なんと南郷がそのまま土下座したのである。

土下座した南郷に慌てたのは、サンサンフーズの人たちである。一番手前に立っていた室長が、

「ちょ、ちょっとちょっと南郷さん、やめて下さい、やめて下さいって」

と、ほとんど悲鳴のような声を上げて南郷の腕を引きながら、同時に部長の様子も窺う。

とはいえ、部長も驚くだけで、何か的確な指示や言葉をかけてやれるわけでもない。

「と、とにかく、南郷さん、頭を上げて下さい。こんなところで……」

確かに室長の言う通りである。場所は「鳥べえ」の脂ぎった廊下である。そこにいつも居丈高なあの南郷が額をつけているのである。

「お願いします！　もう一度だけ、私にチャンスを下さい！」

その時、また南郷が声を上げる。

その迫力に、起こそうとしていた室長の手からも力が抜け、少し怯えたように後ずさる。

またサンサンフーズの人たちが世之介を見る。なんとかしてよ、という、縋《すが》るような目つきで

ある。

世之介は足元で土下座している南郷を見下ろした。

おそらくとっさの行動ではない。南郷はずっと考えていたのである。何日も悩んで決めたのである。自分を干さないでくれ、もう一度チャンスをくれと、プライドを捨てて頼む決心をしたのである。

世之介は顔を上げた。そしてサンサンフーズの人たちを見回した。

世之介と視線が合ったことで、サンサンフーズの人たちがちょっとホッとする。これで世之介が南郷を抱き起こしてくれるだろうと。

だが、次の瞬間である。

なんとその世之介までがその場で土下座したのである。

「私からもお願いします！　もう一度だけ南郷さんにチャンスを与えてやって下さい！」

さらに世之介も額を脂ぎった床につける。

もうサンサンフーズは他に手立てがない。最後の頼みとばかりにエバを見遣るが、さすがにこの状況を変えるには若すぎる。

もちろん当のエバも、「横道さん、え？　横道さん？」とただうろたえているだけである。

「いやー、参った。俺、ほら、まだちょっと震えてますもん」

バスに揺られながら大げさな声を上げているのはエバである。横で同じようにつり革を握っている世之介も、多少落ち着いたとはいえ、未だ土下座した南郷のショックからは抜け出せていない。バスは腹が立つほど、すべての停留所に停車しながらドーミーに向かっている。

「明日、スタジオまで車取りに行かないとな」

世之介は少し気分を変えるようにそう呟いた。南郷の隣で同じように土下座したとき、自分が何を考えていたのか、世之介は未だによく分からない。ほとんど反射的に座ったのだが、今さらこんなことをしたところで、南郷に仕事が戻ってくるはずがないと冷静に思ってもいた。

「まさか、横道さんまで土下座するとか思わないから、俺もう、ただ面食らっちゃって」

バスの窓にその困惑したエバの顔が映っている。

「俺だって、まさか自分があんなことするなんて思わないよ」

「でも、良かったですよ。本間部長が、『一度、社に持ち帰らせてくれ』って言ってくれて。あれ、たぶんその場しのぎなんだろうけど、ああでも言ってもらわないと、どうにもならない雰囲気でしたもんね」

「いやー、サンサンフーズの人たち、すごいよ。あの土下座のあとにもかかわらず、とりあえず一緒に飲んでくれてさ」

「まあ、盛り上がりませんでしたけどね。俺なんか、ビールもまったく味しないし。だから良かったですよ。横道さんが『ドーミーで飲み直そう』って誘ってくれて。このまま帰っても寝つけないですから」

「人ってさ、変われるんだよ。土下座してる南郷さん見て、俺、なんかそう思ったなー。嫌な奴に変われた人間はさ、同じようにいい奴にも変われるんだな。変わる才能があるんだから」

「またそんな呑気なこと言って」

次が降りるバス停である。エバがチャイムを押す。

「そういえば、今、ドーミーにブータン人がいるんでしたっけ？」

「あ、そうそう。タシさんっていうブータン人が泊まってる」

二人はバスを降りた。寒風から逃れるようにドーミーの玄関に駆け込んでいく。

「ただいまー」

玄関の札を緑色の〈在宅〉に変えながら世之介は声をかけた。

すでに夕食も終わり、みんなは各自の部屋へ戻っているようで、食堂も暗い。

勝手知ったるで、食堂の電気をつけるエバをその場に残し、世之介は自室へ向かった。

「ただいま」

ドアを開けると、あけみが床に寝そべってテレビを見ている。

「あら、今？　ぜんぜん聞こえなかった」

あけみが寝そべっているのはヨガマットの上で、どうやらテレビを見ながらのヨガが、いつの間にかテレビに集中へと変わったらしい。

「タシさんは？」と世之介は訊いた。

「今日はもう部屋。たぶん寝てるんじゃないかな。夕食のときから眠そうにしてたもん」

「日本に来て、連日忙しそうだもんな」

「そうだよ。うちでも連日歓迎パーティーで、逆に疲れさせちゃったかもね」

世之介はダウンジャケットをソファに投げ置くと、

「エバが来てるんだよ。ちょっと食堂で飲んでる」

と、声をかけて部屋をあとにした。

食堂ではエバがすでに酒の準備を始めている。慣れたもので、焼酎のボトルを出し、お湯を沸かしている。

「つまみ、なんかあったかな」

世之介は冷蔵庫から、つまめそうな惣菜のパックを出して、そのままテーブルに並べる。

「横道さんもお湯割りでいいんでしょ？」

「おう、頼む」

とかなんとか言っていると、誰かが階段を下りてくる。見るともなく世之介が見やれば、下りてきたのはスパイダーマンのイラスト入りスウェット姿のタシさんである。

「あれ、タシさん、まだ寝てないの？」

と、世之介はゆっくりと話した。

「寝てた。だけど、目が覚めた」

喉でも渇いたらしく、タシさんが台所で水を飲む。

台所から出てくるのを待って、

「この人、エバ。僕の後輩。僕と同じカメラマン」と世之介はエバを紹介した。

「初めまして。タシです」

エバと握手しながら、タシさんの視線が焼酎に向かうので、

「寝酒。タシさんもどう?」と世之介は誘った。

世之介からの寝酒の誘いに、一瞬迷いながらも、結局、「飲みます」とタシが席に着く。

すぐにエバがもう一つグラスを用意し、三人で乾杯となる。

「タシさん、酒強いもんね」と世之介。

「ブータン人、みんな、酒強いです」

「そうなんだってね。ウィスキーもワインも、美味しいのがいっぱいあるんだってね。大福さんが教えてくれた」

「私の家もアラ作ります。アラはブータンの酒」

「へえ」

「生姜入れて、山椒入れて、飲みます」

「へえ」

その辺りまで二人の会話をじっと聞いていたエバが、

「なんか普通っすね。なんかぜんぜん外国人な感じしない」と首を捻る。

「そうなんだよ。それはね、俺もびっくり」

世之介がそう笑うと、「ブータン人と日本人、顔同じ」とタシさんも笑い出す。

「ブータンの人って、独特な民族衣装着てるイメージあるじゃないですか。でもほら、スパイ

ダーマンだし」とエバ。

「でも、昼間はタシさんもその民族衣装着てるよ。ゴっていう着物」

「あれ、かっこいいですよね」

「俺、着せてもらったよ」

「えー、いいなー」

気がつけば、三人ともすでに濃いめの二杯目である。

「タシさんっていくつなんですか？」

エバの質問に、「三十一」とタシ。

「結婚は？」

「奥さんいます。女の子も。三歳」

「へえ、奥さん、美人？」

「美人。村でナンバーワン」

「へえ。どこで知り合ったんですか？」

「夜這い」

「え？」

「祭りの夜這い。その日の私のエントリーナンバーは55。だから、それから私のラッキーナンバーは5です」

いやいや、引っかかるところがありすぎて、世之介もエバも、え？　ええ？　である。

「日本人、驚きます。でもブータンでは普通。夜、好きな人の家にこっそり入るのドキドキする」

え？　ええ？　の日本人を置いたまま、タシは当時のことを思い出してニンマリしている。

「は、犯罪じゃないんですか？」

思わず尋ねるエバに、「違うだろ。祭りで、エントリー制なんだから」と世之介。

「あ、そっか。で、でも、家の人とか、ほらお父さんとか見張ってないんですか？」

「家の人、ドア開けてくれる。誰も来ないと逆に悲しいから」

「そうなんだー。なんか俄然ブータンに興味湧いたんですけど」

エバがそれぞれのグラスに焼酎をドボドボと注ぐ。世之介がつまみに出した柿ピーが、タシの口にも合ったようで、気がつけば三人ともほろ酔いを超えている。

ただ、話題は夜這いから一ミリも動いておらず、日本も昔は夜這い文化だった、ああ、昔に戻らないかなー、と、とても両国の文化を語っているとは思えない様相である。

ただ、さすがに夜這いの話にも飽きた世之介が、

「あ、そうだ。もし宝くじで一億円当たったら、どうする？」と、子供のようなことを訊く。今朝、テレビの情報番組の星座占いのラッキーアイテムが「宝くじ」だったので、早速買っていたのである。

財布から宝くじを出す世之介を眺めていたエバが、

「一億かぁ。どうしよう……」と本気で悩み始め、「……現実的には貯金だろうけど、それだと夢ないしなー。ベイエリアのタワマン買うかなー、やっぱり」と結論を出す。

「タシさんは？」と世之介。

　てっきり「ブータンで山を買う」とか「大豪邸を建てる」とか、そんな答えだろうと思っての質問だったのだが、当のタシは一切悩むこともなく、「お寺に寄付します」と即答である。

「え？」と、夜這い以来の「え？」は世之介で、「え？　ええ？　全額？」と、またエバも続く。

「はい。全額」

「いやいや、せめて半額にしなよ。敬虔な仏教徒なのは知ってるけど」

　まるで自分の当選金を取られたように慌てる世之介である。

「では、半額」

「そうそう。それくらいがいいって。いや、それでも多いくらいだから。で、残りの半額は？」

　ここでタシがやっと悩み始め、

「そうですねー。でも、やっぱりお寺に寄付ですね。最初の半額は現世のため。残りの半額は来世のため」と、キッパリである。

「なんか、答えが斜め上すぎて、ポカンですよね」

　実際ポカンとしている世之介に、やはりポカンのエバが言う。

「……だってお寺に寄付なんて考えもしないですもん。普通、自分のために使うでしょ。自分の欲を満たすでしょ」

　力説するエバに、世之介も反論はない。

　するとタシが、「私も同じですよ。自分のために使う」と、不思議そうな顔をする。

「だって、寄付するんでしょ？　俺、ベイエリアのタワマンですよ。ほら、タワーの、マンション」

立ち上がったエバが、ジェスチャーでタワーマンションを表現する。

しかし、タシは、「同じですよ」と繰り返すのみである。

「いやいや、違うでしょー」

「エバさんも、自分の欲しいもの買ったら幸せ。私も、誰かが幸せになれば幸せ。ほら同じ」

さも当然とばかりのタシだが、

「えー、なんか、やだなー。助けて下さいよ、横道さん！」

と、いよいよエバも世之介に救いを求める。

「まあ、それはちょっと勘弁してあげてよ、タシさん。それじゃ、まるでエバが欲まみれの人間みたいじゃん。タワマンなんて、庶民の夢よぉ」

しかし世之介が助け舟を出すも、

「一番自分の得になるように使う。同じですよ」と、やはりタシは動じない。

もちろん世之介も、タシの言っていることが百パーセント理解できるわけではないのだが、なんだかとても徳の高いお坊さんからありがたい話を聞いているような心持ちにもなっている。

「……横道さんはどうするんですか？　一億円当たったら。俺だけ欲にまみれた日本人にしないでくださいよ」

エバに強く肩を揺すられた世之介は、改めて考えてみる。

一億円当たったら、どうするか？　とエバたちに聞いたのは自分である。そのくせに自分では答えを出していなかったことに今さら気づく。

もし一億円当たったら、どうしようかなーと、宝くじを買って以来、ずっとそう思っていたのは間違いない。

そしてそう思っているときの幸福感と言ったらなかったのである。

「無理、無理、無理」

生クリームに溺れそうなイチゴにフォークを刺しながら、千切れるほど首を横に振っているのはあけみである。

その隣でバターのとけたパンケーキを切り分けている大福さんは、すでに議論は終わったとばかりの澄まし顔である。

さらにその隣には谷尻くんもいるのだが、こちらはモデルのようなカフェの店員さんに人知れず顔を赤らめている。

「行こうよー、せっかく来たんだから」

そんな三人を説得しているのが世之介で、横には民族衣装のゴを着た凜々《りり》しいタシも立っている。

ちなみにみんながいるのは湘南のカフェである。ちなみにちょっと入るのに怖気《おじけ》づくくらいおしゃれなカフェである。

そして、場所は湘南なのだが、時は曇天の二月なのである。

もちろんこんな時期の湘南に行きたいと言い出したのは、海のないブータンから来たタシで、彼曰く、日本に来た時は海を見に行くのがなによりの楽しみなのだそうである。

「……出かける時は湘南ドライブだって、みんな、あんなに張り切ってたでしょ」

あけみたちを暖房の利いたカフェから極寒の砂浜へ連れ出そうとする世之介の声がおしゃれなカフェにむなしく響く。

タシに関しては、今にも外へ飛び出して行きそうな勢いで、これで腰に浮き輪でもつけていたら、完全に真夏の雰囲気である。

「だって、こんなに寒いと思わなかったんだもん。あんなところに立ってたら、すぐに体冷えちゃうよねー」とあけみ。

「二人で行ってきたらいいじゃないですか」

と、さらに冷たいのは大福さんで、谷尻くんに至っては、モデルのようなカフェの店員さんから一切目を離さない。

いや、俺だってこんな寒い海、行きたくないって。

喉元まで出かかった声を、世之介は無理に飲み込むしかない。

なんせ隣では、真夏のビーチリゾート客のような目をしたタシが、今にも窓の外に広がる砂浜に駆け出して行きそうなのである。

「あー、もう分かった。行ってくるよ、二人で」

世之介が諦めたようにマフラーを巻き直した途端、タシはもう動き出している。

「タシさん、待って！」

音声だけなら楽しげな湘南物語である。

いくら湘南とはいえ、やはり冬は寒いのである。風も強いので、容赦なく寒いのである。

「タシさん、大丈夫？」

ガクガクと顎を震わせている世之介の心配をよそに、当のタシさんは波打ち際で、

「ああ、来た！　また来た！」

と、波と戯れている。

さらにタシが着ているのは民族衣装のゴで、靴は膝までの長いブーツなのだが、スカートのような形状なので、太ももはほぼ生足となる。世之介としては、見ているだけで寒いのである。

「いいですねー、海は。横道さんはよく来ますか？」

上機嫌なタシに、

「来ない来ない。特に冬は来ない」

と、さすがの世之介も仏頂面である。

「横道さんは生まれて初めて海を見たのはいつですか？」

「俺？　俺は育ったのが海のそばだったからね。生まれた産婦人科からも海見えるし」

「いいなー」

「タシさんだって、いいじゃん。目の前ヒマラヤなんでしょ」

いよいよ足先の感覚がなくなり始め、世之介がスクワットを始めたときである。曇天だった空がぱっかりと割れ、日が降り注いでくる。

「わー、晴れた！」

まるで空から毛布でも降ってきたように、世之介は両手を広げた。

世之介にはもちろん、砂浜にも波にも、そしてタシの華やかなゴにも日差しが降り注ぎ、一瞬にして目の前の景色がきらきらと輝いて見える。

不思議なもので日が差してきただけで、顎の震えも止まり、爪先の感覚も戻ってくる。

「あー、晴れると気持ちいいなー。あけみちゃんたちもバカだなー、出てくればよかったのに」

絵に描いたような、喉元過ぎればなんとやらである。

世之介は砂浜に座り込むと、そのまま横になってみた。背中に砂は冷たかったが、それでも真上からの日差しが顔面に当たって気持ち良い。

「日本に来たのは四回目ですが、今回が一番楽しいです」

そんな世之介の耳に、タシの嬉しい言葉が届く。

「ほんと？　それさ、あけみちゃんに言ってあげてよ。堤下一族の接待に負けないように、すごく頑張ってるんだから」

あまりの嬉しさに世之介は体を起こした。

「つつみしたいちぞく？」

「いや、なんでもない。なんでもないんだけど、タシさんがそう言ってくれて、嬉しいよ、ほんとに」

「本当に一番楽しかったですよ。毎晩、みなさんといろんな話をした。楽しかった」

「そうだねー。たしかに俺も楽しかったなー」

「みんな好きです。ドーミーの人」

「あー、もうそれ。録音したい。録音して堤下一族の人たちに聞かせたい」

「つつみし……」

「ああ、いいのいいの。そこは気にしなくて」

タシは飽きもせずに波打ち際を行ったり来たりしている。濡れた砂についた自分の足跡が波に消されるのが面白いらしい。

「……そういえば、昨日の晩、谷尻くんや大福さんと輪廻転生《りんねてんしょう》の話してたよね？」と、世之介は声をかけた。

面白そうな話だったのだが、割り与えられた風呂の時間が来たので、世之介は途中退席したのである。

「……あのさ、本当に人って誰でも生まれ変わるのかな？」と世之介。

「はい」

波打ち際でタシは即答である。

「ほ、ほんと？」

「はい。生まれ変わります」

断言である。

「ためらいないね」

「はい。ありませんよ」

「でもなんか、タシさんにそう断言されると、ほんとにそうなんだろうなって思うから不思議だよね」

「……なんていうか、じゃあ、俺も？　俺も生まれ変わるかな？」

世之介が何を不思議がっているのかが不思議らしく、タシは首を傾げている。

と、世之介は訊いてみた。

「もちろん」

やはり断言である。

「そ、そっか、俺でもやっぱり生まれ変わるんだ」

「ええ」

その辺りでやっとタシが波打ち際から戻ってきて、世之介の隣に腰を下ろす。

「どういう人に生まれ変わるか心配ですか？」

隣でしばらく海を眺めていたタシがふいに口を開く。

「そういうのも分かるの？」と世之介。

「そういうの？」

「だから、予言みたいなことができるのかなって」

「ああ、できないできない」

「そうだよね」

「でも、持論があります」

「タシさんの持論？」

「はい。私が誰かに生まれ変わる。そしたらその生まれ変わった誰かは、きっと今、私が愛している人たちの生まれ変わりの人たちにとても愛されるんだと思います」

一瞬、頭がこんがらがったが、世之介は冷静に整理した。

「ってことはだよ、もし俺が生まれ変わったら、その誰かは、今、俺が大切にしてる人たちが生まれ変わった人たちに大切にしてもらえるってこと？」

「はい、そうです」

気持ちがいいほどの断言である。

「へえ。なんかいいなー、それ。なんか死ぬのが怖くなくなる」

「だから、今、いっぱい人を愛する」

「いいね」

「そうすれば、生まれ変わったら、その人たちにいっぱい愛される」

さっきまでの曇天が嘘のようである。いつの間にか青空が広がり、さらに強くなった冬の日差しがきらきらと湘南の景色を輝かせている。

「世之介！」

「タシさーん！」

背後からあけみたちの声が聞こえてきたのはその時で、日差しに誘われてカフェを出てきたらしい三人が、砂に足を取られながらも楽しそうに駆けてくる。

「来世の俺はさ、少なくともあの三人の生まれ変わりには可愛がってもらえるよね？」と世之介は笑った。

「はい」と、タシがまた断言する。

「あ、そうだ。タシさん、さっきのあれ、あけみちゃんに言ってあげてね」

「さっきのあれ？」

「ほら、日本に来るのは四度目だけど、今回が一番楽しかったって。きっと喜ぶよ、あけみちゃん、泣くかも」

そう言って笑い出した世之介の声を、湘南の波が連れていく。


「あーあ、なんかタシさんがいなくなって、急に食卓、寂しくなったなー」

セリともやしのナムルをつまみながら、ため息をついているのは世之介である。

平日の夜なのだが、礼二さんは出張、大福さんは棚卸しで残業、谷尻くんはサークルの飲み会で、おまけにあけみまで今夜は友達と食事の約束があるらしく、

「もうお肉焼いて出しちゃうからね」

と、世之介の寂しさなど、どこ吹く風でぞんざいな給仕なのである。

世之介はグラスの焼酎を飲み干すと、「あーあ」とまたため息をつき、つい先日まで毎晩のようにタシさんをみんなが囲んでいた食卓を見渡した。

タシさんがブータンへ帰国する日、世之介たちは全員で空港まで見送りに行った。

礼二さんだけ仕事で来られなかったが、その代わり、こっそりとお気に入りのAVを土産に持たせたのを世之介は知っている。

空港に着くと、タシと一緒に来日していたドルジさんも現れた。こちらは一人のようだが、タシと同じように土産物は多い。

滞在中も各地の講演会等々で同じスケジュールをこなしていたので、お互いがどのような家に世話になっているのかは話をしていたらしく、タシが早速世之介たちをドルジさんに紹介してくれる。

ただ、たとえばタシが、「こちらが横道さんで」と紹介すると、なぜかドルジさんが、「あはは」と笑う。

世之介だけでなく、あけみや大福さん、谷尻くんやエバを紹介しても、ドルジさんはちょっと可笑しそうな顔をするのである。

「ちょっと、タシ！　私たちのこと、なんて伝えてたのよ！」

思わずあけみがタシの腕をパチンと叩くが、当のタシはしれっとしたもので、「みなさん、そのまま紹介しました」と笑うだけである。

「それより、堤下一族の家ってどんな感じなんですか？」

よほど気になっていたのか、エバが嚙みつくように尋ねると、

「とても大きいですよ」とドルジ。

「何LDK？」

「さあ。でも部屋は多いです。あと大きな暖炉があって、とても暖かいです」

「だ、暖炉だって……」

思わず身震いする世之介たちである。

世之介たち一行は、タシたちが保安検査場に消えるギリギリまで、

「バイバーイ」

「ありがとう！」

「気をつけて！」と声をかけ合った。

こういう場合、相手が行ってしまうと、見送ったほうは急に寂しくなるもので、

「みんなでうなぎでも食べて帰ろうか」

という世之介の提案に歓声が上がったのである。

というようなタシとの別れの場面を思い出している世之介の前を、出かける支度をしたあけみが行ったり来たりしている。

「何やってんの？」と世之介が尋ねれば、

「ガスの元栓よし。鍵よし。石油ストーブよし」と、確認している。

「俺がいるから大丈夫だって」

「そうだよね、じゃ、お願い」

よほど楽しみにしていたらしく、いつになくオシャレである。

「誰と会うんだっけ？」

「だから、いつものユカちゃんたちなんだけど、ずっとアメリカで暮らしてた祐介《ゆうすけ》くんってのが帰ってきてて、もう十年ぶりくらいに会うんだよね」

「えー。もしかして好きだったりした人？」

「そうなのー」

「祐介くんがデブになってますように。ハゲてますように。何より性格が悪くなってますように」

冗談で祈り始めた世之介には目もくれず、あけみは、「行ってきまーす」と機嫌よく出かけていく。

いよいよ一人になって、世之介は冷えてきた足先を遠赤外線ヒーターの前に差し出した。堤下邸に行ったドルジさんは暖炉で、うちに来たタシはこの遠赤外線ヒーターだったのかと思うと、申しわけないながら、なんだか笑えてくる。つい噴き出したその瞬間、視線を感じて顔を上げると、廊下に一歩が立っている。

「あ、そうか。一人じゃないか。一歩がいたんだもんな」

そのまま風呂にでも行ってしまうのだろうと、世之介は独り言のつもりで呟いたのだが、珍しく一歩が食堂へ入ってきて、

「一人で笑って、気持ち悪いですよ」と、声までかけてくる。

「俺、笑ってた？　いや、笑ってたな。いやさ、タシさんは暖炉じゃなくて、この遠赤外線かと思ったら可笑しくてさ」

世之介がまた一人で笑っていると、台所の冷蔵庫からアイスバーを出してきた一歩が、さらに珍しいことにちょこんと世之介の前に座る。

「寒いのにアイス、それもソーダバーなんて、よく食べる気になるよな」と世之介は笑った。

一歩はソーダバーに黙って齧りつく。

人がいるときに食堂に入ってくることなどほとんどないので、話でもあるのかと思っていたが、一歩は黙ってソーダバーを齧っているだけである。

「一歩って、ここに来てどれくらい経つ？」

一歩は数えようともせず、「さあ」と首を傾げるだけである。仕方がないので世之介が指折り数えてみる。

「ムーさんと修学旅行に行ったのが九月だろ。そのあとすぐ来たから……、十、十一、十二、一、二って、もう五カ月じゃん」

驚く世之介に、「それって長いってことですか？　短いってことですか？」と一歩が訊いてくる。

改めて訊かれてみると、一歩がついこないだ来たような気もするし、もう何年も二階に引きこもっているような気もして、世之介もよく分からなくなる。

「まー、どっちにしろ、半年近くも時間を無駄にしてるってことに変わりはないよ」と世之介は顔をしかめた。

　引きこもり気味の反抗期なのだから、何か言い返してきてもよさそうだが、一歩は黙ってソーダバーを舐めている。

「横道さんって、毎日、時間を有意義に使ってるんですか？」

　憎たらしい口をきくが、その舌は青い。

「お前も、やなこと聞くなー」

「だって、俺だけ時間を無駄にしてるような言い方するから」

「おっ、珍しく会話するねー、一歩ちゃん」

「そうやって茶化すなら帰ります」

「いやいや、茶化してない。でもさー、言わせてもらえば、俺は働いてるもん。働いた上で、毎晩こうやって酔っ払ってんだもん」

「だったら俺も働けばいいんですか？」

「まあ、働くか、学校行くか」

「じゃあ、何のために働いたり学校行ったりするんですか？」

「あー、無理無理、そういうのは、焼酎四杯目ぐらいからお願いします」

　咄嗟《とっさ》のこととはいえ、迷える若者に、あまりといえばあまりである。

　さすがに一歩も呆れたようで、ソーダバーで青くなった舌を見せてポカンとしている。

「いや、そういう難しい話はさ、泥酔時か、もしくは素面《しらふ》のときに頼むよ〜」

今さら取り繕ってみるが、一歩の表情は硬い。

「……な、なんだっけ？　何のために働いたり学校行ったりするかって？」

「もういいですよ」

「そう言うなって。もうワンチャンくれよ〜」

絵に描いたような情けなさである。

「じゃあ、人間ってなんで生まれてくるんですかねえ」

ここで大人げない態度を取らず、ちゃんとワンチャンくれる辺り、一歩のほうがよほど立派である。

「え？」

ただ、泣きのワンチャンの方が質問のレベルが高い。

「……な、なんで生まれてくるかって」

そのときである。思わず声を上ずらせる世之介を神様は見捨てなかったと見え、ふと世之介の脳裏にタシの姿が蘇る。

「……それはあれだよ、何でお前が生まれてきたかって言うとね、前世でお前がいろんな人を大切にしたんだよ。そのいろんな人たちがまた生まれ変わって、今のお前を大切にしてくれてるんだよ。……だから、何が言いたいかって言うと、なんで人間が生まれてくるか、それは、ご褒美だよ。前世でお前がいろんな人にやさしくしてやったご褒美に、今のお前は生まれてきたんです。……い、以上ですが……」

まるで就職面接でも受けたかのように、面接官の顔色を窺う世之介である。

だが、面接官の表情に変化はない。合格とも不合格とも判断がつかぬような顔で、今にも、「では、結果は後日連絡します」とでも言い出しそうである。

「どう？」

結果待ちなどご免とばかりに、世之介は急いた。面接なら完全にアウトだが、面接官の表情に少しだけ光が差す。

「まあ、回答としては逃げてると思いますけど、嫌いじゃないです」

可愛げのないことこの上ないが、それでも合格したらしいことは素直に嬉しい世之介である。

「だろ？　俺も気に入ってんだよ。この話」

「でも今のって、完全にタシさんからの受け売りですよね」

鋭い一歩に、世之介も素直に頷くしかない。

「まあ、受け売りだけど、ほら、もう自分のものにしてるから」

今夜の人生問答に納得したのかしていないのかは定かではないが、

「まあ、いいや」

と、立ち上がった一歩が、ソーダバーの棒を捨てに台所に向かう。

「まあ、とにかくさ」

と、世之介はその背中に声をかけた。

「……俺が今度生まれ変わってきたときには、よろしく頼むよ。これだけ面倒みてあげてんだから」と。

台所から戻った一歩が、そんな世之介を一瞥《いちべつ》する。

「面倒見てあげてるって、ちゃんと下宿代、払ってますけど」

「可愛くないねー、お前のそういうとこ」

「でも、それが事実ですから」

「下宿代を払ってんのは、ムーさんです。あなたじゃありません。これが事実です」

もう小学生の口喧嘩と変わりないが、世之介もムキになるとしつこい。

逆に呆れたような一歩が食堂を出て行く。

「歯磨けよ、ちゃんと」

腹立ちまぎれに世之介は声をかけたが、戻ってきたのは音を立てて階段を上がっていく足音だけである。

「ったく」

と、ため息はつきながらも、何となく気分の良い世之介である。

ただ、この気分の良さが何からくるのか、自分でもよく分からない。珍しく一歩と打ち解けた会話が弾んだせいか、それとも人が生まれてくる理由が、我ながら上出来だったせいか。

世之介は誰もいない食堂をなんとなく見渡した。

普段は、ちょっと動こうとすると、尻があけみちゃんの背中に当たったり、大福さんの肘をぶつけられたりと、狭い狭いと思っている場所が、こうやってたまに一人きりになってしまうと、ちょっと心細くなるほどに広い。

世之介は足で遠赤外線ヒーターを股の間に引き寄せた。

早く誰か帰ってこないかなーと思う。

誰でもいいんだけどなーと。


台所から水音が聞こえ、世之介は目を覚ました。

いつの間にか食堂のソファで眠ってしまっていたらしく、誰かが毛布をかけてくれている。

時計を見ると、すでに深夜一時を回っている。明日の撮影の下調べをしようと部屋から持ち出していた資料がテーブルにきちんと積まれているところを見ると、誰かが整理してくれたらしい。

明日の撮影は、昆虫からたんぱく質を摂取するというサプリメント会社の仕事で、商品のパッケージ写真はもちろん、当の昆虫たちの生き生きしたところも撮ってほしいと言われている。

商品開発者も同席とのことだったので、少しでも話が合わせられるようにと資料を読み込んでいたのだが、途中で気持ちよく眠ってしまったらしい。

「あら、起きた？」

声に顔を上げると、台所からほろ酔いのあけみが出てくる。

「毛布、あけみちゃん？」

お礼を言おうと尋ねたのだが、

「私じゃないよ。大福さんじゃない」と首を振る。

玄関の方を見れば、いつの間にか、大福さんと谷尻くんの札が緑の〈在宅〉に変わっている。

「遅かったね」

と、世之介は毛布を畳んだ。

「もう楽しくって。時間を忘れるって、このことだわ」

実際、よほど楽しかったと見え、このまままた会食場所のレストランに戻っていきそうである。

「会えたの？　昔好きだった、田吾作くんだっけ？」

「祐介くん。会えた〜」

目をキラキラさせているところを見ると、太ってもハゲても性格が悪くなってもいなかったらしい。

「さぁて、歯磨いて寝よっと」

世之介は立ち上がったのだが、まだ話し足りないとばかりにあけみが後をついてくる。

「私のことなんか絶対に覚えてないと思ったんだけど、覚えてくれてたどころか、『俺、大学んとき、あけみちゃんのこと、ちょっと好きだったんだよね』なんて言われちゃった」

世之介はすでに洗面所で歯を磨いているのだが、その横にぴったりと貼りついたあけみの姿が鏡にも映っている。

「……ほら、私、当時まだ、おばあちゃんにお三味線とか習ってたじゃない。そのこととかも覚えてて。『今度、着物姿、見せてよ』って、私、言われたことあるんだって。私、覚えてないんだよねー。そんなことある？　私の方が忘れちゃってるなんて、ある？　ないよねー」

歯を磨いているので、肘があけみに当たる。わりと大胆にぶつけているのだが、当のあけみは気にもならないようで、残り少なくなった歯磨き粉を、指で丹念に先端の方に押し集めながら、今になって盛大に照れている。

その横で世之介は無表情で口をゆすぐと、

「ちょっとすいません」

と、あけみの体を押しのけて洗面所を出た。

それでもあけみは後をついてきて、世之介がいつものように部屋のソファを少し壁側に寄せ、その前に布団を敷き始めても、

「祐介くん、アメリカ人の奥さんと向こうで暮らしてたんだけど離婚したんだって。子供はいなかったらしいんだけど、向こうって離婚の裁判がすごく大変らしくて、疲れ果てたって言ってた」

と、あけみの話は終わらない。

世之介はその前でパジャマに着替え、枕の位置を整え、毛布をめくって潜り込む。

「ねー、なんか言ってよ。こんなに私がしゃべってんのに」

「ああ、ごめんごめん。焼けボックイに火がついちゃったりして」

世之介は投げやりにそう言ったのだが、これがあけみの求めていた言葉だったらしく、

「いやー、ないない！　それはないってば！　だって祐介くん、相変わらずカッコよかったし。いや、前以上に渋くなってるんだよー。ないない。いやー、ないって」

と、もう完全に熱々の焼けボックイである。

「にしても信じられないよね。私の方が話しかけられたことを忘れてるなんて。ほんとどういう頭してんだろうね。女子大生なんて」

世之介は寝返りを打って、あけみに背中を向けた。

「グッナ〜イ！」

いつものように声をかけるが、興奮冷めやらぬらしいあけみの耳には聞こえなかったようで、返事もない。


高たんぱく質な食材になる予定のコオロギたちを可愛く撮ってもダメ、かといって、気持ち悪く見えてもダメ、もちろん美味しそうに見えるのもどうか……という、とても難しい撮影を必死にこなしているのは、世之介である。

「きっと機嫌悪い時のパリのトップモデルの方が、まだ撮影しやすいですよ」

世之介の冗談に、「横道さん、ファッション撮影もされるんですか？」と、一応、広報の担当者も驚いてみせるが、その鋭い目はなかなか思うように撮れないコオロギに向けられたままである。

「まさかまさか。パリのトップモデルなんて撮ったことないですよ。ファッション関係、本当にセンスないんで、私」

「そうなんですか？　横道さん、オシャレじゃないですか」

この担当者、人はいいのだろうが、わりと調子もいいようで、おそらく急に目を塞がれて、「では今日、私は何を着ているでしょうか？」と、世之介が尋ねたとしても、絶対に答えられないに違いない。

実際、今日の世之介の服装を見て、本気でオシャレだと思う人がいたら、よほどファッションセンスのない人か、逆に一回りした相当にアバンギャルドな人である。

とかなんとか、コオロギ相手に格闘しながらの撮影もようやく目処がついたころである。休憩にコーヒーを飲んでいた世之介の携帯にかかってきたのは南郷からの電話で、先日、サンサンフーズの人たちを前にとつぜん土下座して以来である。

「もしもし」

すぐに電話に出ると、

「おう、今ちょっといい？」と南郷。

「俺は大丈夫ですけど。南郷さんこそ、大丈夫ですか？　心配してたんですよ。あれから何度もメールとか送ってんのに……」

「ああ、悪ぃ。ちょっとバタバタしてて」

自分がかけてきたくせに、ちょっと面倒臭そうにしている辺りは普段通りである。

「……急なんだけどさ、来週の金曜って、お前、仕事入ってる？」

「来週？　なんでですか？」

「引っ越し手伝ってもらえないかと思って」

「ひ、引っ越し？」

驚きながらも世之介はとりあえず調べた。たまたまその日の仕事が急遽キャンセルになり空いている。

「それで南郷さんの引っ越し手伝うことになったの？」

さて、いつものドーミーの食堂である。世之介の前には、あけみが運んできた「今日は関西風にしてみました」のおでんが、鍋でグツグツと煮えている。世之介は鍋からこんにゃくと大根を抜き出すと、ホフホフと口にしながら頷いた。

「あっさりしすぎ？　ほら、ここ牛スジ入ってるからね」

「味しっかりしてるよ。牛スジ、入れて」

差し出した世之介の椀に、あけみがふっくらと煮えた牛スジを入れる。

「で、どこに引っ越すんだって、南郷さん」

「ああ、まだ聞いてない。それより、ひどい話なんだよ。俺の部屋ってことで引っ越ししたいんだって」

「え？　どういうこと？」

いや、本当に、え？　どういうこと？　なのである。

南郷の言い分はこうである。今度の引っ越し先は、今の部屋からすると相当見劣りがする。きっと引っ越し業者の若いスタッフたちも、「かわいそうに、今日のお客さん、失業でもしたのかな」と、休憩中に憐《あわ》れむくらいに落差があるという。で、そんな目で見られたくないから、お前の部屋って態で引っ越ししてほしいらしいのである。

「つまんないねー。南郷さんって、そんなにつまんない人だっけ?」

容赦のないあけみに、さすがにこれが自分の兄弟子かと思えば、「なー。つまんないよなー」としか答えられない世之介である。

「……でもまー、一旦あそこまで積み上げちゃったプライドはそうそう簡単に崩せないだろうしさ。引っ越しのスタッフに、ちょっと憐れまれるくらいなら、もう引き受けてやろうかと思って」

「いつもエバくんが言ってるけど、世之介のそういうところが南郷さんをつまらない男にしちゃうのよ」

おっしゃる通りで、「なー」としか答えられない世之介である。

玄関で物音がして、世之介が顔を向けると、やけに元気のない谷尻くんが、「ただいま」もなく二階へ上がっていこうとする。

「谷尻くん、今日、おでんだよ」

とかけた世之介の声に、「今日、食事はいりません」と、その声にも元気がない。

腹の具合でも悪いのかと、世之介はさほど気にしなかったのだが、あけみがすぐに席を立ち、

「谷尻くん、今日もいらないの? おかゆか何か作ってあげようか」と、慌てて廊下へ出て行く。

「大丈夫です。食欲ないんで」

「だからよ、おかゆでも」

「いえ、大丈夫です」

階段を上がっているのに、まるで下りて行くように見える。

「どうしたの？」

食堂に戻ってきたあけみに世之介が尋ねれば、「今朝もあんまり食べてないのよ。学校でお昼をちゃんと食べてればいいんだけど」と心配そうである。

「腹でも壊してんじゃないの？」

「じゃなくて、恋煩い」

「え？」

「ほら、タシさん連れて、湘南行ったとき、カフェに入ったでしょ」

「あのおしゃれな？」

「そう。そこに可愛い店員さんがいたんだけど、その子に」

「谷尻くんが？」

「らしいよ。大福さんが相談されたんだって。女性にプレゼントを渡したいんだけど、何を贈ればいいかって。で、どういう相手かって尋ねたら」

「え？　いきなりプレゼントすんの？　相手びっくりするって。誕生日でもないだろうし」

「大福さんもそう言ったらしいんだけど。あなたに会えてよかった、的な感じで渡したいって」

「いやいや重いってそんなの。モテない俺でも相手に引かれるの分かるもん。で？　大福さん、なんて答えたの？」

「無難に本がいいんじゃないかって」

「えー？　本？　無難かな？　俺には地雷だらけの湘南海岸のイメージしか浮かばないけど」

世之介は二階へ続く階段を見上げた。

見上げた途端、谷尻くんがヘンな本を選んでいないか、急に心配になってくる。

「……谷尻くん、もうプレゼントしちゃったのかな？　何の本をプレゼントしようとしてんだろ？」

谷尻くんが贈るのは普通の本なのだろうが、本当に二階で爆弾でも作っているような気がしてくる世之介である。

「ちょっと見てくるよ」

慌てて立ち上がる世之介に、「先に食べてからにしてよー、片付かない」と、あけみが口を尖らせる。

「そんな悠長な！」

世之介としては、本当に爆弾阻止に向かっているような気分なのである。

二階へ上がると、ちょうど風呂に向かう谷尻くんが部屋を出てこようとする。

「ちょ、ちょっと待った」

と、世之介はその肩を押し戻しながら、

「お節介なのは百も承知なんだけど、討ち死にする若者を黙って送り出すのはあまりにも忍びなくて」

と、とりあえず谷尻くんを椅子に座らせた。

「……分かってるよ。こういうお節介が面倒で迷惑なのは。俺だって若かったときがあるんだから、それは分かってる。ただ さ……」

「別に迷惑じゃないですけど」

「いやいや気ぃ遣わなくていいって。面倒だもん。自分でも面倒だもん」

「だから別に……。それに、こういうのがダメな人間は、たぶん下宿暮らしなんか選ばないだろうし」

「いや、とはいえさ、とはいえだよ」

「で、なんですか？」

「ああ、そうそう。本、もう選んだの？」

「ああ。大福さんに聞いたんですか？　まだですけど……」

「よかった。何選ぼうとしてる？」

「大福さんには自分が一番好きな本をプレゼントしたらって」

「いやいやいや、それ、ハードル高いって、谷尻くん。分かってる？　相手はあのカフェの子だよ。たぶん元カレ、メンズ雑誌に載ってるようなサーファーとかだよ。そんな子に谷尻くんが好きな本なんかあげたって響くわけないじゃん」

　あまりと言えばあまりのセリフだが、可愛い谷尻くんのことを思ってこその言葉なのは間違いないのである。

「じゃあ、どんな本をプレゼントしたらいいんですかね？」

大の大人がこれほど興奮しているのだから、よほどのことなのだろうと、谷尻くんにも世之介の気持ちが伝わったらしい。

「そこなんだよ。本でいいの？　本はさー、ハードル高いって」

「じゃあ、何が？」

「それはだから……」

殿中でござる！　とばかりに飛び込んできたわりに、代案はない世之介である。

「って、感じで、どうしようかってところで、今、止まっちゃってるんですよ。そのプレゼント問題」

引っ越しスタッフの邪魔にならないように部屋の隅にしゃがみ込み、本棚に残った本を段ボールに詰めているのは世之介で、その横に立っているのは、さも知人の引っ越しの手伝いに来た態の南郷である。

「だったらよ、俺の写真集は？」

世之介が手にしていた自分の初期の写真集を南郷が奪い取る。

「これとか。どうだ？　喜ぶぞ。その湘南のカフェの子も」

「あー、なるほど。写真集は、なくはないのかも……」

「つーか、お前もよっぽどヒマなんだな。四十近くにもなって、まだ『夏の湘南恋物語』に首突っ込んでよ」

「冬ですけどね。実質、真冬」

世之介はそう答えながらも作業を続ける。

「どっちでもいいよ。つーか、お前んとこのその男の子、幾つだっけ？」

「二十、になったのかな、最近」

「うちの理沙《りさ》とそう変わらないじゃん」

「あ、理沙ちゃん、最近会ってんですか？」

「この前会った。彼氏できたって」

「えー？　俺の中で理沙ちゃん、まだ中学生なんだけどなー」

「なー。でも不思議なもんでさ、生まれてすぐに離婚して、一緒に暮らしたこともないのに、彼氏できたとか言われると、ちょっとムカッとするんだよ」

「最低ですね」

「なー」とかなんとか言っているうちに、引っ越しスタッフのリーダーがやってきて、「ちょっとここで昼休憩もらっていいですか？」と、世之介に尋ねてくる。

「どうぞどうぞ」

世之介は青いビニールシートの上をドタドタと出ていく若いスタッフを見送った。

「さ、俺らもこのタイミングで弁当食べちゃいますか」と振り返れば、なぜか南郷が神妙な顔をしている。

「世之介、ありがとな」

「え？」

「いや、お前しかいなかったんだよ、引っ越しの手伝い頼めるの」

どこの段ボールから出してきたのか、南郷の手にはなぜか初詣で買ったらしい破魔矢が握られている。

「なんですか、急にそんな神妙になっちゃって」

と、世之介はその破魔矢を奪った。

見れば、南郷が毎年初詣に行っているという神社のものである。

「俺、もうダメかもなって。この前、サンサンフーズの前で土下座したろ。あの瞬間、なんかが終わったような気がしてさ。いつの間にか借金も増えてるしさ、急に怖くなって……」

南郷がまた破魔矢を奪い取る。

「何、言ってんすか。引っ越し業者の人たちに都落ちするの知られたくなくて、俺に住人のふりさせてるんでしょ？　そんなプライドがあるんだから、まだ大丈夫ですよ」

世之介がまた破魔矢を取ろうとするが、今度は南郷が離さない。

「なんか、我ながら無駄なプライドだよなー」

「でもね、南郷さんからその無駄なプライド取ったら、何も残りませんからね」

「そう言うなよー」

南郷が元々入っていたらしい段ボールに破魔矢を戻す。

「俺、何度目だと思います？　南郷さんの引っ越し手伝い」

「さあ、でも、考えてみたら全部かもな」

「そうですよ、全部ですよ。東武練馬の風呂なしアパートから池袋。池袋から神山町行って、そこからここ代官山まで、全部手伝ってんですから」

世之介は南郷が用意してくれていた弁当を出した。立派な懐石弁当で、わざわざ渋谷の東急まで行ったらしい。

「……でね、それだけ引っ越しを手伝ってきた俺が何を言いたいかと言えば」

「なんだよ」

「引っ越しのたびに、この人って見栄っ張りだなーって思ってたんですけど、今回が最高にそう思ってるわけですよ。引っ越し業者に嘘つくって、どんな見栄だよって」

世之介の話を聞きながらも、南郷が電気ポットで湯を沸かす。

「……だから、何が言いたいかって言うとですね。南郷さんは大丈夫ってことですよ。借金なんかすぐに返して、また引っ越し手伝ってくれって俺に頼んできますよ」

世之介は段ボールの上に、立派な松花堂弁当を並べた。炊き込みご飯は梅の花の形で、なんとも華やかな弁当である。

「すぐに借金返せるなんて、お前、簡単に言うけどさ。入ってくるもんがないんだから、返せるわけないだろ」

茶を淹れた南郷が、世之介の分も運んでくる。

段ボールをテーブル代わりに、箸を割ると、早速食べ始める。よく出汁《だし》の利いた炊き込みご飯である。

「まー、俺に金の相談されてもねー」

炊き込みご飯を頬張る世之介に、

「お前はいいよなー」

と、なぜか南郷がため息をつく。

「えー？　俺のどの辺りがどんな風にいいように見えるんですか？　俺が教えてほしいですよ」

「いや、だってさ、お前、毎日楽しそうだもん。悩みもなさそうだし。言ってみれば、今の最大の悩みが、『夏の湘南恋物語』だろ？　幸せだよ」

素直に頷けないところもあるにはあるが、まあ、「いや！　不幸せです！」と言い返せるほどの材料もなければ、そんなことを言い返す必要もない。

世之介は、「そうですかねー」と曖昧に頷いて、鰤《ぶり》の照り焼きを口に入れた。

「そういえば、来月から室田さんとこの仕事始めるんですよ」と、世之介は告げた。

「室田って、あの横領の？　出所したの？」

「いやいや、刑務所入ってないですって。まあ、シャバに戻ったって感じはありますけど」

「なんの仕事だよ。大丈夫なのか？」

「大丈夫ですよ。そうそう。あの横領の室田さんだって復活できたんだから、南郷さんだってすぐですよ」

「なんか、お前に言われると、その気になっちゃうんだよな」

「だって、本気でそう思ってますもん」

二人とも口も動かすが、その間に箸も動かす。アシスタント時代の早食いが、お互いに未だに体に染みついているのである。

「そういうところが世之介なんだろうな。いや、なんていうか、引っ越しを頼める友達ってさ、そうそう多くないと思うんだよ」

「そうですか？　俺、若いころから、しょっちゅう頼まれますけど。でもまー、信頼されてるからこそ、頼まれるんでしょうね」

「いや、それも、ちょっと違って……」

そこで珍しく南郷が箸を止める。

「……なんていうか、弱みを見せられるってことなのかなー」

「……いや、もっと言えば、弱みを見せても恥ずかしくないいんだろうな、きっと」

一方的に続ける南郷を、

「いやいや、ちょっと待って下さいよ」

と、さすがの世之介も止める。

弱みを見せられる人間というのが、どうやら褒め言葉ではないらしいことだけは分かってきたのである。

「……赤の他人の引っ越し業者の人には見せられなくて、なんで俺になら見せられるんですか？」

世之介はすでに弁当を食べ終わっている。

南郷が淹れた茶が美味く、なんとなく世之介はカップを手にベランダに出た。

まだ春には早く、風も冷たいが、一生懸命探せば、どこかに小さな春がありそうな日である。

世之介はカップのお茶をこぼさないように大きく背伸びした。

「お前、室田さんの仕事頑張れよ」

「え？」

ふいに声をかけられ、世之介は驚いて振り返った。

「だから、横領したやつと何かやるんだろ？」

「珍しいじゃないですか。南郷さんが普通の兄弟子みたいなこと言うの」

「そうか？」

「いや、珍しいでしょ」

「お前ってさ、自分の人生の最後にどう思いたい？」

「え？　なんですか、縁起でもない」

「いや、深い意味はないよ。俺が自殺するようなタイプに見える？」

「いやいや、人を蹴落としても生き延びるタイプでしょ」

「その通り。だけどさ、どんな人生だったらいいのかなって、ふと思ったりもするんだよ」

世之介は小さな春でも探すようにベランダからの景色を見渡した。

「そうだなー。俺だったら、こう思いたいかなー。『あー、いっぱい笑った。あー、いっぱい働いた。いっぱいサボって、そんでもって、いっぱい生きたなー』って」

世之介が気持ちよく言い終わろうとしたところで、タイミング悪く引っ越しスタッフたちがドカドカと戻ってくる。

テーブル代わりに使っていた段ボールを早速運ぼうとするので、南郷も弁当を片付けるのに忙しくなり、せっかくの世之介の人生観への感想もない。

（下巻に続く）

初出「毎日新聞」２０２１年11月17日〜２０２３年１月20日
単行本化にあたり、加筆・修正を行いました。
本作品はフィクションであり、実在の人物、団体等とは一切関係ありません。

吉田修一（よしだ　しゅういち）

長崎県生まれ。1997年に「最後の息子」で文學界新人賞を受賞し、デビュー。2002年『パレード』で山本周五郎賞、「パーク・ライフ」で芥川賞、07年『悪人』で毎日出版文化賞と大佛次郎賞、10年『横道世之介』で柴田錬三郎賞、19年『国宝』で芸術選奨文部科学大臣賞、中央公論文芸賞を受賞。その他の著書に『おかえり横道世之介』『ブランド』『ミス・サンシャイン』など多数。

永遠《えいえん》と横道世之介《よこみちよのすけ》　上

印刷　2023年 5月15日
発行　2023年 5月30日

著　者　吉田修一《よしだしゅういち》

発行人　小島明日奈

発行所　毎日新聞出版
〒102-0074
東京都千代田区九段南1-6-17 千代田会館5階
営 業 本 部　：03(6265)6941
図書編集部　：03(6265)6745

印刷・製本　中央精版印刷

　ISBN978-4-620-10864-3